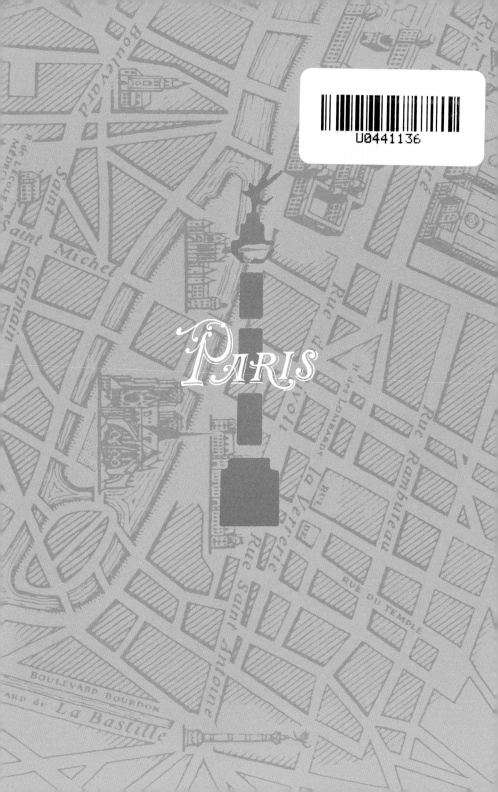

Café
extra

带一本书去巴黎

林达 著

生活·讀書·新知 三联书店

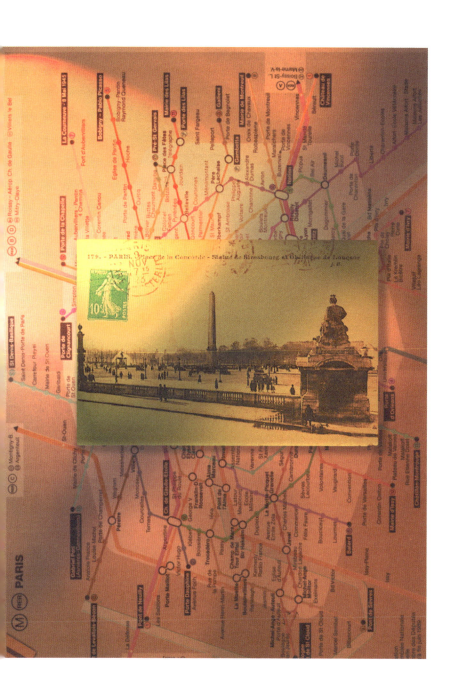

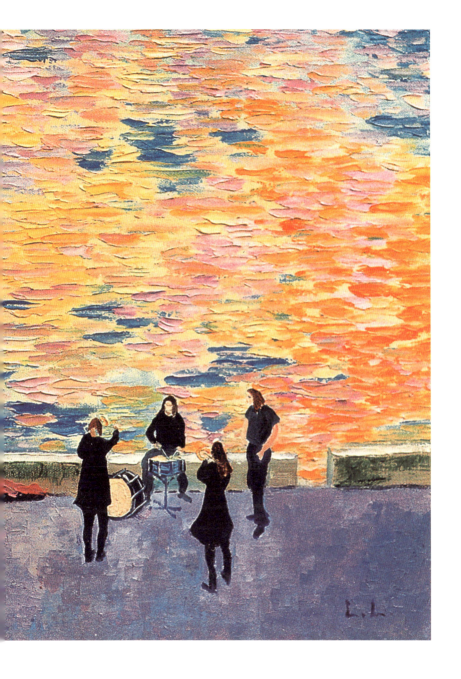

目 录

Chapter 1　带一本书去巴黎　*11*

Chapter 2　奥斯曼和老巴黎　*21*

Chapter 3　塞纳河上西岱岛　*29*

Chapter 4　巴黎的教堂　*45*

Chapter 5　巴黎是法国的象征　*55*

Chapter 6　圣丹尼和他的头颅　*65*

Chapter 7　安布瓦斯的古堡　*75*

Chapter 8　卢瓦河的地牢和诗人维永　*91*

Chapter 9　在凡尔赛宫回看路易十四　*105*

Chapter 10　凡尔赛宫里的国会大厅　*117*

Chapter 11　塞纳河边的伏尔泰咖啡馆　*127*

Chapter 12	拉法耶特的故事	139
Chapter 13	巴士底狱还在吗？	151
Chapter 14	加纳瓦雷历史博物馆	165
Chapter 15	寻找雅各宾俱乐部	181
Chapter 16	消失了的雅各宾	195
Chapter 17	协和广场上的卢克索方尖碑	207
Chapter 18	杜勒里宫和圣·谢荷曼教堂	223
Chapter 19	断头台的兴衰	239
Chapter 20	先贤祠走访伏尔泰	249
Chapter 21	卢梭手上的火把	261
Chapter 22	从拿破仑回归雨果	273

《九三年》初版本目录

Chapter 1

"*Quatrevingt-Treize*"

带一本书去巴黎

去巴黎。我一直在等待这一天。可是,总有各种原因在那里阻挡行程。把它排入计划的契机终于在去年出现。从决定到今年年初上路,还有长达近半年的时间。原来以为,这么长的一段时间,一定可以好好做些准备。可是,永远有必须忙碌应付的事情。居然其中还包括被迫处理一场车子全毁的交通事故。

临行那天,还在忙些和法国绝对没有关系的事情。对我们,这已经是规律了,得到时间的方法,是对占用了时间的事情扭过头去,眼不见为净。一走了之是其中最干脆的一种。可是,原来打算做的那些"准备",就基本"泡汤"了。在被飞机起飞的时间表逼到非走不可的时候,我才匆匆在地球仪上找出巴黎的纬度,以确定应该往包里塞进什么季节的衣服。接着,在书架上抽出一本雨果的《九三年》,给行囊封了顶。

这本《九三年》是人民文学出版社在1978年出版的,售价才人民币1.15元。粗粗的纸,所以就厚。开本小,封面是蛋清色的,隐隐透出素素浅浅的花纹,不仔细去看,几乎看不出来。非常奇怪的事情是:这个译本的第一版注明是在1957年的5月,但是第一次印刷,却是在1978年的4月。中

《九三年》书影

间整整隔了二十一年。这中间的故事，我们只能猜测了。

也许，排完版，风云骤变，总编改了主意？也许，印出此书必要一环中的必要人物，命运乖舛，截断了出书的程序？也许，仅仅是因为大家被新的"革命运动高潮"所激奋，扔下书革命去了？不知道。

总之，一本排完版的书，应该说，一本排完版的好书，隔了二十一年，才从印刷厂出来，怎么说也肯定有点什么故事在后头。假如其中的知情者，给我们来一篇写实的话，相信那就是一段重要的出版界历史了。

在书上找不到印数。就是说，熬了二十一年才印出来的《九三年》不知道被印了多少本。然而，可以武断地说，即使它第一次印刷的数量不大，它也一定立即被速速投入重印，印了无数本。因为，我还清楚地记得这本书是怎么买回来的。

那是1978年，大学在基本停顿和半停顿将近十年之后，刚刚恢复正常运行。在此十来年间，书店也处于一种说不清也道不明白的状态。说是没书吧，架子上红红火火满满登登的，足够热闹。细细一看，就有点泄气。那里是六分"毛著"，三分"马恩列斯"，一分"大批判材料"。最后两年添了几本新小说，可是怎么也不好意思把它们归入"文学"，最后还是尊为"小说式的大批判材料"较为妥帖。

大学招考的骤然恢复，也使校园显得景观殊异。固然有今天看来"正常"的那一部分，就是那些简直"额头高得撞着了天花板"的应届高中毕业生。当时，大家竟然并不觉得他们的生活路径"正常"。因为十年来，曾经和他们一样年纪的，都一届接着一届，顶着"知识青年"的荣光，别无选择地绕开紧闭的大学校门，直奔农村和工厂了。

1978年春天的大学校园里，熙熙攘攘的更多是那些"老"大学生。他们年龄各异，带着别人无可揣摩的各色心

《九三年》初版本扉页、版权页

情和故事。今天回想起来,他们中间即使最"老"的,也还是在"青年"的年龄段里,可看着就是"老",说不清道不明的模样。难得有几个想挣脱自己无端的"早衰",想去抓住"青春尾巴"的,最终也多少显得勉勉强强。

这大小两批学生的混杂,也是心情的碰撞。使得"小"的在对比之下更清楚自己的优势:今天看来,"世界是你们的,也是我们的",但是将来"归根结底",还是"我们的"。"老"的往往就相对糊涂,把自己以奇奇怪怪的方式积累起来的分量,掂得太重——两头的实际心情和前景展望,我却是在一个电话亭里悟到的。

当时不仅学生的宿舍食堂简陋破败,通讯条件也处于近代水平。学生们要打个电话,必须长途跋涉地穿过校园,跑出校门,到马路对面的公共电话亭。好在学生们的通讯意识也同步处于近代水平,绝不会"轻言电话",否则电话亭非炸窝不可。

那天,我在等着打电话。大家都习惯了,小小的屋子里没有隐私。一个戴着眼镜满脸愁苦的"老"大学生,正在和家里通话。他紧紧抓着耳机子不放,先是焦虑干枯的嗓音:"还发烧吗?有几度?看医生了没有?吊盐水了没有?"然后,一个小小的停顿,声音在突然之间添进了水分,化得柔和:"你要乖啊,要听妈妈的话。爸爸要考试,星期六才能回来。"絮语绵绵之后,他不舍地松开手。摇晃的耳机还没有在电话机座上站稳,已经被操在一个久已不耐烦的"小"大学生手里了,他娴熟而干脆利落地拨了六个号码,又中气十足地只吐出六个字:"老辰光,老地方",就咔的一声挂了机。我愣在这个反差里,差点忘了自己来这里是要干吗。

当然,这是题外话了。

对书的饥渴主要是老学生们的心结。他们被渴得太

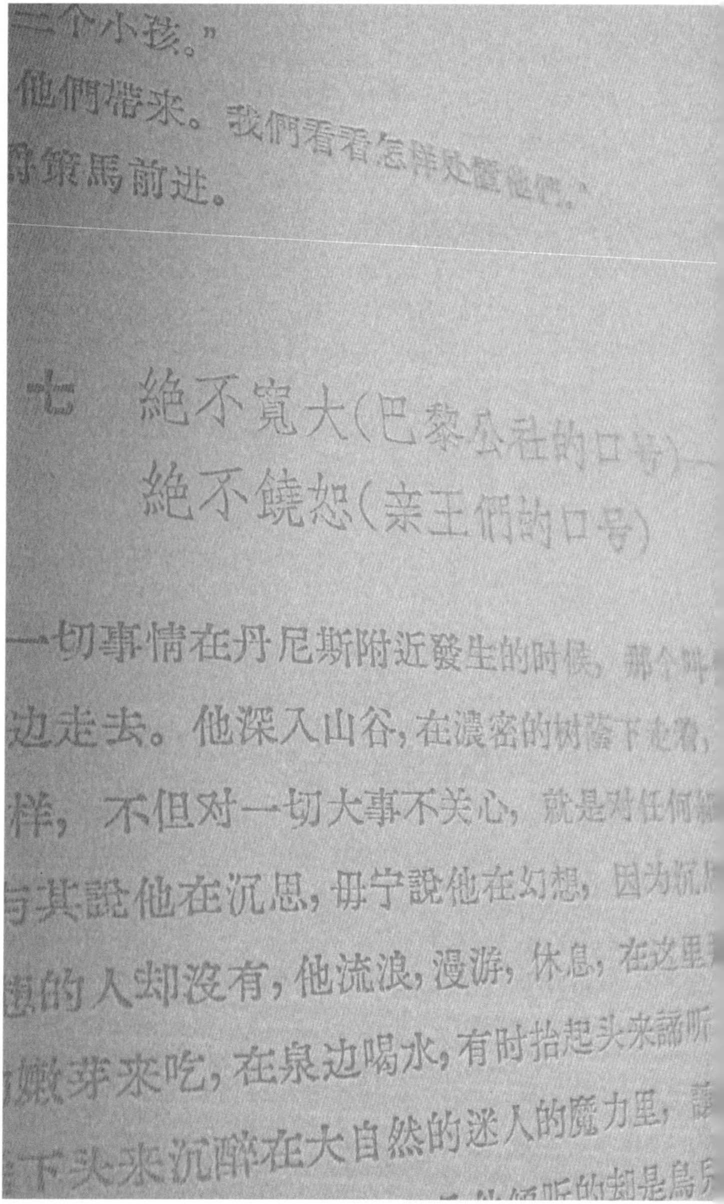

"……一个小孩。"

……他們帶來。我們看看怎样处置他們。"

……策馬前进。

七　絕不寬大（巴黎公社的口号）——
　　絶不饒恕（亲王們的口号）

一切事情在丹尼斯附近發生的时候，那个時……边走去。他深入山谷，在濃密的树蔭下走着，……样，不但对一切大事不关心，就是对任何細……与其說他在沉思，毋宁說他在幻想，因为沉……遠的人却沒有，他流浪，漫游，休息，在这里……嫩芽來吃，在泉边喝水，有时抬起头來諦听……下头來沉醉在大自然的迷人的魔力里，諦……外傾听的却是鳥鳴……

久。不是十年没有看书,而是十年没有堂堂正正地买书看书。看过的书们,走的都是鬼鬼祟祟的地下通道,不知从哪里来,又不知向哪里去。你没有选择学科品种的权利,没有选择阅读时间的权利,也没有非要读哪一本书的权利。你会听到一本好书,听到看过的幸运儿向你讲述内容,背诵片断,被吊得胃口十足,却望断秋水而不得。

所以,被书荒饥饿了十年的老学生们,早就风闻有一批世界名著译本终于要开始发行。他们一个个都跑到学校小小的书店去打探,去和书店的工作人员套近乎。在售书之前,消息早已通过各种渠道四处传开。

小小的书店断断不可能应付蜂拥而来的"饥民"。书店的门根本不敢打开。于是,窗口成了临时"施粥处"。窗外挤满了人,排了长长的队伍。人们相互打探着这次到底到了几种书,每种有几本。然后是痛苦挣扎:一边担心书太少"粥少饥民多",轮不到自己;一边又掐着口袋里从食堂卡下的小钱,担心假如供应充足,又如何应对。考虑是否可以再每顿节食一两米饭,或是把一角的菜金卡成五分。套一句用俗了的话来说,就是如何把普通意义上的粮食,转化为"精神食粮"。当时大多数学生能省的,也就是一点伙食费了。

当然,这些书一开卖就被风卷残云般迅速瓜分,一本不剩。那已经是二十世纪的七十年代末了,卖书居然卖得就像大灾之年开仓赈粮,也实在是现代社会难得的一景。我就在这样的抢购风潮中,抢回了这本《九三年》。

必需品的严重缺乏会对人造成精神方面的损伤,其后果是一种轻度的精神不正常。例如,很多家庭的老人都会有收藏垃圾,甚至捡垃圾回家的怪癖。这是物资严重匮乏时代留给人们的后遗症。而我们这一代,又有一些人会有近乎疯狂的买书习惯。我们在美国遇到过一个同龄画家,

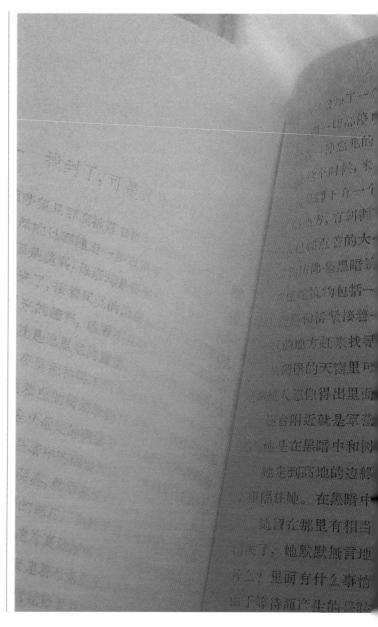

《九三年》初版本内文

画得很好，英语却非常吃力。可是，一到图书馆处理旧书，他会大量购进廉价的英语旧书，两眼奕奕闪光。这是另一种贫乏时代的痕迹。而我自己也在遭遇《九三年》的时候，成为此类案例的又一个例证。

1982年，面前出现了第二次可以买到《九三年》的机会。还是那个版本，只是开本大了一些，价格已经涨到1.60元。当时的印数已经达到七万册。我几乎是毫不犹豫地、像完全失去思索功能般地买了下来。直到捧到家里，神志才渐渐清醒，意识到自己并不需要第二本一模一样的《九三年》。这种不正常一直还在延续，其证据就是，我们把这两本《九三年》，都运到了美国，运费超过书费岂止数倍。

之所以巴黎在这个时候对我成为一个契机，是因为好朋友卢儿恰好也在那里短暂居住，而且还初通法语。在巴黎相遇，我们居然各自都掏出了自己的《九三年》。她的那本是近年的新版本。它有着鲜艳花俏的封面，由于纸张和排版不同，变得只有我那本的一半那么厚。我差一点当场就断然否定，这有着同一个名字的书本，无论如何不会是同一本书。最后虽然口头接受，在心里，我依然荒唐地拒绝接受一个事实：只要内容相同，它就是《九三年》。

这还不是有关《九三年》这本中译本荒诞故事的全部。后一部分我都几乎不好意思说出来：这本排版后委屈了二十一年才得以印出的书，买回来以后，我小心翼翼放入书架，又有二十二年没有去读它。我难道是真疯了不成？可是，我相信当时和我一起抢购的人们，一定有一些人也和我一样，"抢"回去之后，只是束之高阁。

附庸风雅是最简单的结论。可是，针对这个个案，却并不十分准确。我们只是在买它回来之前，就已经刻骨铭心地读过。读《九三年》是在没有书的年代。前面已经说过，没有书，是指在书店里没有我们要的书，在公开的场

合下你看不到人们读他们喜欢的书。我说的书还是指类似"马恩列斯毛"这样的正经书之外的书。

这对我始终是一个谜。我们当时到底是读了哪一个版本的《九三年》？既然现在手头的这本当时还没有被印出，那么，肯定不是这一个版本。可是，当我将这个"书的故事"给我的好朋友看的时候，她立即给我来了一封信。信中断定她在以前就读过那个版本："肯定是你那本书上有关第一次印刷的信息印错了。"我只好相信这也是一种可能。那时拿到的书，多半在地下已经辗转过无数双激动得发抖的手，封面由于经手过多，超过预想的负荷，往往破损不堪，假如封面还没有被毁，有时会被套上一个红色的封面。这个虚假封面的指向总是和内容完全不符。当时的我们既不会深究更不会在乎拿到的是什么版本。可是，在过手的无数本学科纷杂、千奇百怪的书中，有两本书对"耳聋目盲"的我们，无疑是振聋发聩的。一本是狄更斯的《双城记》，另一本就是《九三年》了。

读的时候我们被告知自己正在革命之中，而这两本谈论革命的书，恰使我们从"革命"中醒来。说到醒来，今天我们中间颇有一些人感到自豪，觉得自己悟性比别人更高。我自己都有过这样的错觉。后来，我看了一个旅美的同龄人的文章，才知道自己和别人的区别，仅仅是得到了掌握更多"信息资源"的特权。比如说，我得到了一个晚上的阅读《九三年》的机会。我的这个同龄人远没有那么幸运，他回忆到自己当时为了获得哪怕一篇字纸，都往往不得不交出自己唯一的拥有物——自尊，去交换那点可怜的信息。于是，在今天，这位有着如此读书经历的人，看到自己生活在美国的儿子，哪怕有第三只眼睛，也只肯看电视而不肯看书的时候，竟伏下已经花白的头，大哭了一场。

那个年代，说是不出书、没有书，也是假的。今天，我们常常可以看到一些同代人,对那个时代的"白皮书"、"灰皮书"之类的出版物的介绍。那就是些好书了。只是这些书被购书介绍信限定在一个窄小的阶层和范围里。书是被垄断的,信息是被垄断的,知的权利是被垄断的。

事实上,我得到阅读《九三年》的时间一定长于一个晚上,虽然,那些地下书籍流经我这里的时候,通常只有一个晚上,甚至几个小时。我判断自己拥有它的时间比较长,不仅是因为我曾经把故事背得滚瓜烂熟,多次把它口头传播出去,还因为我抄了一些精彩片段在我的本子上。所以,在我的印象中,《九三年》已经是我的了,深深地在心中刻下印记。当我真的后来拥有它的时候,似乎只是为了确信它的真实存在,确信真的每个人想买就可以买一本,想看就可以坐在太阳下面看,确信这样一个时代已经来临,一个噩梦已经结束。

正因为是在"革命"中读的法国革命,所以,对法国和巴黎的第一印象,就是革命了。终于在几十年之后,有了这样一个机会,亲赴"革命现场",当然不会错过一个了解法国革命的良机。揣上一本《九三年》,就成为一个必然。就这样,在法国,走一段,读一段。这个时候,我才发现,自己已经犯了二十年的错误,《九三年》不是我在三十年前的年龄有可能真正读懂的。在真的成年成熟之后,我们必须再一次,甚至不止一次地重读。不仅《九三年》如此,许多过去的书都是如此。于是,从巴黎回来之后,我去找出《双城记》,找出《悲惨世界》,找出《巴黎圣母院》。

这个时候,我们不再有第一次阅读时的震惊,但是,我发誓,我们会有新的感受。

我想写巴黎的旅行记事的,没有想到,一本随行的《九三年》就占了这么大的篇幅,而且,还没有讲完。这只能算是巴黎故事的楔子了。

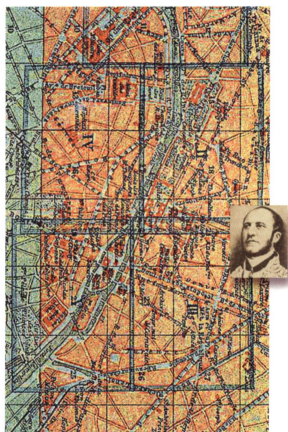

Haussmann, georges-Eugene, Baron

奥斯曼

1898年的巴黎地图

Chapter 2

Haussmann et Vieux Paris

奥斯曼和老巴黎

虽然在巴黎之外,还有所谓大巴黎,就像北京的三环四环,一圈圈地漾开,一圈比一圈大,然而,对于游客来说,巴黎比人们想象中的要紧凑。一方面,是由于四通八达的地铁系统,可以快速把你带往目的地;另一方面,巴黎的那些"名胜"相当集中。买上一张八十法郎的地铁周票,或是五十五法郎的十张套票(单票八法郎一张),就可以在"二环"之内通行无阻了。这个范围,包括了主要的历史建筑和遗迹。除了远郊的凡尔赛宫、枫丹白露等等,一张二环票就可以全部解决了。

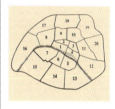

巴黎市政分区图

我们甚至不太坐地铁,常常步行,其原因就在于巴黎的紧凑。一般安排得好一些,从住处一趟地铁坐出去,就可以从一个景点到另一个景点,步行逛上一天了。逛,在这里是令人愉快的。一个重要的原因,是巴黎作为一个都市,有张有弛,而且相当整体。这个"城市整体感"和一个巴黎人的名字分不开,他叫乔治·尤金·奥斯曼(georges-Eugene Haussmann)。

奥斯曼出生在1809年,不仅是个土生土长的巴黎人,还和拿破仑家族带点干亲。他受过良好的教育,有决断力,有自信心。正当壮年的时候,奥斯曼在拿破仑三世这

巴黎市内法国革命史迹位置图

个"伯乐"的赏识下，在1852年到1870年巴黎城市大改建中，担任了主要负责人。

这个空前大改建，使当时的巴黎"焕然一新"。今天我们能够看到的巴黎，基本上就是1870年以后的面貌。其中有百分之六十的建筑，是奥斯曼时期留下的。这个巴黎城市大改建，正发生在雨果生活的同期。他曾声嘶力竭地在大改建的高潮中呼吁对历史遗迹的保护，声音至今还回荡在巴黎上空。

画家笔下的巴黎19世纪风貌

从雨果的小说中，我们看不到太多的他生活的巴黎城市面貌。雨果是写历史小说的。他写的小说往往远及中世纪。他的《九三年》其实是发生在1793年的事情。也就是说，他作品的描写对象，远在自己生活的时代之前，是对整整一个世纪前的法国重大历史事件的思考。所以，有时候，当我们看到自己目睹的一段中国历史，已经在各种文人笔下面目全非的时候，就会想，是不是三十年的时间沉淀还嫌不够？是不是我们还要等待再经历七十年的风雨淘洗？假如是这样的话，希望在我们的下一个七十年中，历史的真实素材能够被发掘和完整保存，而不是如已经过去的三十年那样，往往是在做相反的事情。

一百年，可以积淀、挣扎、反思而产生雨果。一百年，也足以推陈出新，埋葬一段历史，因而彻底忘却，整个民族并不因为经历了什么而有所长进。巴黎是一个城市，也是一个历史缩影。踏上巴黎的街石，看着它完整的古都风貌，你会感受到一些他们的历史观。

一开始，我对巴黎古都的"古"，居然还不十分满意。

对巴黎的城市面貌和世俗生活写得比较多的，是巴尔扎克，他比雨果要早半个时期，因此恰恰错过了奥斯曼的巴黎大改建。去巴黎之前，我们还期望着能够在巴尔扎克笔下的巴黎小街上漫步。可是，第一天登高俯瞰，就知道这个期待是过分奢侈了。在蒙马特高地放眼望去，假如还不算那一小撮触目的现代建筑的话，看到的就是奥斯曼灰色的身影。我几乎是捂了捂心口，绝望地想，巴尔扎克的巴黎，已经被奥斯曼拆了个精光了。我几乎无法从这个失望中缓过神来，所以最初在巴黎的两天，我一点没有像朋友们在行前向我预言的那样，真正对这个城市激动起来。对我来说，我是带着巴尔扎克时代挑剔的眼光看出去，仿佛街还嫌太宽，墙还不够久远。当然，我后来明白，自己是对巴尔扎克过于钟情了。

我就是在这样复杂的心情下，知道了奥斯曼这个名字。所以颇有一段时间对奥斯曼耿耿于怀。此后在巴黎的日子里，我们还不断听到奥斯曼。不少巴黎人对奥斯曼至今咬牙切齿。因为十九世纪中期以前的巴黎，已经相当成熟。大量幸存于大革命和战火的古建筑群，却在和平时期被拆得片瓦不存，怎不叫巴黎人一想起来就痛心疾首。

可是，心平气静下来，我也相信人们的另一种说法。就是奥斯曼也从另一种意义上拯救了巴黎。持这样一种观点的人，质疑的是人类的普遍智慧。就是说，即便没有奥斯曼，历史上的巴黎人是否就有足够的智慧，安然渡过一个古城到现代都市的功能转换？

巴尔扎克的巴黎基本上还是一个自然形成的古老城市。狭窄的街道，昏黄的街灯，适于马车在青色的街石上"嘚嘚"地叩响。巴黎在一个叫做马亥(Marais)的区域，还保留了一部分这样的味道。可是，在全世界所有的地方，现代生活的来临，都比雨果式的对文化保存的深思熟虑来得要快，尤其是在各个大都市。

汽车一旦出现，人们立即就不肯坐马车了。直到人们被无止境追求的高速逼得精神恍惚，才在大都市唤来怀旧的马车，在偶尔的享用中，抚慰自己在失速生活里飘摇无着的心灵。在马车向汽车的转换中，原来的街路根本容不下汽车的疯狂流量。这是一场加速涤荡原有文化的暴风骤雨。

拿破仑三世不是在异想天开，1850年左右，世界已经在面临一个变化。当时的城市人口普遍都在那里翻番。只有两个选择，一个是保留旧城，在外部重建一个新巴黎，另一个就是奥斯曼的做法。假如在今天的人类文明发展水平上，眼前还有一个巴尔扎克的巴黎，或者一个中世纪巴黎的话，大概铁定就是第一个方案。可是，不仅因为这是在一百五十年前，而且巴黎还是第一批首当其冲开始遭遇近代化发展的都市。几乎不可能有其他选择。于是，今天有人会说，早晚反正要拆的话，还是早拆的好啊！为什么呢？

我们看看奥斯曼以外的大巴黎，就明白了。奥斯曼以外，就是现代都市的造法。现代人已经失去对建筑精雕细琢的时间和耐心。许多现代建筑师更失去了为维护城市整体面貌而放弃凸显自己个性的历史责任感。所以，奥斯曼之外的现代大巴黎，是巴黎的一个粗糙的外壳。它不是在原来巴黎的风格上延伸，而是匆匆在一个艺术精品外面，套了一个现代箩筐。

现代建筑师是最强调个人风格的，而水平却参差不齐。当这样一个群体一哄而上，效果可想而知。建筑师的个性作为一个职业要素，在今天已经是一个定论了。人们已经忘记，城市作为一个完整作品，最需要的是什么。在完整的奥斯曼的巴黎中心城区，凡是要增加一栋建筑，只要稍微诚实一些，你都必须承认，建筑师只能在这个时候

放弃自我表现的强烈愿望,而是做一个"织补匠"。使得自己增加的那一部分,天衣无缝地"织补"进这个城市的整体景观。可是,如今,中世纪手艺匠的职业道德和品质观,早已随现代风潮席卷而去。

所以,巴黎人想,假如奥斯曼没有做,而古巴黎又无法避免拆除。只是拖到了最后一刻,汽车疯行,不得不拆的时候,撞在一群五花八门的现代建筑师手里,岂不更糟?

这个说法,含有两个直接意义。

一是时间问题。拆得越早,在文化心理上,和原来的年代就更为接近;和原来的古都巴黎在艺术风格上,就必然更有承袭性。从这个意义上来说,巴黎还是幸运的。它撞上了雄心勃勃的拿破仑三世。所以,改建相对发生得比较早。另一个意义,隐含着对奥斯曼的正面评价。奥斯曼的时代,汽车还没有真正成为现代汽车。

汽车还真是法国人发明的。1769年,还在法国大革命之前,法国的卡诺就造出了第一辆三轮蒸汽汽车(那才叫"汽"车!)。而现代意义的由汽油机发动的汽车,是在1885年才由德国人本茨发明建造,跑上大街。那时,巴黎已经是奥斯曼的"大街"了。即使在今天,这个一百五十年历史的巴黎大街,仍然能够适合现代生活的需求。在这个意义上,你不能不佩服奥斯曼对尺度的把握。虽然,我们猜想,当时的奥斯曼心里的尺度,可能只是适合拿破仑家族口味的"皇家派头"的尺度,而不是高瞻远瞩的"现代"尺度。但是,它至少是歪打正着。而"皇家派头","贵族风度"和"英雄气概",是砍了国王和贵族们脑袋的巴黎人,始终引以为荣的。

这个时候,我们发现,假如我们愿意放弃对巴尔扎克街景不切实际的迷恋,那么,奥斯曼留给我们的巴黎,不仅是可以接受的,而且是有历史承袭性的。那凝重的灰色调;那个体略显单调,聚集在一起却有浑厚雕塑感的城市整体；那些纪念性建筑、林荫大道、小广场小花园形成的浪漫的文化氛围，都有一种特殊的巴黎味道。更何况，奥斯曼还是尽他的可能保存了一批中世纪的古建筑。看过马亥老区，我们更明白，奥斯曼在重建形成巴黎重要景观的居住建筑时，完全延续了以前的老巴黎的风格。

1870年，奥斯曼被解职。此后，他为自己写了三卷回忆录。

奥斯曼活着的时候就饱受攻击，身后一百多年，始终毁誉参半。他是一个被争议不休的人物。奥斯曼所主持的巴黎规划，最没有异议的，是相当现代化的城市上下水系统，使巴黎长期受益。在雨果的《悲惨世界》里，我们多次看到，逃亡和追踪都在错综复杂的下水系统中发生。之所以下水道能够成为戏剧展开的大场景，这就是奥斯曼的功绩了。假如我们历史地去看，再对比其他国家的都市改建过程，人们恐怕对奥斯曼还是不服不行。

你知道他的教育背景是什么吗？不是建筑，而是法律。那么，你知道他在执掌改建巴黎之前是干什么的吗？1853年，奥斯曼是巴黎市警察局长。一个真正的"反革命"。

所以，对奥斯曼的城市改建的攻击，甚至会越出建筑和城市规划的领域，而跃入政治的范畴。那是革命对反革命的指控。说是他没有好好保护古建筑，却拆掉了所有可能被革命起义所利用的房屋。不知奥斯曼是不是真有警察局长的职业病，真的有意在"阴谋"拆除可能的"革命堡垒"。想想当时还只是法兰西的第二帝国，后面还要反反复复发展到第五共和国，不乏起义和反起义。一个看上去纯技术性的城市规划，都会导致这样不寻常的政治指控，由此可以想见巴黎在历史上的基本面貌。

看来，我们在巴黎寻访革命之前，首先遇到的，却是一个"革命的死敌"了。

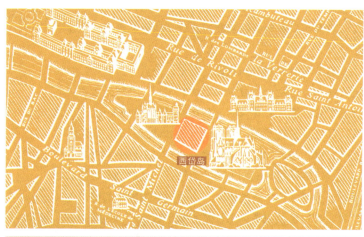

1745年的西岱岛地图

Chapter 3

Île de la Cité

塞纳河上西岱岛

使我们迷上巴黎的,是西岱岛(Île De La Cité)。

西岱(La Cité)在法语里,是一个区域的意思。比如说一个大学的宿舍区,也会叫La Cité。感觉就像和英语中的城市(city)一词同构。事实上,最初的巴黎城区,也就是从西岱岛开始的。

其实,这是塞纳河中两个相近小岛中的一个。在西岱岛近旁,还有一个更小的岛屿,圣路易岛。两个小岛由一座小小的圣路易桥相连,非常精巧地镶嵌在塞纳河中。

塞纳河是巴黎的幸运。它不宽,也不窄。河水静静地、和缓地流淌。我自从知道巴黎由西岱岛而起,脑子里就一直有一幅巴黎诞生的图画:那时的塞纳河两岸,一定还是绿色的荒原。可是,就在绿野之中,在一片片野花之中,流过了塞纳河。河中的小岛就是初生的巴黎。石块垒起的住屋和小街,围绕着一个小小的教堂和它前面小小的广场。环绕着巴黎的,是一泓清流的塞纳河。由于小岛的介入,河水在这一段变得湍急起来。河岸上是绚烂的野花,也许其中就有紫罗兰和薰衣草?在绿色和紫色粉色的眩晕中,站着一棵棵苍郁黝暗的古木。它们疏朗地、孤独地散落在塞纳河岸。冬天展示着忧伤和力度,春天变得柔

新桥(左图)
老照片中的新桥和卢浮宫沿河街(右图)

和与天真,就像一个个卫护婴儿巴黎的骑士。越远离河岸,它们的数量越多,在远处在天际,就茫茫苍苍地连成一片参天古森林了。

今天的巴黎已经是一个大城市,可是,西岱岛依然是它的中心。如此精巧的一个小岛,却有九座桥,与两岸和圣路易岛相连。其中包括一座巴黎最古老的桥。它在西岱岛的最西端,贯穿南北两岸,是在四百年前的1607年落成命名的。那是一座石桥。说是最古老,是因为比它更古老的桥都已经消失了。这从古桥的名字就可以猜到,直到今天,它还是保持着当初由法国国王亨利四世给它起的名字,"新桥"。和新桥相对的西岱岛东端,紧挨着南岸,就是神话一般的巴黎圣母院了。

和巴黎圣母院相隔塞纳河的大街,沿街一溜的咖啡馆。巴黎咖啡馆的座位,总是室外的更多。也许是巴黎的街景太诱人,室外的座位总是一致地面对大街。在这里,就是面对巴黎圣母院了。这一段河道被西岱岛挤得很窄,大街和圣母院的广场,又在同一个水平面上,所以,坐在那里,感觉自己就坐在圣母院小广场的外围。塞纳河恰如其分地隔开了广场上的游人和喧嚷,又没有将圣母院推得太远。难怪那里的咖啡馆几乎永远是接近满座的。

可以说,我们来得正是时候,巴黎圣母院的立面历经长期的清洗修整以后,刚刚拆除脚手架。清洗干净的石墙面

巴黎咖啡馆门外

法国的核心：巴黎西岱岛

塞纳河上西岱岛

和石雕，就像是昨天刚刚建造完工一样。正因为如此，也可以说，我们来得不是时候，近千年的历史感都随着黝黑色的岁月积尘一并洗去。要等它再一次出现让我们满意的岁月沧桑的颜色，也许还要等上一百年？可是，我们对自己说，还是不要太挑剔了。毕竟，世界上只有一个巴黎圣母院。

当然，巴黎圣母院是历史悠久的。1159年，它在苏利主教(Bishop de Sully)的委托下筹建，在1163年被放下第一块基石，一场大规模的建造就在一个罗马神庙的遗址上开始，营造过程绵绵历时两个世纪。它也是建筑史上早期哥特式教堂的一个重要实例，无数中世纪建筑师和手工艺家在其中倾注心血。它沉稳地在西岱岛上屹立了近千年，自然还是一个历史的见证。

1422年，亨利六世在巴黎圣母院加冕。1804年12月2日，拿破仑·波拿巴也在这里加冕，这一历史场景被记载为一幅巨型油画，至今仍是巴黎卢浮宫的珍贵藏品之一。1789年的法国大革命中，革命的巴黎人砸毁了圣母院外部石雕圣徒们的脸部。以致在十九世纪巴黎圣母院不得不做全面重修。现在我们看到的精美石雕，就是十九世纪重修的结果。原来那些被毁容的中世纪石雕原作，我们只能到距离巴黎圣母院不远的中世纪博物馆(Musée de Cluny)去寻访了。它见证了旧制度，经历了革命，也扶上了革命以后的第一个皇帝。

巴黎圣母院无疑是西岱岛最具有魅力的地方。我们每天不论去哪里，最后总会不由自主地转回西岱，转到圣母院前的咖啡馆外。一人交出十个法郎，或者十二法郎，以一杯长久的黑咖啡，结束这一天的出游。巴黎的咖啡其实和功夫茶一样，只有浓烈的一口。我们要上一杯，只是为了合法地在圣母院前面占领一个最佳的观赏位置。我们坐

巴黎圣母院的侧面（上图）
巴黎圣母院的顶部（左上图）
西岱岛上的巴黎圣母院（左下图）

Chapter 3
塞纳河上西岱岛

着,直到夕阳西下,直到晚霞在圣母院白色的石墙上涂抹黄昏。然后,摇着头说,这真的是它吗?我真不敢相信自己的眼睛。

然而,巴黎圣母院的魅力,不仅来自于它的年代久远和它在建筑史上的重要地位,也不仅来自于它异乎寻常的阅历。它至少有一半的魅力,是来自于一本同名小说。于是,我们在圣母院再次与维克多·雨果相遇。

"巴黎圣母院"对我们来说,先是一部书名。然后,才是一个由石块砌成的古老教堂。毫不夸张地说,许多人和我们一样,被巴黎圣母院所吸引,其中至少有一半的原因,是因为读了雨果这部以圣母院为场景的小说。是雨果给这个石头的建筑注进了血液和灵魂。

我们坐在这里,没法不看到吉卜赛姑娘艾丝美拉达,在圣母院的台阶前飘然而过,身后紧紧跟着那头智慧的山羊;我们没法不听到卡西莫多在钟楼敲响的钟声,钟声撞击着所有人的心灵,在夜色中震荡;我们没法不感觉到,月光下,神父那阴郁的身影,在圣母院的顶层,裹挟着黑暗,一步步向前逼近;我们也没法不去想象,当年的雨果,如何用手摩挲着圣母院一块隐隐刻着"命运"二字的石块,心里波澜壮阔地展开了不朽的颂扬人性的漫漫长卷。

今天的巴黎圣母院,并不是我们想象中的一个仅供参观的历史遗迹。和巴黎几乎所有的其他中世纪教堂一样,它今天依然在正常使用。千年来,只是在革命和战乱的时期,有过短暂的关闭。其余的日子里,它们的钟声每天定时敲响,弥撒定时举行。白天的任何时候,任何人,都可以走进去,把自己隔绝在教堂里,把世俗世界暂时抛开。

在这里,纵然有大量来自世界各地的游客,但是,即使不在举行弥撒的时间,你也同时能够看到,不断地有这样一些人进来,他们在额头点上圣水,在胸前画上一个十字,在祭坛面前点燃一支蜡烛,然后静静地坐下,在这样一个特殊的空间里,进入宗教氛围。这时,他们开始和上帝对话,从宗教中得到自己所需要的精神慰藉,汲取精神力量,在内心得到一种提升。对于他们来说,这是令他们有勇气持续下一段世俗生活的重要精神驿站。最后,他们离开座位站起来,对着圣坛上的耶稣受难的十字架,轻轻行一个单腿的屈膝礼,在胸前又画上一个十字。就结束了这个简单的个人宗教仪式。此间一个人心灵的感受和变化,我就不去尝试用语言文字描绘了。

失去宗教功能的古教堂,就只是一个被历史抛下的艺术躯壳。而持续千年至今不断的宗教活动,使得巴黎圣母院依然是巴黎圣母院。

西岱岛有着一个浪漫的外部氛围,却在千年以来,就承负着一个沉甸甸的内核。所以,它远不是轻盈地飘荡在塞纳河上的一片绿叶。

在巴黎逐步成为大巴黎的过程中,小小的西岱岛始终是巴黎的政治和宗教的中心。直至今天,在巴黎圣母院的北边,就是巴黎市政厅。在我们都熟悉的"巴黎公社"巷战时期,无数发炮弹曾带着尖利的呼啸声,在这里炸开。向西,就是巴黎警察局和法院。这些机构的建筑物,已经都是重要历史文物了。其中最吸引我们目光的,还是小岛近西端的司法建筑群。

美轮美奂的皇家小教堂

今天被分割为几部分的司法建筑群,在历史上曾经是一个整体。在体量上,它占据了西岱岛的整整一段。它的历史差不多和巴黎圣母院一样悠久。而且,和圣母院的文化堆积层一样,它也是建立在罗马人的遗址上。这个遗址原来是罗马总督的住宅。建筑群一开始是王室所在。直到1358年以后,宫廷才搬离此地。因此,这个建筑群的中心,是一个美轮美奂的皇家小教堂(Sainte-Chapelle),是西

岱岛向公众开放的主要古迹之一。

在这里，中世纪崇拜上帝的殿堂也等级分明。小教堂分为上下两层。下层是为仆人和低层官员所用，最精彩的部分是为王室准备的上层。十五米高的墙面，由狭长排列的彩色玻璃窗组成，翠绿、玄蓝、金黄、朱红，变换着光的魔术，一路向上。窗的尖券指向屋顶的尖券，指向天空。透明灿亮的色块在指示一条通向天堂的光明之路。建筑艺术家在这里煞费苦心。

小教堂分割了这个庞大的建筑群。宫廷离去以后，教堂南面的建筑成为司法宫（Palais de Justice）。五个世纪以来，司法宫历经变迁，从皇家法庭，革命法庭，复辟后的法庭等等，直到今天法国人引以自豪的、以《拿破仑法典》为基础的现代法庭。尽管这些法庭有着很大差异，但是在功能上，司法宫和巴黎圣母院一样，始终没有停止过属于它的活的生命。因此，应付着繁忙司法事务的司法宫，今天是不对游客开放的。

巴黎有着太多的历史建筑是仍然在使用中的政府机构。因此，为了兼顾使用和民众参观古迹的双重需求，巴黎在每年都会有短短几天，将这些使用中的古建筑向公众开放。

小教堂以北，是中世纪与司法机构密切相连的一部

司法宫建筑群

监狱博物馆——贡塞榭峰（上图）
贡塞榭峰内院的囚犯放风处（左图）

分，那就是监狱。它的名字叫贡塞榭峰(Conciergerie)。所谓司法与监狱相连，在中世纪的欧洲，不仅是指它们在性质上的相互联系，还指它们在实体上也常常相互连接。

在西岱岛外围散步，确实很容易被贡塞榭峰独特的建筑风味拖住脚步。它的造型浑厚凝重，又很精致、很丰富。它有典型的中世纪城堡风格，却不失典雅。而且还法国味道十足。可是，这样一座在审美上近乎完美的建筑物，却沉重得叫历史无法抬头。从1391年开始，直到1914年的第一次世界大

塞纳河上西岱岛

战,整整五百多年,贡塞榭峄始终是巴黎的一个主要监狱。

监狱,是人类在历史上最忽略的一个角落。人们几乎不把眼光投向这个社会的背阴面。文明发展的程度越低,就越是如此。那里的生命,是在活着的时候,就已经死去了。他们走进监狱,就是在踏入地狱。只不过死亡变成一个缓慢而痛苦的过程而已。对监狱中的生命的关照程度,至今依然是判断一个社会文明发展程度的标志之一。

在久远的年代,只有和名人有关的囚犯,才会留下记录。比如,在中世纪的贡塞榭峄,一个特殊的囚徒弗朗索瓦·拉韦拉克被留下记录,这是因为他作为刺客,刺杀了亨利四世(就是那个为"新桥"命名的国王)。1610年,拉韦拉克在贡塞榭峄的囚禁中,备受酷刑后被处死。根据这个"名人规律",使得贡塞榭峄变成巴黎历史上最著名监狱的原因,就不难猜测了。在法国历史上有过那么一个时期,贡塞榭峄关押了数量难以置信的名人。而且,他们迈出监狱的路径,往往总是通向断头台。

这个时期,就是法国大革命。这个监狱的特殊境遇,终于导致贡塞榭峄在今天成为一个特别的监狱博物馆。

法国大革命时,要说巴黎是一个监狱泛滥的时期,大概不算太过分。我们在巴黎参观过一些其他建筑。这些建筑在历史上前前后后都与监狱二字毫无关联,可是,假如你仔细看看说明,就会发现,唯独在大革命的时期,曾经被用作监狱。可是,贡塞榭峄,仍然是大革命监狱中最重要的一个。

"革命",在很长时期里,在这个世界上的很多国家中,是一个神圣的字眼。对于我们,就更是这样了。我们几乎是在渲染革命的气氛中长大的。从我们开始学习语言起,这个字眼,就和阳光、空气、美好、光明,等等一起,成为我们童年梦想的一部分。这是一个不需要寻求解释,不需要思索和理解的一个词。革命总是好的，假如有问题，只是因为革命不够彻底。比如说，法国大革命是一场资产阶级革命。能革命总还是好的，但是资产阶级革命，问题就是不彻底了。

再长大一点，我们进了学校，就知道革命的严肃性和严重性了。因为，我们开始背诵，"要革命就会有牺牲，死人的事情是经常发生的"。革命祭坛是必须有贡献的祭品的。等我们读过三年级以后，也许还不用那么久，我们就知道，由革命而引发的死亡，由敌我双方组成。其间的关系很简单，就是"你死我活"。所以，对敌人的慈悲，就是对自己人的残忍；相反，对敌人的残忍，当然就是对自己人的慈悲了。这是最后一课，我们永远地记住了"对待敌人，要像严冬一样残酷无情"。革命教育至此基本完成。

进入过贡塞榭峥的人，大致对"法国大革命不够彻底"的论断，会有一些不同看法。

在法国大革命期间，一开始，是贵族，反对革命的人，被砍头。接下来，法国国王路易十六(Louis XVI)和王后玛丽·安托瓦奈特(Marie Antorinette)，被砍了头。接着革命阵营里的"不坚定分子"，对革命方式有所怀疑的人，也被砍了头，其中包括最著名的革命三巨头之一，那个胖胖的丹东(Georges Danton)。

直到最后，大革命制定了在雨果的《九三年》里提到的"美林德杜艾罪过"的"嫌疑犯治罪条例"。那是由当时一个名叫美林德杜艾(Merlin de Douai)的法律专家负责制定的。治罪条例是1793年9月17日颁布的，革命达到了新的高潮。条例的治罪范围极为宽

丹东塑像

泛。只要是主张温和的，甚至只要是对革命没有贡献的(巴黎人的讲法是，虽不反对“自由”，但对“自由”无贡献者)，统统都在治罪之列。雨果写道：“那个含义不明的治罪条例，使得断头台的阴影笼罩在每一个人的头上。”

这些走向断头台的各色人等，前赴者常常是被后赴者推上去的。越是后上断头台的人，就越革命了。在丹东被当初的革命战友罗伯斯比尔推上断头台的时候，法国革命在我看来已经相当彻底了。罗伯斯比尔已经成了革命恐怖的化身。今天的法国人，就把他执掌的这段革命时期，称为“恐怖时期”。当然，那是“红色恐怖”。可是，万万没有想到，后面还有更革命的。

贡塞榭峄几乎见证了全部法国大革命时期的所谓“必需的残忍”。

玛丽·安托瓦奈特王后像

贡塞榭峄，经历了暴民大规模私刑处死犯人的“九月大屠杀”。它的单人牢房目睹了玛丽·安托瓦奈特王后在临刑前的祷告。然后，为王后照料遗孤的伊丽莎白夫人也被送到贡塞榭峄，并从这里出去，步了王后的后尘。贡塞榭峄为付出特殊牢狱费的贵族们放一张床，为付不出钱的穷囚犯撂下一捆稻草，过几天又把他们一起押上断头台。贡塞榭峄还为一群吉隆特党人在囚室安排了最后的狂饮狂欢。这些革命的国民公会的雄辩家们，一边嘲笑着自己，一边抚摸着他们第二天将被革命砍下的脑袋。

贡塞榭峄和法国大革命的三巨头，马拉、丹东、罗伯斯比尔都有缘分。

马拉虽然死在自己家的浴缸里，可是，刺杀马拉的那个看上去十分纤巧的女士夏洛特·郭黛，在赴刑场前的日子里，曾和这里的女囚一起放风。贡塞榭峄小院的四方天空，是她最后的一点安慰。

丹东是在贡塞榭峄享用了他最后的晚餐。他倒是很平

郭黛刺杀马拉

静。他残忍过,却最终质疑了残忍。他有机会逃离,却安然束手就擒。也许,他想到,有那么多人被他送上断头台,今天轮到自己,他没有理由逃避?

罗伯斯比尔是在1794年7月28日被送进贡塞榭峰的,他在那里只待了几小时。他早已把自己看做革命本身,所以,这样的历史安排显然不在他的意料之中。他或许预料到自己会被反革命颠覆,却不会想到他会被更激进的革命者视为反革命。在被捕的时候,他已经被宣布开除了法国大革命最光荣的个人称号,"公民"。

罗伯斯比尔被捕后,曾经被他的同志抢回一段时间。在这段时间里,他做的唯一一件事情,就是用手枪打穿了自己的下颚。也许,和丹东相反,正因为他送了太多的人

Chapter 3
塞纳河上西岱岛

罗伯斯比尔像

把囚犯送上断头台的罗伯斯比尔

上断头台,所以,自己却没有勇气也走上去?他最后还是被押到贡塞榭峄,几小时后又被押出厚重的大门,在他所一向赞赏的断头台上,身首异处。

当罗伯斯比尔步上台阶的时候,断头台的上空一定挤满了那些大惑不解的先行冤魂。再往前的不算,仅仅在此之前的三天里,也就是1794年的7月25日至27日,罗伯斯比尔的革命法庭,就判处了一百三十三人立即执行的死刑。其中一百一十二个男人,二十一个女人。有七十岁的老人，也有才二十一岁的青年。在贡塞榭峄，今天陈列着一幅油画的复制品，试图再现这些罗伯斯比尔的红色恐怖祭坛的最后牺牲品。也许，在他们中间，最终还是有人，不由自主地伸出手去，轻轻拉了一把罗伯斯比尔的灵魂？

在贡塞榭峄，有一个小小的陈列室。四周墙上，满满的，是所有被法国大革命送进贡塞榭峄，然后又被送往断头台的囚犯的名单。我们细细地寻找。在密密麻麻的名单上，寻找我们熟悉的名字，也包括上面提到过的那些人。更多的，是我们所不熟悉的法国姓名。根据已经知道的故事，我们可以推测，这些死囚的头上并不是都有过皇家的光环，家门上也并不都曾饰有贵族的纹章。他们并不都反对革命，他们中甚至有着最激进的革命党人。

可是，无一幸免，他们全部上了断头台。

那是一个没有尽头的残忍。革命中的残忍是一头怪兽，它有惊人的好胃口。它吞下一切，甚至并不打算放过它的催生婆。培育这样一头怪兽，就一定是必要的吗？

走出贡塞榭峄，我们都有点步履沉重。塞纳河水，在无声地流淌。

Chapter 3
塞纳河上西岱岛

废弃教堂的顶部

Chapter 4

Eglises

巴黎的教堂

巴黎遍地都是博物馆。

巴黎是首都,自然有大量的法国国家博物馆。可一到门口,我们就捂着钱包愣了一愣。因为,对穷人来说,它们和美国的国家博物馆有一个性质严重的不同。那就是,它们都收取大致四十到六十法郎的门票。

提起门票,就会想起"滥收费"。这是一个经典的中国话题。一个博物馆,假如从五角人民币的门票,摇身一变,就成了二十五元。那么,刨去物价指数,收费是否合理的疑问还是马上就会冒出来。于是,博物馆会出来解释:这个博物馆的维护费用是一笔天文数字。每年门票收入只占其中百分之一。大家想想也就说不出什么了。可是,收费一涨再涨,"滥收费"的问题还是会被一再提出。

难道美国就不收费吗?只能说,美国解决这个问题的方式比较刻板。它的收费是以博物馆的性质决定的。

美国的国家博物馆不收费。它的理由是这样的:老百姓交税,国家就必须免费提供公共设施。所谓取之于民,用之于民。至于博物馆的维修费用,美国概念是,博物馆会广开财路,寻求捐款。至于参观的平民,大家在政府收税的时候,已经交过这部分钱了。所以,在华盛顿,游客

巴黎一个已废弃的教堂

可以尽享国家级收藏，游走于艺术、自然、历史、航天等等巨型博物馆，不掏一分钱。至于那些从来没有在这里交过税的外国游客，也就都权当客人顺便招待了。

还有许多私人博物馆，美国人承认它是一种经营性的商业行为，所以，就遵从商业规律。其收费标准是在"不把参观者吓走"和"有利可图"之间平衡。这样的门票再高，似乎也不存在"滥"的问题。而是像买商品，市场调节，买卖公平。至于一些私人基金会的博物馆,如著名的纽约大都会博物馆等等,只收取赞助和捐款,而不强行收取门票。博物馆只给你一个建议性的赞助金额。所以,在美国,是以不同的原则处理不同性质的博物馆收费。桥归桥,路归路,各行其道。大家从来不认为滥收费是一个有必要讨论的"问题"。

法国的概念完全不同。就连公共厕所,在美国人看来是天经地义的公共服务设施,在法国也一定是收费的。而且设计先进,像保险箱一样全封闭地矗立在大街上,无人看管。没有恰好两法郎一枚的硬币扔进去,绝对不开门。这在美国人看来,就有点过分了。

但是对于法国国家博物馆的收费,渐渐我们开始理解。也许,是因为法国的外国游客实在太多?朋友告诉我们,远在二十世纪九十年代初,巴黎每年的游客人数就已经超过了它的居住人口。也许,也因为法国的"历史负担"实在太重?法国的遍地古迹,个个都要保护和修复,个个都是填不满的狮子口,吃的可都是法郎。但毕竟法国人还是知道国家博物馆服务公众的意义。一个贫穷的纳税艺术家,是不应该被国家博物馆拒斥在外的。再说,除了凤毛麟角,有几个艺术家不是挣扎在贫困线上的?因此,这些博物馆也有一些相应的"补救措施"。比如说,所有艺术系(包括建筑)的学生,都有免费参观卡,可自由进出各类国家博物馆。另外,如卢浮宫,在下午三点以后进去,可以获得降价,假如在每个月的第一个周末进去,就可以不掏腰包了。

我们就在这样的免费日,去"赶"过一回"场"。那还不是旅游旺季,可是"免费日"的卢浮宫广场,一早排队的人群依然蜿蜒曲折,见首不见尾。好在我们的朋友卢儿俨然已是一个"老巴黎"。我们另辟蹊径,绕到与地铁站相近的另一个地

Chapter 4
巴黎的教堂

下入口。那是外来的游客们所不熟悉的"旁门歪道"。一路畅通无阻，我们径直就闯进了布满雕塑的大厅。这大概是当地人在"客满为患"的巴黎，给自己留的公开的"秘密通道"吧。

一般的法国人，好像习惯了对国家博物馆付门票。估计门票对这样一个收入相对恒定的发达国家，也不是太大的负担。但是，对国外旅游者来说，差别就很大。收入和法国人相差不多的游客还可以过得去，而对其他国家的游客，可能就是一笔不小的负担。有时，一张门票就相当于近百元的人民币了。

但是，在法国，也有大量免费参观古迹的机会。那就是教堂。夸张一点的说法：巴黎几步路就是一个教堂。这些教堂与中国的宗教建筑寺庙相比，其他优劣一概不论，就其选用材料的不同，就先占了优势。为什么呢？道理很简单。中国的寺庙大多为木结构，一上百年千年，难免祝融之灾，十之九九，都是一把大火烧了个精光。哪怕古籍中描写得再雕梁画栋、金碧辉煌，也只是纸上文章了。

法国的教堂都是石块砌成。虽然也有不少教堂，在漫长的岁月中，被自然和战乱所毁。但是，它很难被彻底毁灭。只要还剩个骨架，只要人还在，宗教不死，它最终就还是会被修复起来。当然，人类的愚蠢不在这个考虑的范围；假如横了心要拆，凭着人的本事，不要说拆北京的城墙，就是要拆万里长城，也是不难的。

选材的不同，也就决定了技术发展的不同。在铁穆辛哥材料力学理论的千年之前，人们就凭着经验在用小块的石头"积木"，摸索着搭建具有复杂空间的宏伟建筑的方式。失败曾经是他们唯一的教师。在那个时代，就技术而言，石匠比木匠确实要难得多，但是，他们显然是成功了。你站在那里，想象当时的情景，真会在一瞬间怀疑这几乎是一个不可能的奇迹。可是，眼前的教堂就是证据。

皇家小教堂内景

Chapter 4
巴黎的教堂

更何况，成功的还不仅仅是技术。它们都是真正的艺术品。不论是整体还是细部，都在令最无动于衷的人，发出一声来自心底的叹息。

法国是哥特式教堂的起源地。也许正因为是起源地，它留下的哥特式教堂，并不一定就是在形式上最完美的。例如巴黎圣母院，就是一个早期哥特式的代表。较之于成熟期的作品，它没有那么直插云端，高耸飞扬，伸手就能触及上帝指尖的感觉，但是，它的正面石山般的凝重、沉稳，它的侧面飞券空灵留给了人们想象的空间，而内部空间的尖券，已经足以带领一个有悟性的灵魂向上提升了。

有了这些教堂之后，假如要领略和理解宗教，也许，欧洲就成了最合适的地方之一了。在数量如此之大的几百年甚至千年以上的古教堂面前，即使一个距离宗教很远的人，也很难对如此深厚的历史积淀和人类对精神世界的追求，完全不动心。

除了正在闭门修缮的之外，巴黎任何一个教堂都是对公众开放的。如果说这些教堂是免费博物馆，一点也不言过其实。欧洲的天主教堂和美国的同类教堂的内部装饰有很大区别。我们的朋友弗兰西斯是美国天主教的修士。从欧洲回来，我们再参观他的教堂，就感觉特别简洁。我们告诉他，法国的天主教堂如何挂满了巨型名家油画，布满了精美浮雕。我们想说，相比之下，美国天主教堂是不是显得太"没文化"了。弗兰西斯微笑着说，这倒并不完全是美国的教堂弄不到一件艺术品，而是他们的教会对教堂的布置另有规定。按照教会规定，他们的教堂里只准许出现一个神像雕塑或是神像绘画。其余的装饰就只有彩色玻璃窗了。而且，这些彩色玻璃镶嵌的窗子，也不像在欧洲那样，它们并没有具象的宗教内容。他们的理由是，假如一个教堂过度装饰，那么，人们势必会被这些艺术品所吸

教堂的大门永远是敞开的

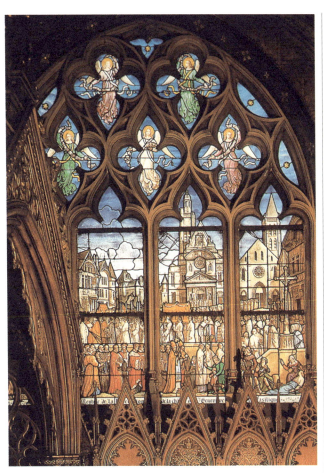

巴黎教堂的玻璃

引,而不利于全神贯注地静思,甚至忘记自己来这里究竟是寻求什么的了。

然而,对于欧洲教堂的装饰传统,弗兰西斯表示了充分的理解。他说,在中世纪的欧洲,远不像今天那样,人们普遍有了阅读能力。在那个时候,再虔诚的信徒,也有可能根本没有读过《圣经》。大多数人都是文盲,他们无法

巴 黎 的 教 堂

布洛瓦教堂的墙

通过阅读来了解宗教的历史和内容。所以，走进教堂的人们，除了听牧师的布道之外，一个重要的宗教知识来源，就是这些美轮美奂的宗教艺术品。人们从这些绘画、雕塑和彩色玻璃窗所讲述的故事里，形象化地接受了宗教教育。

欧洲中世纪最杰出艺术家们，就像东方的艺术家，把艺术生命交给敦煌的洞窟一样，他们也把自己才华的结晶留在了教堂的墙上。这些作品成了教堂生命体一个不可分割的部分。仅仅是走遍巴黎的教堂，也足以使一个游人得到足够的享受了。

这些还远远没有穷尽巴黎古教堂的魅力。教堂只是一个建筑物，而人与上帝的对话给它们倾注了无穷的生命力。教堂还在举行千年延续的弥撒，神父还在接受传统的忏悔。有时在教堂的侧面，你可以看到一些等候忏悔的人，静默地候在小小忏悔室外的长椅上。那一片片摇曳的烛火，仿佛是一个个卑微灵魂的祈祷和倾诉。此外，巴黎的教堂还在夜晚举行演奏古典乐曲的音乐会。再小的教堂，门口也会有一张小小的招贴，通知音乐会的时间和曲目。巴赫、肖邦，他们都不是远去的身影，而是教堂里轻轻托起一个个孤独灵魂的天使的手臂。

那天傍晚，我们从西岱岛随意逛出去，不知不觉来到了马亥区，那是在奥斯曼改建巴黎时，"手下留情"留下来的一个老区。窄窄的街道，磨得圆圆的小石块路面。最后，顺着重重的石阶，我们又进入了一个教堂。一开始就被墙上的油画所吸引，我们没有注意身后在发生什么。偶一回头，才发现在教堂中间的圣坛前，静静地跪着几十个正在默祷的修女。后面坐在长椅上的，是一些普通的巴黎市民，他们也在低头默祷。

后来我们才从这个教堂散发的介绍文字中得知，这是一个由巴黎人依据现代生活特点，为满足一些人的精神需求创立的"城市修道院"。这些自愿"入院"的修女，都是在世俗社会有半职工作的职业妇女。这个工作使得她们能够自给自足，自己养活自己。当然，那只能是一个颇为清贫的生活。这样，她们在其余的时间，就能够静心地过她们的"修道院生活"，与上帝对话。她们一袭白色的长袍，黑色的头巾。那些美丽的修女，使我们不由地想起那个由赫本饰演的著名电影——《一个修女的故事》。

默祷之后是弥撒。她们唱圣歌的声音是那么单纯，歌声在教堂里轻柔地回荡、上升。让你感受到灵魂可以超脱肉体的束缚而升华。这时，我们才理解，为什么人的身体是柔弱的，而精神却可以是坚忍和顽强的，心灵可以是无畏和勇敢的。对于一个重视内心净化和精神救赎的人，虽然生命依然是脆弱的，但是他们却能够在精神上越过生与死的界限，克服心灵深处对于死亡的本能恐惧。

在这样一个弥撒之后，我们走出教堂。夕阳下，现代巴黎的喧嚷带着尘世的一切扑面而来。这是我一生中最接受不了繁华的一刹那。在这一刻，我突然理解了我们的朋友弗兰西斯，为什么会在现代的美国，作为一个嬉皮大学生，会被宗教所感动，被修道院所吸引。

这是我在美国，很久以来反复询问过弗兰西斯的一个问题。答案却意外地在欧洲找到了。

Chapter 4
巴黎的教堂

巴黎的标志艾菲尔铁塔和埃克特·古玛(Hétor Guimard)设计的巴黎地铁入口

Chapter 5

Symbole de la France

巴黎是法国的象征

在美国人看来,法国还远不是一个移民社会。巴黎已经有了一些由移民而产生的少数族裔。要论视觉上的"异族景观",还无法和纽约相提并论。纽约人是一副乐在其中的样子。可是巴黎人,从心底里,对一些"外来者"大概还是常常不大认账。

很多年前,作家理查德·伯恩斯坦(Richard Bernstein)就曾经写过,一个巴黎出租司机向他抱怨说,哪里还看得到什么巴黎人,全是外国人。那个坚决否认自己是种族主义者的司机还埋怨说,那些亚洲人、阿拉伯人和非洲人(或许他指的还包括犹太人),他们住在巴黎干吗?伯恩斯坦写到,不管这些人和他们的后代在这个城市生活了多久,不管他们说着多么流畅的巴黎法语,不管他们在国庆那天唱着《马赛曲》的时候,对法国多么充满爱国情怀,甚至不管他们在为法国而战的战场上是多么勇敢,在这个出租司机眼里,他们还是连个法国人都算不上。

巴黎市一景

今天,相信这样公开抱怨的巴黎人已经不多。在现代社会,文明世界已经达成共识,种族歧视的言论会给言论者本人带来非议。可是,大家好像都有这样的感觉,法国人的特殊骄傲依旧。我记得在大学读书的时候,有一天在

法国的外省人

校园里,和一个澳大利亚留学生一起,遇到她的一个法国朋友。聊了几句以后,我就想试着练练自己刚学了三拳两脚的法语。结果,我的澳大利亚朋友事后对我说,你可千万别见到法国人就想着要练你的法语。法国人最忍无可忍的事情,就是人家"糟蹋"他们的语言了。我想,操练英语大概就不会遇到这样的忠告。所以多年过去,我还是留下了深刻印象。

也许,大家都承认,法国人实在是有骄傲的资本。十七十八世纪,法语是远达俄国的欧洲上流社会通行语言。法国的作派,在多少年里,一直是风雅的典范。其实,到了法国才知道,这样的特殊骄傲只属于巴黎。在中国,我们会说,广东人、北京人、上海人,等等,几分天下,各领一方风骚。可是在巴黎人那里,法国人永远只分两种。那就是巴黎人和外省人。

巴黎人也是给大家宠的,谁让全世界都趋之若鹜地一口一个"巴黎香水","巴黎时装","巴黎时尚"呢。在巴黎,从凯旋门直通卢浮宫的香榭丽舍大街上,有一家卖手提袋、小背包、小钱袋的商店。所有的产品几乎是一样的浅褐色,相似的图案设计。可是凭着巴黎名牌,卖着天价,还限量供应。居然有企图多买而被拒之门外的顾客,在街上眼巴巴地央求过路游客,替他们进去再买几个。而里面挤着的顾客大多是东方面孔。

作为大都市的巴黎,出现街头乞丐当然很正常。这在纽约也有的是(当然卖艺人不在其列。那是一种工作而不是乞讨)。可是我们在巴黎遇到的乞讨风格,实在和美国不太一样。第一天到巴黎,随朋友去一家超级市场。在街头一个转拐,冷不丁地就见到一个人直愣愣地跪在地上,着实把我们吓了一跳。以后还看到过几次,有一次是直直地跪在人流湍急的宽阔人行道的中间,就像急流中一块黑色的礁石。在美国那么些年,还从来没有见过这样的乞讨形式。

在巴黎地铁里,乞讨者则流行发表演说。我们见到多次全部是男性。他们上来之后,为了盖过隆隆的列车行进声,就会很大声地开始倾吐苦水:如何失去工作,家中又有几个嗷嗷待哺的孩子,诸如此类。倾诉的内容,与宣言般的演讲风格形成离奇对照。美国的失业者福利和法国比起来,实在差得很远。但是,美国的乞讨者却不习惯于向陌生人大声倾诉。美国乞讨者多是默默拿着一块牌子,常常只是简单写着他们的需要,"为食物工作"。有时加一句,"愿上帝保佑你"。我们想,这大约是一种区域风格或者说地区习惯罢。朋友告诉我,提起这些乞讨者,巴黎人只是不屑地说,"那都不是巴黎人"。

但是,假如从历史的角度去看,巴黎和外省的划分,倒确实很有道理。

欧洲在很长的历史阶段里,是没有什么今天的国家概念的。其实亚洲又何尝不是如此。只是今天的我们不再去细想那外族侵略,皇帝上吊,全民亡国的几百年殖民史罢了。不想也是对的,因为历史形成的现实永远是对的。我们今天,假如对历史上的外族入侵所带来的大片塞外疆土之"得",能够处之泰然,那么,在处理历史上的"失"的一面,似乎也应该更冷静地去思考和理解,更有历史感地处理和对待。

在历史上,法国是一个没法算细账的地方。原来都是一个个小地盘,可是罗马帝国兵士们,哗哗地随着恺撒,如潮水般地涌来,谁也挡不住。一块块小地盘就被潮水扫进了大罗马帝国。恺撒神气地来到这里,在我们眼前的这个巴黎塞纳河中的西岱岛上扎下营帐,就成了高卢总督。罗马式的大剧场和浴室,就在这里渐渐盖起来。那个罗马浴场的遗址,就是今天的巴黎中世纪博物馆。过上一阵,

Chapter 5 巴黎是法国的象征

历史一个拐弯，罗马人又呼呼地如潮水般退去。土地就又皲裂开来，原来的格局不可能回复，只能分裂成另一番的景观。经过匈奴的冲击和分分合合之后，北方的日耳曼人又横扫下来，被这一波潮水所漫漫淹没的面积，几乎又是一个罗马帝国的规模。所不同的是，当家人已经完全不同，这一次是所谓查理大帝国了。

这还远不是最后的局面。查理大帝的儿子一死（公元840年），三个亲兄弟的继承人立即开仗。结果是查理帝国又一分为三。兄弟三人各持一块。北边的大致是今天德国的疆土，南部的一块相当于今天的意大利，西面的就差不多可以算作是法国了。这还只是在古地图上的亲兄弟分家产，远不是什么今天的国家概念。此后的几次十字军东征，整个欧洲大部被卷入，人们疯了一样精神亢奋地向东而去，又傻了一样疲惫颓丧地原路归来。几个反复之后，那脚下轮番践踏后的土地，怎么可能还是原来模样？

这样的古代"英雄征服"式的思维方式，在欧洲不仅有悠久的历史传统，而且在人们的潜意识里久久埋藏。就拿法国人来说，连"大革命"都经历过了，这样的古代理想，照样在拿破仑时代死灰复燃，烧遍欧洲。

从十字军东征，我们可以看到，欧洲的复杂，还不仅仅在于各片大小领土之间分久必合、合久必分的戏剧化演变。它还有其运行的双重轨迹，那就是与王室时而平行时而交错发展的宗教线索。政教两路合二为一，这样的纠合缠绕，使得所有的人都在漫长的岁月中吃尽苦头。有权力的分合消长，还有教会领土和王室土地的纠纷，更有宗教战争对世俗生活的冲击。政教的纠葛是复杂的，其后的宗教派别之争也是复杂的，就连天主教在欧洲呈现压倒优势的时候，教廷本身都是复杂的。最能够说明历史上天主教教廷混乱状态的，就是法国的南方小城阿维尼翁

(Avignon)了。

我们拜访这个小城的机会,是出现在更南方的港口城市蒙布利耶(Montpellier)。我们多年前一起同学的好朋友,正在那里做短期的科学研究。说是访友,实际上却是给自己涉足一个更陌生的南方法国,找了个落脚点。现在想起来,还觉得很对不起朋友。我们闯去,已经邻近她研究项目的终结,正是最忙的时候。我们一去自然只能是添乱。真希望他们夫妇能够在不久的将来访美时,我们可以尽地主之谊,予以报答。

游过美国,就会很喜欢欧洲国家的面积规模以及火车设施对于旅游者的便利。我们从巴黎去蒙布利耶,从北向南几乎穿越了法国的一大半。由于是坐快车,只花了四个小时。欧洲铁路有种种订票优惠。我们提前一个月订双人来回票,花的几乎只是当场购票一半的钱。

蒙布利耶也是个美丽的城市。可是,回想在那里的经历,首先想到和留下深刻印象的,却是一个幽默小插曲。

在法国,到处都有一些街头"活人雕塑"。那是一些表演艺术家。他们或是戴上一个埃及法老的面具,全身一袭金光闪闪的大袍,站在一个同样被涂成金色的"雕塑底座"上,纹丝不动,做"埃及雕塑"状;或是把全身没头没脑地刷成银色,头戴银色矿工帽,手(当然也涂银色)举银色的矿灯,站在银色底座上,做"矿工雕塑"状。总之,花样百出。他们共同的特点,是前面放着一个收钱的小罐。只要罐子被行人扔下的钱币击响,"雕塑"就会僵硬地缓缓移动,或是变换"雕塑造型",或是慢慢地一鞠躬。

在西班牙的巴塞罗那,我们还看到过一个把自己涂得一身土红色、带着大礼帽的"绅士雕塑",只是,假如走过的行人不扔钱,"雕像"就会瞪起眼睛,缓慢地移动目光,目光直追"吝啬"的过路客。"绅士雕塑"显得一点不"绅士"。

Chapter 3
巴黎是法国的象征

在蒙布利耶的一条小街上，我们又遇到这么一个"雕像"。他一身洁白地站在狭小的街道中间。似乎恨不得能展开双臂，干脆堵住去路，让大家留下"买路钱"。我们是从他的背后绕过来的。这时，已经有两个女士站在他前面观赏了。其中一个开始掏出钱来，在罐子里发出了好听的声音。我们已经很有经验，停住脚步，因为知道"雕像"要动了。果然，他漂亮地慢慢转换了"造型"。当新的姿势固定的时候，他不像通常的那样完全"僵住"，而是有一个食指向上，轻轻地对着那个刚扔了钱的女士勾动。

她犹豫着走上前去，"雕像"友好地渐渐展开手掌，似乎在邀请一个握手。那名女士终于鼓起勇气，把手放入了"雕像"的手中。手掌在缓慢合拢，握住女士的手，又慢慢送到自己的唇边，轻吻了一下。然后，渐渐送回原来的位置。如此罗曼蒂克的"塑像"令围观者很开心。大家正待散去，却发现这一幕还没有演完：女士的手抽不回来了！这顿时让我想起奥黛丽·赫本演的《罗马假日》。

女士一开始还不相信，没有用力。然后，她加大力度，可是，手还是抽不回来。她放弃努力了，大家都自然地转而去观察"塑像"的反应，可是，他只是"塑像"。石膏般雪白的头部毫无表情，一脸无辜，连眼珠子都不动一动。我正不知道这怎么收场，一名观众突然上前，向那个要紧的罐子里"铛铛"地扔进两个硬币。雕像突然松手了，缓缓地开始鞠躬。大家"哄"地大笑起来，四处散开。

有了蒙布利耶的"大本营"，我们就"四面出击"了，其中就有阿维尼翁。今天的阿维尼翁，是一个对游客最合适的规模，八万人口的小城。相比之下，拥有一个古罗马剧场的小城尼姆（Nimes），由于多出一半的人口（十二万），作为一个步行者的旅游对象，马上就能感觉出尺度有些偏大了。

阿维尼翁至今围绕着一圈五公里长的城墙，城门城塔城垛一应俱全。城外是整洁的林荫道，城内在视觉上却非常丰富，教堂古迹林立。绕到后面，我们隔着罗纳河，可以看到山顶积雪的比利牛斯山，再往后，就应该是西班牙了。这个普通的小古城，在十四世纪一开端，就由于原来在罗马的天主教廷移居此地，而渐渐变得世界闻名。当时的这个小城并不属于法国，就像今天的梵蒂冈不属于意大利一样。可是不同的是，当时的教廷和宫廷有着千丝万缕的关系。

这种关系并不一直是合作的。在教廷搬到阿维尼翁仅仅几年之前，就发生过这样的事情：意大利籍的教皇企图开除法王的教籍，却反被法国国王的代理人抓了起来。而此后在阿维尼翁的教皇克勒芒五世，又居然是法王选择的结果。政教纠葛可见一斑。这是教廷非常衰落的时期，自己都争斗不清。在阿维尼翁教廷结束迁回罗马之后，又由于内部纷争，出现了两个教皇并立的局面，其中一个留在罗马，一个又回到了阿维尼翁。两个教廷互不承认，欧洲各国君主也随之跟着"站队"。直到阿维尼翁教廷成立的整整一百年后，十五世纪初，比萨的宗教会议召开，才决定两个都不要，另立一个正宗的。结果，前面两个都不服，拒不退位。没有解决分庭抗礼，反而成了三足鼎立。又过了近十年，才选出第四个教皇，他终于拥有足够的力量，逼着前面三个都退了位。

至于小城阿维尼翁，从十四世纪中叶起，始终是直属罗马教廷的属地，而不是法国领土。直到法国革命中的1791年，法国国民公会下令把阿维尼翁收为法国所有。在那个时候，教廷捍卫自己的属地，有一多半靠的是人们对宗教的敬畏。既然革命打破了敬畏，混乱中要夺一块地实在易如反掌。就像今天的梵蒂冈，那些教廷的兵们都只是仪仗队而已。真有人要攻要夺，是一点经不起的。事实

政教合一时代的中世纪教廷
——阿维尼翁（作者手绘）

上，在法国革命开始的1789年，当地民众已经在革命的鼓舞之下，冲入完好保存了整整五百年的教廷建筑，掠夺毁坏了几乎全部室内陈设和艺术品。此后又曾被法国人用作兵营。

当我们来到这里，阿维尼翁教廷建筑还保留了一部分。它建造在五十八米高的岩石山上，完全由石块砌筑。仅此保留的这部分，已经非常壮观，不过内部只可以用"空空荡荡"四个字来形容。阳光下，建筑本身就像是一块巨大的岩石，只有顶部金色的圣像，在蓝天的衬映下熠熠闪光。

法国和中国一样，都是历史悠久。可是真正悠久的是土地。土地上的人是在变化，人产生的文化是在交流的。就像我们常常一口一个西方文明，可是西方历史学家细究起来，连一个法国都要追根寻底，细细剖析，追到最后，只有这片土地上曾经发生过的各个文化堆积层，而法国本身，却不知迷失到了哪里。而我们一般不存在这样的问题。我们也许是相反，不论是什么，只要进了大致这块地盘，就统统"收归国有"。结果，大而化之，一锅烩就了中华大文化。

法国人当然也不甘心连自己的文化源头都面目不清。可是要抓住，又复杂得一塌糊涂。今天的法国领土，在不同的历史时期，归了不同的领主。这个领主可能是个小家族，也可能是外来的"蛮族"统领，也可能根本就是周遭邻国的国王。还有，就是像阿维尼翁一样，是教廷的领地。所以，法国人到最后，就死死守住一条底线。那就是塞纳河上小小的西岱岛，就是从西岱岛发展出来的巴黎。抓住了巴黎，法国就跑不了了。这就是巴黎对于法国的历史重要性。而事实上，在法国最终越来越接近今天的领土规模的时候，巴黎就越来越成为法国的象征（而不仅仅是心脏）。照法国的俗话说，那就是"巴黎一打喷嚏，全法国都要感冒"了。

Chapter 5
巴黎是法国的象征

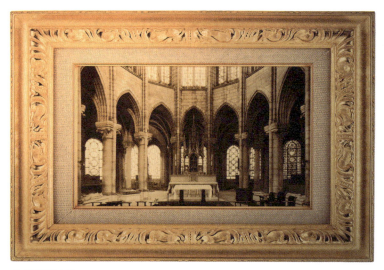

圣丹尼教堂内景

Chapter 6

Saint Denis

圣丹尼和他的头颅

我们已经知道,抓住巴黎,就是抓住了法国。所以法国人对于围绕巴黎发生的事迹,总是很放心地当做自己的文化根源来传颂。欧洲有着深厚的宗教传统,最早的故事往往和宗教有关。可是,当我们走进一个个巴黎古教堂,或是充满了宗教艺术品的博物馆,常常会迷失在一片茫茫的大海中。那是由无边无涯的,用各种艺术手法表现的宗教历史典籍和神迹传说的汪洋。除了宗教历史的专家之外,我们大多数人,对于这些艺术品所讲述的故事,假如越出了自己宗教知识的范围,就只可能是走马看花。

但是,看多了以后,我们也慢慢地对于和巴黎相关的情节,摸出一点门道。比如说,我们经常可以在各种场合(比如巴黎圣母院正门两侧的圣母圣者群雕),看到以绘画或雕刻表现的一幅异样场景。在那里,有三个披着斗篷的像教士模样,或者说是像圣徒模样的人。只是,他们的脖子上都没有脑袋。尽管如此,我们还是可以看到他们肃穆的表情。因为,他们的头虽然不在脖子上,可是依然还在。他们的头被捧在他们各自的手上。

这个简单的构图却很丰满,透出别样的沉甸甸的分量,使我们过目难忘。后来才知道,大概没有一个巴黎人

不知道这张画上的人是谁的，大概也没有一个法国人不知道他们是谁。那是圣丹尼(Saint Denis)和他的两个追随者(Rusticus 和 Eleutherius)。他们是最早把基督教文明带到巴黎的圣者。

那还是在公元二世纪的时候。巴黎，还在罗马人的手里。罗马人是有自己所崇拜的神的。他们来到巴黎，当然就把他们的宗教信仰也一起带来，并且把罗马的神庙，随同他们的营帐和总督府，一起建在了巴黎。这个时候，并不强盛的基督教主教，为了向这个地区传播基督教的信仰，就把圣丹尼和他的两个同伴，派到了这个居住着高卢人的地方。

圣丹尼和他的同伴来到巴黎之后，努力地传播信仰并且建立了许多教堂。圣丹尼本人成了最早的巴黎主教。依据传说，圣丹尼似乎非常长寿，今天算下来，差不多要一百来岁了。在这段初创时期，也许因为他们作为一门新宗教的传播者还很弱小，不成气候。所以，罗马统治者对于这样的"异端邪说"也就未加干涉。

然而，事情突然就发生了变化。今天对于罗马当局态度的突变已经无从考证。但是，那是出于一种对"异教异端"的憎恶或是恐惧，大概是没有错的。我们发现，不论前面那段圣丹尼的事迹，甚至年龄的记载如何模糊，一到这个时候，人们的记忆似乎突然清晰起来。这大概是因为圣丹尼传播的宗教已经有了许多虔诚的信仰者。而他们对于一场宗教迫害的记忆，被迫刻骨铭心。他们清楚地说，那是公元261年。圣丹尼和他的追随者被当局逮捕杀害。

我们听到有关圣丹尼被捕后的事迹。历史记载中，他受到罗马人的酷刑折磨。在我们看到的有关绘画中，有一个场景，是有关这段历史的传说中比较典型也很宗教的一个。那就是，他曾经被送到饥饿的狮子面前。画中的圣丹尼毫无惧色，而狮子却拒绝把他吞下肚去。我不知道传说是否真实。因为在差不多前此一百年前，公元177年，在罗马帝国统治的高卢人地区，已经有过一次类似的情节，只是主角是一个叫做圣布朗丁(Sainte Blandine)的女基督徒。看来把自己不喜欢的人喂狮子，是很典型的古罗马手法。

蒙马特高地

最后，圣丹尼和他的同伴被砍了头。确切地说，砍头的地点，就在我到巴黎的第二天就去造访过的蒙马特高地。当时的蒙马特高地叫做蒙马第(Mons martis)。正因为这里是圣丹尼的殉教地，这里很快被人们改称为殉教者山(Mons Martyrum)。而今天的蒙马特高地(Montmartre)，正是从法语的"殉教者山"转化来的。

圣丹尼和他的同伴被砍头的情景，我们在巴黎一些油画中也可以看到。在传说中，行刑的前一天，天使降临囚室，赋予了圣丹尼神奇的力量。于是，人们说，在被砍了头的第二天，殉教者站了起来。他们俯下身子，慢慢捧起了自己的头。他们捧着自己的头颅，走到一个小溪边，洗净了血污。然后，他又走了五英里，走到一个小村庄。在那里，他倒下来，死去。这个地方后来是巴黎的郊区小镇。现在小镇的名字就叫圣丹尼。

虽然圣丹尼殉教的261年，还远远没有法国的概念。可是，那是发生在巴黎啊，巴黎就是法国的种子和核心。因此，哪怕要近一千年的时间，才逐步形成法兰西民族和法国的概念，可是大家理所当然地认为，圣丹尼始终就是法国的最高圣者。可是，圣丹尼的后人们，那些巴黎人和法兰西人，在接受圣丹尼留下的精神遗产的时候，他们的理解却是并不相同的。尤其在不同的时代，更有着很不一样的理解。

在圣丹尼去世之后，他去世的那个村子很快就开始有了纪念小教堂。最后，在这里建造了今天法国最有名的教

Chapter 6
圣丹尼和他的头颅

先贤祠的圣丹尼大型油画

堂之一——圣丹尼教堂(Basilique St-Denis。原来连接着教堂的一个修道院，现在已经不在了)。今天，地铁可以很方便地通往这个名叫圣丹尼的小镇。出地铁车站走不了五分钟，就可以到圣丹尼教堂了。我们看到，小镇聚集着不少来自阿拉伯的移民。每天早上，街市的小广场挤满了各种小贩，兜售着便宜的日用商品，熙熙攘攘，显得有些乱。这种乱的感觉更来自于小广场周围的建筑环境，看上去实在是一点没有文化。我们看着那些毫无章法的现代建筑，怎么也没法相信这也是在同一个法国。一个转弯，圣丹尼教堂就像一个饱经沧桑的历史老人那样，闭着眼睛，站在那里。

圣丹尼教堂的闻名当然和对圣丹尼的纪念有关，因为，这就相当于一个庞大的举行着宗教仪式的有生命的纪念碑了。同时，它在法国宗教建筑的历史上，有着极为重要的地位。1125年圣丹尼大教堂的重建，被认为是整个哥特式建筑的诞生。它巨大的圆形玫瑰窗，以及中轴线两侧高耸的两排彩色玻璃窗，很是壮观。我们去的时候还是寒冷的早春。这里又是巴黎近郊，不是市中心最热门的旅游景点，所以大教堂基本是空着的。我们站在侧面的柱廊，久久地站着不想移动脚步。唯一遗憾的是，在我们到法国之前，一场百年不遇的飓风横扫巴黎。不仅吹倒了凡尔赛宫和枫丹白露花园里的许多数百年的古木，也吹走了很多教堂已是珍贵文物的彩色窗玻璃。眼前的窗户就有一些是空着的，露出了一块块刺目的亮白。在美国看着报道法国大风的新闻电视图像，和站在这里，看着这些破了相的古老教堂，感受很不一样。

今天，这个教堂的声名更来自于它所包含的"历史内容"。它不仅是几乎所有的法国王后加冕的地方，更是千年以来传统的法国王室墓葬所在地。和我们想象的不一样，

Chapter 6
圣丹尼和他的头颅

圣丹尼教堂墓葬区入口

这里的墓葬,并不是葬在教堂的后院墓地,而是在建筑物的内部。进入教堂是免费的,进入墓葬区就像进入博物馆一样,要买门票。买票倒是一点不冤枉。法国的王室墓葬有着极为精美的大理石雕塑。在观赏这些墓葬雕塑之前,我们首先感觉到的,却是东西方文化之间的差异。

墓葬区在教堂的后部,和前部用一些细细的铁栅栏隔开。进去参观必须绕到外面,买票后,重新通过一个侧门进入教堂。一进去,就看到侧面的大理石棺上面有两双光光的大理石脚丫子,正对着我们。顺着石棺绕过去,我们才发现,那就是石棺中的法国国王和王后的大理石雕像。雕像是裸体的,如去世时的形象,躺在石棺上。底座加石棺足有一人之高,所以,假如你是从脚底的一头去看,当然看到的就是两双光脚板儿了。那是文艺复兴时期法国最著名的国王弗朗索瓦一世和他的王后。后来我们才发现,并不是这对国王夫妇别出心裁,这样的墓雕形式,在这个教堂里非常普遍,后世国王的石棺差不多都是这样。

当然,这首先是作为西方传统技艺的大理石人体雕刻艺术,从古希腊古罗马开始到文艺复兴的又一个高潮。弗朗索瓦一世的时代,那可是达·芬奇的时代。你在这些栩栩如生的雕像上,可以透过细腻的肌肤,触摸到真正人的躯体感觉。这种独特的艺术形式,以它强有力的表现力,表达了它要阐述的东西。

不少墓雕,都是在国王生前就完成的。甚至往往由艺术家依据数个不同的方案雕琢,由国王或是王后挑选而定。所以,这些雕像都是他们自己喜欢的形式。假如看中两个都不忍割爱的话,还会都保留下来,一起放在这里。雕像不仅可能是裸体的,而且似乎并不美化它们的原型。雕像被容许表现它的主人极为真实的临终状态。例如,病态消瘦的身体,以及痛苦不堪的面部表情。在这里,我们

国王弗朗索瓦一世夫妇的光脚丫

看到的是普普通通的人,而绝不是被神话了的帝王。我看了脑子里出现的第一个念头就是,假如中国古代的石雕艺术家敢于把这样一个作品拿到皇上面前的话,不管他有多少个脑袋,也都一定给全部砍掉了。

　　这当然不是说法国国王仁慈的意思,而是在文化根源上,东西方之间,彼此显然有着天差地别的不同。这种不

Chapter 6
圣丹尼和他的头颅

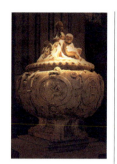

路易十六的十岁就在大革命时期死于牢里的独生子的心脏，就安放在这里

同，在我们后来参观法国王宫的时候，也看到它以不同的形式表现出来。可是，也许正因为表象在叙述的，并不是一个两个君王的个人特性，而是表达了文化的根源和走向。所以，它们才可能具有更深的意义。

在东方的文化中，帝王永远是"天子"，是神的代表。而在西方的宗教文化中，君王也是人。法国教堂中的帝王形象经常是跪着的，和来到教堂祈祷的人们一起，跪在上帝的面前。西方政教合一的文化，曾经既害了"政"的一头，又害了"教"的一头，更祸害了千千万万无辜平民。可是，从另一个角度来看，帝王深陷于宗教的结果，也使他们自始至终，未能挣脱对于上帝的敬畏之心。这给西方文化在"上帝面前人人平等"过渡到在"法律面前人人平等"，埋下一个悄悄的伏笔。

圣丹尼教堂的半地下室里，还有一大批的王室墓葬。我特别喜欢那里的彩色镶嵌玻璃窗。圣丹尼这样一个地方，在法国革命中会受到破坏是很"理所当然"的。革命过去以后，圣丹尼也是被拿破仑宣布着手修复的第一个教堂。修复的时候，按照传统，在法国革命中被砍了头的一批王室家族的成员，也都被归葬这里。最近，在我们从法国回来以后，才看到一则新闻：根据在圣丹尼保存的一个小小的心脏，经过基因检验，平息了一场人们争论已久的历史疑案。确认当时在法国革命中，死在巴黎丹普尔牢里的那个面目清秀的十岁男孩，确实是被砍头的路易十六的儿子。这就是王朝复辟后，出来的是路易十八，而没有路易十七的原因。

地下室墓葬是我们最不喜欢久留的地方了，一股莫名的阴气冰冷侵骨。于是赶紧回到地面，回到外面巴黎初春难得的阳光中，让阳光重新激起我们被冻结了的生命活力。圣丹尼大教堂的正立面已经被巴黎的古建筑专家清洗得很干净，而侧面还积着几百年的尘埃，提醒着人们教堂的历史、法国的历史、巴黎的历史、宗教的历史，都是多么地久远。

这就是一千八百年前谦卑的圣者圣丹尼，和法国王室的奇怪结合。当圣丹尼殉教而成为圣者后，这片土地上的人们，认为他的精神遗产是什么呢？也许首先，是想到圣丹尼对于信仰的献身精神。因而对他们所信仰的宗教本身，添加了一分神圣的光彩。当法国的王室决定归葬于此的时候，他们一定更多地感受到一种荣耀。他们的家族安葬在这里，上帝护佑着王室和法国，而圣丹尼的圣化成为一道光环，永久地照在他们的上方。纪念教堂建立起来了，王室的墓葬也逐步建立起来，可是，要更深地理解圣丹尼、法国和人类，都还要经过很多年。

今天在传说中圣丹尼洗净自己头颅的地方，有个苏珊－布伊松广场（Place Suzanne－buisson）。必须说明的是，法语中的place在中译里通常被译作广场。可是它和广场却有点区别，关键就在这个"广"字上。法语中的这个place可大可小，而且常常是小的，比如一个小小的街心花园。

这个苏珊－布伊松广场，只是一方绿色的草地，鲜花围绕着一个现代雕塑。那是圣丹尼，正尊严地捧着他的头颅。圣丹尼在告诉人们，他的头可以被砍去，他的生命可以被剥夺，但是，他仍然坚定地认为，装着他的思想和信仰的头颅，不可亵渎，也没有死去。而这种尊严是普遍意义的，是属于人类而不是仅仅属于一个宗教派别的。遗憾的是，直到一千八百年以后的现代的世界，还不是所有的人能够明白，为什么在圣丹尼被砍头以后，要捧起他那颗洗净的头颅。

同样遗憾的是，那些葬在圣丹尼大教堂的大多数法国王室成员们，虽然躺在那里，依然没有懂得圣丹尼。

Chapter 6
圣丹尼和他的头颅

雪侬墅城堡

Chapter 7

Amboise

安布瓦斯的古堡

似乎讲完了圣丹尼和大教堂的故事,却总觉得还应该有一个下篇。

著名的圣丹尼大教堂重建,是在公元1125年。三十四年以后,苏利主教(Bishop de Sully)就为巴黎圣母院放下了第一块奠基石。今天我们看着巴黎附近这些高耸的哥特式教堂的规模,自然会想:圣丹尼为之奉献生命的事业,在那个时候似乎已经完成。

有时候,历史就是这样,像是被沙丘掩盖的岩石一样。唯有时间的淘洗能使它露出隐藏的真相。当年强大的罗马总督,轻松地把那几个弱不禁风的异教传播者扔进狮子笼,或是砍掉脑袋。他怎么可能想到,他们自己,随同着他们宏伟的罗马神庙,都将在巴黎这块土地上很快消失。而那些当时建造着简陋教堂,没有信仰权利的谦卑的人们,却在八百年后,建起了属于他们自己的庄严圣殿。

这些天主教堂的规模,不仅仅是为了追求壮观的效果。它们当时确实在使用上有这样的需求。当时的王室建筑师(Abbot Suger),曾经留下重建前的圣丹尼老教堂不堪负担的记录。在他描述中,当时一年一度的圣丹尼节,教堂里人如潮涌,常常酿成惨祸。可见十二世纪左右天主

教徒人数的众多，以及人们对信仰的虔诚和狂热。

我们今天需要对这样的历史场景加以说明，是因为今天我们在巴黎已经看不到这样的盛况了。今天法国的教堂，假如不把游人算在里面，远比美国的教堂来得冷清。我们在法国南部，也看到类似的情景。我至今记得，那次在南方小城尼姆进入一个小教堂，是怎样地让我吃了一惊。那是我们在美国从来没有看到过的教堂景象。里面满满的，都是七十岁左右白发苍苍的老人。我认真地观察一番，发现里面只有两位男性，其余竟全是些法国老太太。

法国南方小城尼姆街头

我们有两次在法国的乡村步行，遇到教堂就进去看看。法国的乡村教堂，规模虽然比较小，但是也一样很有年头。因此，也总能够在里面找到各种纪念文字。几乎总是有第一次和第二次世界大战的当地阵亡者名单。我们看到，二次大战的法国阵亡者人数，要远远少于一次大战。走在这些小教堂之间，我们感觉法国的教会活动并不那么活跃。新建的教堂很少。美国和法国相比，国家年龄如同少年。美国教派更杂，教堂当然都不是古迹，一般没有游览价值。它们大多十分简陋，常常是木结构的。但是经常有新的乡村城镇的教堂在建造，教徒的年龄构成相对要年轻，各个年龄段的都有，就连给孩子们开的周日《圣经》学习班都很热闹。美国的许多教堂差不多相当于一个以宗教为凝聚力的社区活动中心。

今天我们所看到的法国天主教的状况，相对于盛期的衰落，也是历史的结果。人类属于精神领域的产物，不论是文学、艺术、宗教，还是泛泛而指的思想，都会在一个时期出于某种历史的必然，冒出来。正在盛行的就是"主流"。而刚刚冒出来的，或是正在消亡的，就是"支流"，甚至是逆流了。历史长河，泥沙俱下，精神财富所含有的金砂，不论属于哪个派别，最后都会沉淀下来。虽然很多流派经历了由弱而强,最后又由强而弱,甚至消亡的历史。可是,哪怕是似乎消失了的,其中有价值的部分,仍然会被保留。今天的任何一个正在盛行的精神主流,假如有记忆、有历史眼光的话,就会从这样的历史中,获得一些教益。因而不把自己看得太大,也不把自己看得太正确。起码是自己要活,也让别人活。假如仗着人多势众,就要对别人斩尽杀绝,最后就可能遗祸自己了。

在人类历史越早的时候——也许是历史范例的积累还不够?——犯这样的错误的就越多。这就是圣丹尼和他的同伴掉脑袋的原因。当一千年以后,在巴黎,圣丹尼的名字已经成为一个节日,新的圣丹尼教堂已经建成,连巴黎圣母院也已经挤满了朝圣者的时候,这个成为"主流"了的宗教,又是如何对待别人的"圣丹尼"的呢? 很不幸的是,中世纪天主教对新教徒的宗教迫害,几乎是人所皆知的事实。人们常常把文艺复兴时期,作为一个新世纪的开端。我们正好有机会,一访法国文艺复兴时期的一个重要遗址:安布瓦斯(Amboise),想更多了解那个时期的情况。

我们曾在巴黎以东的卢瓦河谷(The Loire Vally)游荡了一个星期。那是一个布满城堡的山谷和河域。安布瓦斯就在这个区域。那天,我们是整整步行了十公里多,在傍晚时分才赶到安布瓦斯的。

严格地说,在此之前我们已经来过一次了。原来朋友告诉我们,我们可以先到安布瓦斯,在那里先看看,然后再去雪侬墅(Chenonceau),那是卢瓦河域最精致的一个皇家城堡。去过那里的朋友告诉她,从安布瓦斯到雪侬墅,有很方便的汽车。我们是坐火车到安布瓦斯的,下了车以后,不论是火车站售票处,还是当地居民,都说没有汽车去雪侬墅的。这是旅行的常见情况,我们获得的是不准确的信息。计划当场就乱了。

Chapter 7
安布瓦斯的古堡

卢瓦河上最精致的城堡雪侬墅

  和我们一起下火车的还有一个突尼斯来的第二代移民女孩。她在这里住了十几年，会说英语，现在在附近的布洛瓦(Blois)工作。我们也刚去过那里，而且正好还会两句阿拉伯的问候语，就和这个阿拉伯女孩用英语聊上了。她和开着车来接她的父亲一说，她父亲热情地邀请我们上车，要送我们去雪侬墅。结果，我们在安布瓦斯只能说是脚沾了一下地，就匆匆离开了。那是一辆小型车。法国的汽油价钱是美国的四倍，城市的规模也相对紧凑，所以为了节约汽油和方便停车，车子普遍都小。

  女孩的父亲是第一代移民。在法国生活几十年，却一点不会法语，更不会英语。所以，一路上，我们一直是和女孩在聊。女孩在安布瓦斯长大，大学毕业后，不安心在小地方生活，就把家安在布洛瓦了。那里虽然大一些，但是还远不是一个大城市。女孩充满了矛盾，一边觉得不能忍受小城的单调，一边又留恋从小长大的安布瓦斯，留恋小城的美丽和宁静。对于她来说，这就是故乡了。所以，她不断地对我们说，你们一定要再回安布瓦斯去看看，那是一个多美的地方啊。至于车子正在前往的皇家城堡，她说从来也没去过。我们很奇怪地问："这么大一个城堡，我们可以万里迢迢来观看，离你们家才十公里，你怎么会没去过？"她笑笑说："对我们来说，城堡到处都是，不稀奇了。"

等到从游逛大城堡的兴奋中回到门口，才发现我们是傻在那里了。我们怀着希望，再一次向城堡的门卫询问回到安布瓦斯的方式，他微笑着说，你们直着先走一公里，然后拐个弯，再走十公里，就到了。没有车。火车是有，可是线路不到那儿。我们颠了颠肩上的大包，走。为了女孩说的小城的美丽，也为了另一个城堡——安布瓦斯城堡。

黄昏时分，暮色苍茫，我们经过有着数百年历史的石围墙围着的羊群，穿过如画般的葡萄园，从山坡上缓缓下来，走近卢瓦河边的安布瓦斯城。进城前，站在路边的"安布瓦斯"牌子前，还来得及抓住最后的光亮，留影纪念。然后，直直地来到大城堡底下，在一个只有一颗星的小旅馆住下。这样的旅馆，就是我们在中国学英语时，想象的真正欧洲小旅馆(Inn)，虽然法语里不论大小，都叫大旅馆(Hotel)。美国已经没有这样古旧而有味道的旅馆了。老房子，夫妻经营，楼下是小酒铺，楼上是像居家卧室一样简朴的房间。我们卸下肩上的大包，就来到楼下小酒铺，和那些在外观和内心都松弛的法国"外省人"一起，挤在柜台边，一人要了一大杯啤酒。一个法国老头儿，好心地一定要让给我一个酒吧的高凳子。我们端起酒杯，看着玻璃门外黑憧憧的城堡高墙，一边灌啤酒，一边想，这是多么过瘾啊！

布洛瓦布满了这样的住宅

安布瓦斯城堡，是安葬达·芬奇的地方。

第二天城堡一开门，我们就开始往上爬了。说是爬一点不过分，那是高高大大的石坡道，上面就是整个城堡的围墙。上去一看，城堡的面目才比较清楚了。原来，是一大圈围墙围住了一个山包，山包上才应该是原来的城堡建

有着数百年历史的石围墙围着的羊群（作者手绘）

Chapter 7
安 布 瓦 斯 的 古 堡

安布瓦斯城堡顶上埋葬达·芬奇的小教堂

达·芬奇肖像

筑物，可惜它们大半已经毁坏无存，留存的只是一个精致的小教堂和一部分建筑物。小教堂在毁坏的古堡废墟间，显得有些孤零零的。

　　风很大，因为早，所以游荡在顶上的好像只有我们和另外一对英国夫妇。他们似乎是偶然经过这里，对这个古堡的历史一点也没有摸清。在我们后面走进这个小教堂之后，他们只是对这个内部简单的教堂扫了两眼，就打算出去了。我平时也没有随意和陌生人打交道的习惯，这个时候实在忍不住，冒失地脱口而出：这就是达·芬奇安葬的地方啊。"是吗？"他们惊奇地睁大眼睛，收住了已经快要踏出门的脚步。望着我们这两个东方人，几乎怀疑我们谈的是另一个也叫达·芬奇的什么人。"我们还以为他是葬在意大利呢。"

　　是的，只有一个达·芬奇。他葬在这里。这个小教堂就是为他修建的。他们疑疑惑惑地跟着我们寻找证据，我们四个人在这个小小的空间转了两圈，才在一面墙上找到一块小小的石碑，上面刻着，在这后面，安葬着达·芬奇的遗骸。我们走出这个教堂，一起对整个小建筑的造型完美和它门楣上的精美石雕赞叹不已。我们高兴地成了半个导游，接着告诉他们，在安布瓦斯城里，还有达·芬奇故居。那栋红砖镶嵌石雕的小住宅也很漂亮。达·芬奇的最后几年就生活在那里。

　　我们不是第一次在这里遇到达·芬奇了。他把他晚年的成熟的艺术留在了异乡的法国。我们在附近的几个城堡都看到他的建筑作品。他来到法国，热情地工作在这里，去世和埋葬在这里，是因为在十六世纪文艺复兴的法国，有那个时期最重要的一个国王：弗朗索瓦一世。他是达·芬奇在法国的"伯乐"。这是一个常常可以听到的名字，我们后来都很熟悉了他独特的面容，因为看他的画像看得太多了。弗朗索瓦一世热爱艺术,经常往来于卢瓦河域的宫廷和周围几个城堡之间,这个安布瓦斯城堡是他最喜欢逗留的地方之一。我们一来法国,就听到这样的动人故事,说老迈的达·芬奇是死在弗朗索瓦一世国王的怀里的。文艺复兴果然是星光灿烂的景象。

我们站在风中雄壮的城堡上,脚下是浩浩荡荡的卢瓦河。城堡上插着一排中世纪图案的旗帜,红色和深蓝,有着金黄的图案,在风中猎猎飘扬。这里景色壮美,不由会想,当年的达·芬奇一定也站在这里看过同一条卢瓦河。可是,此刻我们心里却很不"艺术"。因为,我们在向这对英国夫妇继续导游的时候,讲解了在这个城堡发生的,历史上著名的"安布瓦斯阴谋"。

弗朗索瓦一世死在1547年,十三年以后的1560年,政教合一的传统结出的无数恶果中的一个,在这里爆发。正因为政教是合一的,掌握政权者往往也掌握宗教,也决定其他宗教信仰的生死大权,所以,被压抑宗教的出路也唯在夺取政权。宗教与政治纠合,信仰权问题居然和政权相连,这是何等混乱的局面。当时的国王是弗朗索瓦一世的孙子,是个年幼体弱的少年,并不能真正掌控局面。天主教和新教所代表的两边,都试图挟天子而使自己的一派在政治和宗教上成为"主流"。当时法国的新教徒,大多数是加尔文派,在法国被称为"胡格诺"。新教出来以后,就经常是被天主教追杀的对象。这一次胡格诺的谋反失败,一千二百具胡格诺教徒的尸体,就被铁钩挂在我们脚下这个安布瓦斯城堡的正立面上。我们怎么想象也想象不出来,一千二百具人的尸体,挂在这儿是什么样的景象。

文艺复兴时期最重要的法国国王弗朗索瓦一世画像

也许,人们会说,这是弗朗索瓦一世死去以后的事情,和他没有关系。我们读了各种有关他本人的资料。在一些书里,弗朗索瓦一世是一个非常难得的贤明君主,自

安布瓦斯堡(作者手绘)

始至终，充满了对法国的热爱和对平民的关怀。他推崇艺术，身先士卒，整篇都是催人泪下的悲壮兼而忧伤的故事。可是，里面常常遗漏了这样的情节，这位热情洋溢的君主，在1516年，与教皇利奥十世达成协议，从此，在法国彻底地包揽政教双重大权。所有法国境内的教职，从大主教开始，从此由弗朗索瓦一世发布任命，宗教职位成了他的朝廷命官。法国教会的大部分收入，也归他所有。从此埋下了政教混合争权的深深祸根。那些悬吊胡格诺尸首的铁钩，在弗朗索瓦一世的时代，已经铸就。

不仅如此，在1534年以后，弗朗索瓦一世开始迫害新教徒。1540年，成立了人们感觉中只有在中世纪才熟悉的宗教裁判所。就在弗朗索瓦一世死后的三年里，他最宠爱的儿子亨利二世，就用这个法庭，判了五百个新教徒，其中六十人死刑。1549年，又成立了专门惩治胡格诺教徒的，极为严酷的宗教裁判所，人称火焰法庭。文艺复兴的星光，在火刑柱的冲天烈火下，顿时黯淡下来。

这是无法控制的对异教徒的加速迫害。迫害越是血腥，冲突越是惨烈，迫害者一方也越是恐惧。在"安布瓦斯阴谋"的十二年后，1572年8月23日，一场恶性迫害事件又在巴黎发生。即使在当时还战乱不断的欧洲，仍然震动了所有的人。战争，哪怕是宗教战争，虽然愚蠢也都是公平厮杀。这与当权者对无辜平民的屠杀有本质区别。那天夜里，在亨利二世的遗孀、当时摄政的卡特琳·美第奇(Catherine de Medicis)的授意下，以巴黎各教堂的钟声为号，以武装部队先行，大肆屠杀前来参加新教领袖亨利婚礼的胡格诺教徒，并在全城各处搜杀。屠杀立即扩大到法国各地。根据历史学家们的研究，仅巴黎一处，被屠杀的新教徒就有三千之众。这就是永远被历史记住的"圣巴托罗缪惨案"(Massacre of Saint Bartholomew's Day)。

安布瓦斯城堡室内

　　用屠杀来维护权力，是不同历史阶段的强权都曾经试过的方式，可是历史自有它自己的规律。原来应该在惨案那天举行婚礼，结果却目睹自己婚礼的教堂变为屠场的那位异教新郎，在圣巴托罗缪惨案的十二年后的1589年，成为法国国王，那就是亨利四世。他虽然后来改信天主教，却因此宣布新教在法国为合法。虽然，不同宗教之间敌视的问题并没有彻底解决，但是，这是欧洲出现的第一道宗教宽容的曙光。人类向前迈出一步是多么的艰难。

　　这位对异教徒大开杀戒而留名史册的法国王后卡特琳，是从意大利嫁过来的。她来自于意大利文艺复兴时期最著名的美第奇家族。这个家族的府第留存至今，是今天学习西方建筑史的学生都很熟悉的文艺复兴时期府第建筑的典范。卡特琳的曾祖父罗伦佐(Lorenzo de Medici)又是这个家族最重要的一个人物。正是他，在自己的别墅里建立了"柏拉图学园"，又在私人花园里开过一个雕塑学校。那里，有过一个还未成年的十五岁学生，他就是后来意大利文艺复兴时期最有名的雕塑家米开朗基罗。卡特琳是在文艺复兴的摇篮里长大的。

在这里，不得不想到一个同时发生在瑞士的故事。在法国亨利二世的"火焰法庭"把一个个胡格诺送上火刑柱的时候，在美丽的日内瓦湖畔，1553年，胡格诺（即加尔文教派）的创始人加尔文（John Calvin），在他自己成为主流教派的瑞士，把来自西班牙的神学家塞尔维特，以异教徒的罪名，烧死在火刑架上。

这些文明与野蛮的交替，辉煌与黑暗的碰撞，人文精神与兽性的重叠，让今天站在中世纪城堡上，站在达·芬奇的纪念小教堂，和悬挂过成片尸身的城墙之间的我们，说不出的迷茫。

我们习惯了简单的历史分期，教科书简单地一刀切去了一千年中世纪的黑暗，打开一个阳光明媚群星璀璨的文艺复兴时期。我们的目光被艺术的光芒照射得眼花缭乱。我们因此相信，那就是一个人文的时代。这实在太小看历史的惯性。中世纪和文艺复兴连贯在一起。一个在制度上没有任何触动的旧时代，很多变化只能是缓慢渐进的，就连中世纪本身都是一个漫长渐进的过程。

常常令大家扼腕痛惜的古希腊文明，是人类历史一个孤独的天才早产儿。它们几乎注定是要灭亡的。文明出现得太早的话，就像一个不足月的婴儿，他的生存可能几乎完全取决于生存环境。假如他得到的不是一个暖箱，而是一片野兽出没的丛林的话，我们又凭什么指望他能生存下去？文明在那个时代，就是软弱的同义词。当我们看到，在人类早期弱肉强食的大环境中，雅典人在那里发展文明，培育生长着民主制度的萌芽，雕琢着精美的石雕，胸中酝酿着史诗的激情；同时，我们又看到，邻近的斯巴达，纪律严明，全民皆兵，整个国家如同一个兵营。小儿

Chapter 7
安布瓦斯的古堡

七岁就严酷训练，青年个个参加军训，三十至六十岁全都是现役军人。这幅景象，就像在狼群中，看到一只浪漫的羊一样。那是人类在比谁的牙齿尖利的时代。

结果总是最野蛮的大获全胜，中世纪如期而至。可是，中世纪整整一千年。这不可能是人类的一个无底黑洞。进步，走向文明与人性的进步，是人类的本性，这才是人类的希望。所以，从进入中世纪的第一天开始，人类就开始了另一个向上的艰难跋涉。教堂建筑的发展是中世纪文明进步的一个物质证据。在古希腊古罗马建筑与文明同归于尽之后，人类又渐渐发展出了中世纪的哥特式教堂。这样艰难的千年跋涉和不断创造的结果，才是文艺复兴的逐步到来。而文艺复兴并不是一个脱胎换骨的时代。野蛮的印记依然存在。在人文精神开始发蒙，人体雕塑已经满街满宫满后花园的时候，尊重个人生命，尊重个人权利，尤其是异端权利的时代，还远远没有到来。

所以，那些给巍峨的教堂奠基的主教们，那教堂里蜂拥而至的教徒们，在当时并没有理解圣丹尼告诉了他们一些什么。圣丹尼站在那里，到法国文艺复兴，整整一千三百年过去了。他依然捧着他被砍下的头，忧郁地在那里等待、等待。等待人们能够理解宗教中向善的真谛。正是这样一个宗教内核，使得它依然流传，依然找到自己的信仰者，帮助它的信仰者在野蛮时代的泥沼中，慢慢跋涉出来。那是宗教属于金砂的部分，它永远不会被时光的流水冲走。

我们从卢瓦河谷回到巴黎，打开电视，那里正在播放当天几乎是全世界所有电视台的头条新闻。罗马的天主教教皇让·保罗二世，正在梵蒂冈，向全世界的人们，为天主教所有的历史错误，公开做有史以来的首次庄严忏悔。他要求天主教徒在进入第三个千年之际，净化自己的灵魂。他请求上帝原谅天主教在两千多年来犯过的所有罪行。他提到了由于天主教徒在历史上的敌意、偏见和无情，因而遭受苦难的所有人们，他请求宽恕。同时，他也代表天主教，原谅了所有曾经迫害过天主教徒的人们。

　　我仿佛看到，死不瞑目的圣丹尼捧着的头颅上，眼眶变得湿润。有一滴泪水，在慢慢聚集。渐渐地，他睁了近两千年的眼睛轻轻闭拢，那滴泪水，终于落在了初春的大地上。

Chapter 2
安布瓦斯的古堡

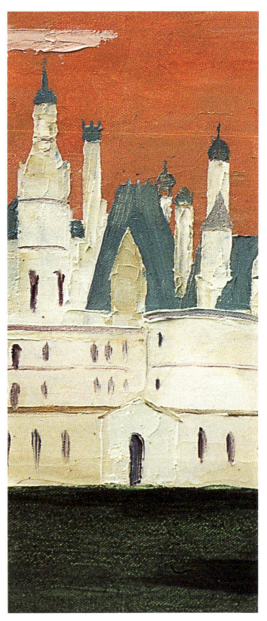

香波荷城堡

Chapter 8

Villon

卢瓦河的地牢和诗人维永

我们在卢瓦河流域走了好几个地方,不论到哪里,最后都会回到不同河段的卢瓦河边。现在闭起眼睛,那凝重的、亮灰色的河水,似乎还在眼前流淌。

卢瓦河谷是城堡之谷。去那里之前,我们正好在巴黎遇到一个英语书店。在美国看英语书,总觉得远不如看中文书来得顺溜,可以一目十行。可是在法国,不论进什么博物馆,文字说明都是法语的。半猜半将就,常常还是不得要领。记得在法国南部坐火车,厕所里的标识牌有四种语言,法语、德语、西班牙语和意大利语。虽然英语世界来旅游的人很多,还是没有英语。不知是不是当年和英国人打了一场百年战争,打得印象太深刻的缘故?所以,久违自己熟悉的语言,当了一阵半瞎子之后,看到一个英语书店,就分外高兴了。

卢瓦河

书店的主要库存就是旅游书。出来的时候,我就捧着那本有关卢瓦河城堡的书《卢瓦河城堡及其周围环境》(*The Chateaux of the Loire and Their Surroundings*)。这本书的文字部分过于简洁。对我们来说,书里对于葡萄酒特色的介绍,似乎太滔滔不绝;对历史的介绍,又太吝惜笔墨了。可是,我们还是很高兴在去卢瓦河之前,能够得到

这样一本书。因为薄薄的一本书,里面有差不多近一百个城堡的彩色照片,而且印刷精美。最关键的,是书里对所有城堡的开放状况和开放时间,都有说明。

卢瓦河的城堡沿着两岸,被一个个小镇簇拥着。租一辆车自己开着一个个城堡跑,大概是最方便的了。但是,我们还是选择了坐火车。我们想比较悠悠地走几个城堡,觉得看城堡和看博物馆的展品是一个道理,一下子看多了,没准就把自己给噎住了。

法国的火车准点,几乎分秒不差。它速度快,车厢窗明几净并且舒适,无可挑剔。火车票可以在两个月内有效,当然不能来回重复使用。在每个火车站的站口,都有一个自动检票机,没有检票员。上车前自己在检票机前夹一下票就行。所以,上火车就像上公共汽车一样,即便是巴黎这样的大车站,都是如此。找准自己要上的车,上去就是了。买票就买到最远的一站,中途一次次下来,顺序使用同一张票。这比一站站地买短途票要便宜得多。

我们翻着这本书,选了几个城堡,就像大多数游客一样,我们首先选择了最著名的两个皇家城堡:香波荷和雪侬墅。然后,我们选了一个人们很少光顾的地方:默恩·苏·卢瓦城堡(The Chateau of Meung-sur-Loire)。我们手头一直有一本导游书,是来法国之前朋友们送的,他们说得不错,这确实是众多导游书中最著名最好的一本。只是上面也没有这个城堡。

默恩·苏·卢瓦是一个小城市,这里是中世纪蛮族入侵和欧洲历史动荡的见证。公元406年,旺达尔人(Vandales)横扫而过,不仅毁了最初的城堡,还杀了个鸡犬不留。一百年后,才有一个叫圣利伐的教士,在这里带领人们重新建起家园。他在公元565年死去后,这里就建了一个纪念小教堂。此后三百年的家园建设,又在诺曼底人入侵的时候被

卢瓦河上最大的城堡香波荷

卢瓦河边最壮观的城堡香波荷(作者手绘)

捣毁。小城以顽强的生命力再次慢慢恢复。教堂和城堡都在屡毁屡建中，越建越大。百年战争期间，这里又被英军占领，并在附近发生了多次战役。默恩·苏·卢瓦生存下来，至今只有六千二百多个居民。

从十二世纪到法国大革命为止，这个城堡就一直是奥尔良(Orléans)教区红衣主教的住宅。因此，教堂一直是城堡的一个重要组成部分。可是，欧洲漫长的政教合一历史，使得地区主教还兼为地区的行政和司法长官。于是，执政官员住宅，又兼为司法和执法机构，甚至包括监狱。在十二世纪到十七世纪，这里兼为奥尔良地区的正式监狱。这样一个中世纪城堡住宅，具备了如此典型的综合功能。这就是默恩·苏·卢瓦把我们吸引到那里去的原因。

默恩·苏·卢瓦就在火车的主干线上，所以坐火车去特别方便。我们是从安布瓦斯倒回这里，下火车还是清晨，好不容易才找到一个可以问路的人。顺着她的指点，我们向市中心走去。路途不远。最后，走到一条小小窄窄的老街，迎面是一个岔道口，分岔点上是一栋西班牙式

Chapter 8
卢瓦河的地牢和诗人维永

的、木结构外露的小楼房,楼下的灯光暖暖的,映照着一个同样温暖的小小面包房,这是清晨的法国小城镇最繁忙的地方了。越过这小街小楼,默恩·苏·卢瓦城堡外相连的教堂,就已经可以看到了。

我们走到跟前,看到的是一片灰色。外面是灰色的大教堂。紧闭着的城堡大门里面,越过一小块空地,是连绵延伸的灰色的中世纪城堡式住宅。问题是,大门不开。我们先到教堂里面转了一圈,然后走向旁边的咖啡馆。老板对我们说,城堡肯定会开门,就是时间还没到,还差半个小时。我们定下心来,守着城堡喝咖啡,好像生怕它一转眼就跑了。

默恩·苏·卢瓦的小面包店,左下角露出的就是默恩·苏·卢瓦城堡

半小时过去了,门还是不开。我们甚至怀疑是不是另有一个大门,于是,就绕着古老的石头围墙走起来。这一走,才知道它的领地范围很大。绕着绕着,我们就又绕到了小城的街里,这才发现,这是一个水乡小城。卢瓦河的支流在这里被悄悄引进,在一片片春天的粉彩中穿行。有时,河水流淌在整齐的、两边布满花坛的沟渠里,有时,河水又被紧紧地夹在住宅的陡峭石墙之间。石墙上蔓延着青苔,攀援着无名的野花。河水又湍急地穿过拱形的石桥洞。石桥都很小,而两岸石墙上小窗洞的窗台上,都有着一盆盆的亮丽的花儿在开放。千百年石块的苍老,使今日春天的轻盈并不失去底蕴,无尽的有生命的水流穿行而过,默默地在连接着古今。怪不得,这里还是大仲马写《三剑客》的背景地。在如此美丽的画面里徘徊,使我们差点忘了那个沉重的灰色城堡。直到最后,进了一个漂亮的小院,才发现自己歪打正着,正好来到这个小城的旅游信息中心。

在那里,一个热情的年轻女士告诉我们,这个默恩·苏·卢瓦城堡,今天是一个私人财产。它确实对公众开放。但是,里面的接待人员很少,又是旅游淡季,所以,它每小时只开放一次。由一个接待员出来，领着大家进去，转身就把大门又拦上了。错过这个点儿，就要等下一个小时了。听到这里，我们赶紧匆匆告别，急急地向城堡再次赶去。

这次看懂了。城堡的大门上挂着一个纸做的钟，上面的指针所指，就是下一次的开放时间。这次，再也不敢走开了。

到点了，接待的女士姗姗来迟。跟着她，我们五六个游人终于跨过那根标志着领地界线的粗粗绳索，进了城堡的范围。可是，她领着我们向院子里走，却是反着城堡建筑的方向。大家纳闷地随着向右拐进一个小岔道。她突然站住，停在一个叫我们莫名其妙的地方。这是花园的一部分，微微隆起一个类似地窖的东西。我想，这大概又是法国人的骄傲——大酒窖了。她打开一扇低矮的歪歪斜斜的大门。看进去实在不像是酒窖。里面可以站人的空间似乎很小、很暗，唯一的光线来源就是这扇刚刚打开的侧门。假如关上门，里面必定是漆黑一片。她一边鼓励犹豫着的我们轮流进去看看，一边介绍说，这是当年中世纪监狱的一部分，是一个无期徒刑的囚室。

我们还没有反应过来她说的是什么意思，就迎着前面出来的人，交替着走了进去。一进去，就遇到一段齐腰高的类似石墙的围栏。昏暗中看去，围栏里面是一个地窖，地窖中间是一个黑乎乎的洞，深不见底。我们突然之间明白了，这就是我们带在旅途上重读的那本书——雨果的《九三年》中描写的中世纪城堡地牢。

今天人们来到欧洲游览中世纪城堡，都会禁不住地带着欣喜赞赏这样辉煌的建筑历史遗迹。它的造型是如此独特，堪称完美；它的石筑工艺是如此精湛；它所携带的历史沉淀是那么丰富。你几乎不可能不赞叹。因为它不仅作

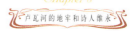

Chapter 8
卢瓦河的地牢和诗人维永

为建筑艺术在感动你，而且它只属于遥远的中世纪。可是，读了雨果，你也无法不记住，城堡是中世纪旧制度的象征。它的沉重远不限于它厚重的石墙和灰色的视觉压力。这个在中世纪曾经非常普遍的地牢形式，才是城堡文化最沉重最触目惊心的一个部分。

我们来到这个城堡的时候，预想过我们也许会看到一些什么，可是，一点没有料到，就在我们一进城堡大门，就突然遇上了由雨果在1873年描述过的典型中世纪地牢。

正如雨果所描写的，真正属于牢房的这部分是没有"门"可以走进去的，受刑者是被"脱得精光，腋下系着一根绳子"，从我们被挡住的这半截石墙上"被吊到下面牢房里去的"。在我们看到的这个地牢，规定每天只放下一大罐水和一大块面包。不论里面有多少囚犯，食物和水的数量永远不变，而且通常是短缺的。被关在下面的浑身赤裸的人们，就厮打着抢夺这有限的维持生命的资源。

最恐怖的，是中世纪地牢的典型设计，它只进不出。那就是我们看到的地牢中间的那个"洞"的作用。那是一个四十五英尺深的，按雨果的说法，"与其说是一个囚室，不如说是一口井"的地方。上层的囚徒终日在黑暗中摸索，谁从这个洞口"跌下去，就不能够再走出来。因此，囚徒在黑暗中必须小心。只要一失足，上层的囚徒就会变成下层的囚徒。这一点对囚徒很重要。假如他想活着，这个洞口意味着一条死路；假如他觉着活得厌烦，这个洞口就是出路"。那些终于抢不到面包和水的囚徒，就会很快进入下一层。而上一层的囚徒，就始终在这个洞口的恐怖中苟延残喘。你无法想象从这些囚徒身上，还能找到一点作为"人"的感觉。

这不仅是雨果对地牢的描述，这是他对旧制度的评介："上面一层是地牢，下面一层是坟墓。这两层结构和当时社会的情形相似。"

不论在什么地方，留下来的往往总是上层的历史，而芸芸众生常常是被忽略的，越早就越是如此。在野蛮的年代，从历史记录的角度，不会有人关注普通的生命。甚至直到我们自己经历过的历史，假如几十年后的今天，我们要从书中去重读，就会发现，今天的历史学家依然是在热衷于剖析上层的路线斗争，派别的此起彼伏。我们目睹的主要历史场景在书中会大块大块的消失。因为，几乎很少有学者再愿意耗费自己宝贵的学术生命，去关注和记录那些无以计数的、被碾为尘土的最底层的个人生命。

法国的中世纪，幸而留下了这样的地牢。看到它，人们就必须看到里面曾经有过的生命。

对面不远，就是城堡住宅的入口。我们接着就参观了城堡内部的上层生活。上品的古董家具，精美的挂毯、绘画和工艺品，满架满架的书。虽然，我们看到的这部分内容的主人，已经是最后邻近法国革命前的主教。在那个时候，随着历史本身的进步，这里已经是纯粹的住宅，不再兼有司法的功能。但是可以想见，在地牢依然在使用的时候，这个城堡里的生活品质也是如此优雅的。

我们从会客室、餐厅、书房、卧室、等等一路看去，最后，来到了宽大的厨房。在厨房的旁边，是一个浴室，虽然是几百年前的洗浴设备，但是在当时就算是很舒适的了。就在浴室里，导游突然带着我们从一个入口往下钻。粗大的石阶，粗重的石壁，一路向下。我们终于停在一个地下的厅里。在这个时候，我们的四周，我们的上面和下面，都已经只有石头了。这仿佛是一个阴冷而粗笨的巨大石棺。这就是囚犯们进入那个地牢之前必须先到过的地方。假如说，地牢是典型的中世纪执法部分，那么，这里就是典型的中世纪的司法。

我想起，我在雨果的另一本书里，也读到过这样的地

默恩·苏·卢瓦城堡地下刑讯室的中世纪刑架

默恩·苏·卢瓦城堡地下刑讯室的中世纪刑具（灌水装置）

方，那是《笑面人》，虽然被他生动描写的中世纪司法是属于英国的。可是，中世纪的欧洲是那么不分彼此。他们的疆域经常是变换的，他们的宫廷经常是近亲，他们的法庭经常使用着相似的定罪方式。我们进入的这个地下石庭的一部分，被栅栏隔开，就是尚未认罪的囚犯被关禁的地方。认罪之后，就投入先前我们看过的地牢了。那么，中间这一步司法怎么走呢？这就是大厅的另一部分：刑讯。那里，至今陈列着中世纪遗留的刑具，粗大的木质刑架，还有强行灌水的装置。站在这里，我们知道，根本没有人会怀疑，是否会有人不认罪。都会认的，只是时间的长短问题。

从窗子里，主教和他的客人们，在瞭望花园的时候，就可以看到那个地牢的入口。他们躺在热气腾腾的浴缸里，也知道地下室正在发生些什么。这一场景使我想起中国类似的衙门与府第的结合，所谓前官后府。前堂庭审时刑具铺列的肃杀之气，和后花园的书卷安闲，闺房绣阁，居然有机地统一在一起。人类在同一个大时期，竟会有如此惊人的异曲同工之作。不同的是，欧洲的中世纪以政教合一玷污了宗教精神，我们以政儒结合毒害了本应是独立的学者阶层。而对于残忍的普遍认同，对于苦难的漠视，是那个时代的基本特征。

在几百年前，在中世纪，甚至延续到文艺复兴以后，人类在文明的最根本基点，在人性的普遍觉醒上，还远远没有出现自觉的本质进步。不仅是上层的残酷，整个社会上上下下，没有人会把犯人当人。这就是雨果在《巴黎圣母院》设置的一幕，能够强烈震撼人心的原因。卡西莫多在中世纪巴黎圣母院的广场上，被捆绑在刑架上当众鞭打。在他凄声呼渴的时候，满广场铁石心肠的围观者个个幸灾乐祸，不为所动。直到一个吉卜赛姑娘艾丝美拉达站出来，提着一罐水，目不斜视地向不幸者走来，人们才可能开始

陈列在雨果故居的《巴黎圣母院》插图

Chapter 8
卢瓦河的地牢和诗人维永

思考,究竟什么才是所谓的"人"。

站在中世纪的刑讯室,默恩·苏·卢瓦城堡的导游告诉我们,认罪后的囚徒之所以会进入那个地牢,是因为要适应法国中世纪政教合一的"国情"。主教既要主管司法,又有教义不得杀生和见血。所以,才出现了这样的地牢设计。所有他不愿饶恕的犯人,都"缓"为这样的无期监禁。可是,事实上,这里的生命是短促的。从来只有人进去,没有人出来。死者都在那口中间的"井"里,在四十五英尺深的黑暗井底"消失"了。

可是,就在我们所看到的这个地牢里,史无前例地走出来过一个囚犯,他就是法国最伟大的抒情诗人——弗朗索瓦·维永(Francois Villon,1431?-1463以后)。

维永是个孤儿,从小被一名姓维永的教士抚养长大。1452年在巴黎大学获文学硕士学位。三年之后,他在一场斗殴中刺杀一名教士,以及涉案盗窃等,被两次逐出巴黎。就在这段时间里,他出版了诗集《小遗言集》。他开始浪迹四方,大概是破罐子破摔了,他接连数度入狱。又不知为了什么,在1461年,被关入这个默恩·苏·卢瓦城堡的地牢。也许因为正当身强力壮的三十岁,他在这个活地狱里居然熬过了五个月。最后,被路过此地、刚刚登基的法王路易十一赦免救出。

维永木刻像

我们看到,其实中世纪的司法状况一直延续到文艺复兴之后,更延续到后来的专制时期。就在这个城堡,这样的状态就持续了五个世纪,跨越中世纪后期和文艺复兴,直到十七世纪才结束。虽然人类缓慢的进步在推动着对人性的思考,可是从制度层面上着眼,文艺复兴并没有立即触动旧制度本身。因此,作为诗人的维永,有可能会被一个爱好诗歌艺术的国王赦免,而这个地牢本身,却丝毫不被质疑。在维永被赦免以后,默恩·苏·卢瓦的地牢还被持续使用了整整二百年，跨越了整个法国文艺复兴时期。

这一段经历，给维永留下了深深的印记。此后，他的诗集《大遗言书》，风格变得更为深沉。虽然他依然没有摆脱他与生俱来的麻烦，两年后又因斗殴被判过一次死刑。后来经过上诉，改判又一次逐出巴黎。他从此消失，再也没人知道他此后的经历。

我们今天读维永的诗，透过发脆的纸页，仍然可以看到他五个月在地狱里挣扎的日日夜夜。他在五百年前，痛切地发出当时还很微弱的呼吁人类对弱者、对囚犯，甚至对死囚犯的同情心。他用悬挂在绞刑架上的死囚的口吻说：

在我们之后，依然活着的人类兄弟
不要硬着心肠背弃我们
假如你能怜悯我们这样的不幸者
或许上帝会更厚爱你
你看，我们，五个六个，被悬挂在这里

那不久以前，我们还很喜欢的肉体
被吃掉，被腐烂掉，
而我们的骨头归于尘土，
但愿没人把我们当做笑料
请祈祷上帝宽恕我们

不要感到受辱，因为我把你称作
兄弟，即使法庭判了我们
死刑，你要理解，并不是
每个人都有同样一副好脑筋
在基督面前，为我们说几句吧，
既然我们自己已经无法开口

卢瓦河的地牢和诗人维永

他对我们的仁慈会源源而来
使我们避免地狱之火的煎熬
我们已经死去,愿没人再嘲笑我们
请祈祷上帝宽恕我们

大雨在冲淋和洗刷我们
太阳在晒干和晒黑我们
鸦鹊啄着我们的眼睛
摘取我们的胡须和眼珠
我们再也无法静止站立
一会儿在这里,一会儿在那里,任凭风
随心所欲地摆动我们
鸟儿啄出麻点,我们还不如一个缝纫顶针
所以,别落到我们这一步,
请祈祷上帝宽恕我们

基督王子,万能的主啊
不要让我们沦落地狱
我们除了准备去那里,已经没什么别的可做
人们啊,已经没什么可嘲笑的了,
请祈祷上帝宽恕我们

默恩·苏·卢瓦城堡是水平呈一字型伸展开的。在走进院落大门的时候,我们只能看到城堡展开的一个立面,而在纵向穿越之后,我们看到的是完全不同的景象。这里的监狱功能是在十七世纪撤销的。城堡大修的时候,主人把当时典型的十七世纪住宅风格生生"贴"了上去。所以,今天的默恩·苏·卢瓦城堡,有着与众不同的建筑面貌,它的一面是一个灰色的中世纪城堡,另一面却是一个粉红色的十七世纪豪门住宅。虽然在做这样结合的时候，看得出建筑师已经费尽心机，尽可能糅合得自然。可是，这个主人的要求本身实在是勉为其难。这两种建筑风格格格不入，从建筑的角度来看，原来的风格整体性，已经被完全毁坏。

可是，这栋建筑物的外观，却成了一个时代的象征。文艺复兴以后的法国，就像这个城堡呈现出的风格面貌。它是在中世纪的基础上，开始柔化，有时甚至是粉饰，而没有从根基开始的制度质变。所以，法国很顺利地就在文艺复兴之后，又完成了走向专制集权的过程。散漫的法兰西走向了大一统的大法国。

默恩·苏·卢瓦城堡的另一个立面嵌入了粉红色的住宅，两个立面风格完全不同

在法国大革命之前，默恩·苏·卢瓦城堡经常聚集着以路易十五的前财政部长为首的一群王公贵族，还有自文艺复兴以来，他们周围就从来没有缺少过的诗人、画家，建筑师和各种艺术家。必须承认，时代是在进步。至少，自诩文明的人们，已经不可能在耳边隐隐感觉地下受刑者呻吟的同时，吞咽佳肴美餐和猩红透明的葡萄美酒了。可是，在监狱撤离后的很长一段时期里，要他们中间的优秀者，将目光完全超越自身，落到底层，还几乎没有可能。但是，从文艺复兴开始的、作为抽象精神产品的人文主义，已经在慢慢生长，既搅动着底层的岩浆，也推动着上层优秀人物的反省。双方都在寻找出路。文明本身在发展，正是它，使得本质的变革将成为必然。

当参观默恩·苏·卢瓦城堡住宅的书房时，我们看到满墙深色精装、皮面烫金的古籍，都是当年主人的遗物。导游特地走到一个书架面前，向我们指出其中的一本诗集，当年，不知从什么时候开始，这本诗集就在城堡的书房里了。

书脊上隽印着作者的名字：弗朗索瓦·维永。

Chapter 8
卢瓦河的地牢和诗人维永

凡尔赛宫的树林（作者手绘）

Chapter 9

Versailles

在凡尔赛宫回看路易十四

巴黎断断续续地，在担当着"法国"的首都。给法国二字加上引号，是因为在很长的时间里，还没有什么法国。早期的宫廷，在严格的意义上说，也就不能说是法国王宫。但是现在，大家来到巴黎，都知道这里有两个真正的法国王宫。一个是卢浮宫，另一个是凡尔赛宫。

卢浮宫

我们是在去过卢浮宫以后，再去凡尔赛宫的。我在初见凡尔赛时，甚至有点后悔，觉得这个参观次序实在是应该倒过来才对。因为，就王宫的建筑物本身来说，两者实在相差很大。卢浮宫的庄重典雅和气度，给我们留下的印象太深，一下子就很难接受凡尔赛宫建筑主体的华丽色彩所透出的艳俗之气。我不由当时开了个很不切实际的玩笑，"假如我是法国国王，我是断断不肯从卢浮宫搬到凡尔赛来的"。

卢浮宫是在巴黎市中心。它是几代王室经营四个世纪的结果。最初的卢浮宫，它的外观还是一个中世纪的城堡。它的建筑遗迹，据说是在建造贝聿铭设计的那个著名的玻璃金字塔的时候，才被发掘清理出来。今天我们所看到的卢浮宫，基本上是十六世纪开始慢慢建造、扩建和完善的。其中有一部分，甚至是法国大革命以后，在拿破仑

画家笔下的凡尔赛宫

和王朝复辟之后扩建的。但是，不管是哪一部分，不仅表现了当时主事者的艺术修养，还透着那分"古代耐心"。

凡尔赛宫其实已经离开巴黎，是在一个叫凡尔赛的小城里。尽管凡尔赛也只不过是巴黎郊外，但是已属远郊。我们平时买的"二环之内"的地铁票，已经"够不着"凡尔赛，而必须另买火车票了。

法国最后的统治王朝，就是大名鼎鼎的波旁王朝。封建王朝都是家族承袭制，所以，从1589年到1789年法国大革命，整整二百年的波旁王朝，就是在这个波旁家族里代代相传。欧洲的王室常常是窜来窜去的。这个家族就还出过西班牙的国王和女王，还统治过意大利的西西里岛什么的，可是真正"坐大"还是在法国。

波旁王朝的开端是亨利四世，就是他，在登基的十二年前，在巴黎结婚的当夜，当时摄政的卡特琳·美第奇引兵屠杀，并引起全国对新教徒大屠杀。他登基之后，宗教战争并没有结束，他立即（1598年4月13日）宣布特赦令，将天主教定为国教，而作为新教的胡格诺派，则享有同样的宗教信仰和崇拜的权利。当时作为国王的他，由于他本人是个新教徒，居然还是没有能力进入巴黎。对他来说，进不了巴黎，就没有真正得到法国。1593年，他再进一步退让，改信天主教。终于在第二年三月进入巴黎，成为全国公认的法国国王。他所签署的欧洲的第一个宗教宽容法令，和一系列的让步妥协，很快地安定了法国动荡已久的局面。可是他自己仍然在1610年，被一个心怀不满的天主教徒刺杀。

法国在历史上和其他地区一样，是由许多分散的地块，逐步收拢归一的。所以，前面的那些王朝国王，对我们这样的非法国历史专家来讲，就会感觉比较乱，而一旦进入波旁王朝，线索就很简单了。亨利四世的王位，传给了他幼小的长子——路易十三，再下面，会数数就都能记住了，那就是法国大革命前最后的三个国王：路易十四、路易十五和路易十六了。眼前的这个凡尔赛宫，就是路易十四建造的。

火车站离凡尔赛宫很近，十来分钟就可以走到。凡尔赛宫的大门前是宽阔的广场，进门后还是宽阔的广场。在

十六世纪的绘画及巴黎地图上的卢浮宫

巴黎游览,发现这里很习惯以大片的砾石粗沙铺出大广场。在视觉上,这和美国有较大的差别。美国人比较喜欢种植草坪,假如遇到一片开阔地,想方设法都要种成草地,视野中往往大半是绿色。而在巴黎,会有大片大片灰黄色的地面。踩上去咔哧咔哧地直响。

脚下踩着这片广场,我们不由地想,这可真是非常有利于革命。1789年以后,这里经常是挤着满满的人群,革命就是在这里开始的。这是好大喜功的路易十四在建立这个宫殿的时候,绝对没有想到的。

凡尔赛宫和卢浮宫不太一样。它的主人似乎有点现代心态。自己栽树,让后人去乘凉是不肯的。要栽就必须是一棵速生树,今生今世就要能够享受。所以,在凡尔赛宫里面,大量的建筑细部都是速成品。假如在卢浮宫里,是成片精美的浮雕,那么,在这里只能代之以彩绘了。虽然它依然富丽堂皇,但是,建造卢浮宫的艺术家们的那种追求完美的静思,以及闲神定气的感觉,是再也找不到了。毫无疑问,当时的凡尔赛,集中了一批法国最优秀的艺术家。可是,他们的主人没有给他们留下时间。他们没有必需的时间去酝酿,去产生艺术冲动,而艺术创作是需要心情的。

路易十四确实有将一座宫殿一挥而就的气概和魄力,

大镜廊(左图)
描绘路易十五在大镜廊举行化装舞会的画幅(右图)

因为法国就是在他的手里彻底实行王朝专制,成为一个经济上强盛,政治上强大,对外强行扩张的强国。这是旧时代最经典的英雄作为。在法国,到处可以看到他的雕像和画像,蓬松着那一头深色的鬈发。在凡尔赛宫,更是触目皆是路易十四。一进大门,远远地就可以看到他的青铜雕像,骑在高头大马上做挥斥敌军状。

今天的凡尔赛宫的室内,对游客之开放只是很小的一部分。这和卢浮宫是不同的。今天卢浮宫的全称,已经是卢浮宫博物馆。人们来到这里,与其说是来参观王宫,还不如说是来参观世界上最大的艺术馆的。由于艺术藏品的丰富,以致在卢浮宫本身大部开放之后,还必须开掘到地下,发展新的地下陈列室。结果,有许多游客来到这里,一走进宫内,就很快被美不胜收的无数艺术珍藏所吸引。只顾在"蒙娜丽莎"拥挤的人群旁焦灼地绕来绕去,避开保护玻璃的反光,寻找最佳视点,而完全忘记了欣赏卢浮宫建筑本身的艺术价值。待到出门以后,满脑子名画和希腊罗马的雕塑,却一点想不起卢浮宫内部是个什么样子了。等于买了一张门票,只看了一半的展品。

凡尔赛宫就不一样了,让大家看的就是王宫。开放一部分房间,它的意思就是,大家知道一下国王的典型排场就可以了。可想而知,几经革命和动荡的风暴中心,房间

Chapter 9
在凡尔赛宫回看路易十四

内的陈设都不可能原样保存了。现在的室内陈设，大多都是后来补的。可是，宫廷豪华依旧，尤其是大镜廊的金碧辉煌，给每一个人都留下了永难忘记的印象。

大镜廊的基调是开敞而明朗的。我们站在这个大镜廊里，没法不又一次感受到东西方文化的巨大差异。同样是专制君王，思维方式还是有很大差别。这个大镜廊，一个很重要的功能，就是邀请那些居住在凡尔赛的贵族家庭，前来参加宫廷舞会。可是，我们难道能够想象，一个哪怕最开明的中国皇帝，开放一个大殿，请大臣们携带眷属，和皇室成员一起，在那里翩翩起舞吗？我们常常嘴里会挂着"封建"二字。然而，站在这里，我们觉得，"欧洲封建"和"中国封建"，肯定并不是一个"封建"。可是，这种差异究竟意味着什么呢？

参观凡尔赛宫的建筑部分是要买门票的。室外的部分不用买票，随时都可以看，就像免费的公园一样。走出宫廷，绕到建筑物的另一面，看到这个"后花园"，我们才知道路易十四为什么要搬到凡尔赛来了。那是浩浩渺渺、一望无际的，整齐平展的，一大片所谓"法国花园"。在巴黎市中心的卢浮宫，怎么也不可能施展出这样一片天地来。

今天在凡尔赛宫的花园里，在宫殿的一侧，有专供游人乘坐的一长串的小拖车，以应付仅中轴线就有三公里长的花园。再加上横向铺开，要走的话，怎么也转不过来。我们走过，只沿着一侧，就已经筋疲力尽，同游的朋友卢儿发出了专业评论，说这尺度对一个宫廷花园来说，无论如何不对了，超出了人的正常尺度概念。我开着玩笑：这说明我们都没有当皇上的命。据说，还有人一边气喘吁吁地走着这三公里的中轴线，一边诙谐地问：这个路易十四他想干吗啊！

是啊，这个路易十四想干吗？当然，他是坐马车游园

路易十四

凡尔赛花园（上图）
坐在轮椅上的路易十四和他的随从们驻足于凡尔赛花园的水池旁（左图）

的，距离对他来说不是个问题。他也一定想清晨起来，坐在窗口，瞭望无垠的花园，享受自文艺复兴以来的欧洲帝王们都非常喜爱的庭园艺术。这个花园，就是从文艺复兴的源头意大利引来这里，又经过了法国"改良"。法国人对于植物的修剪癖好，真是令人很吃惊。再大的树，都能够把树冠修剪成棱棱角角的矩形，这种修剪的效果，在大空

Chapter 9
在凡尔赛宫回看路易十四

间里尤其壮观。初春的晨曦中，两侧以无数鲜花，拼成雍容的图案。宽大规整的水池，微微镶嵌着凸起的石砌边缘。水池两边，围绕着一座座静穆无言的大理石雕像。从巨大的精工制作的石阶一层层下去，是长长的水池。一路向前，两岸修剪刷齐的大树，抹上一层浓烈得化不开的红色嫩芽，一直伸展到远方，渐渐淡去，又隐入外围无边的森林里。我想，路易十四只为了自己清晨这一瞥的感受，他都会觉得，这是值得的，谁让他是法国国王呢。

事实上，在使用中，凡尔赛花园的规模还有非常实际的功能。宫廷一搬到这里，贵族们纷纷迁徙此地。这也标明了权力的均衡被打破。贵族不好好待在自己的领地，涌入京城，这在中世纪的欧洲是无法想象的。贵族在离开，甚至在逐步失去自己的采邑，失去他们在经济和政治上的实力，开始越来越多地依附于君权。在这个时候，你还指望他们能够作为一个社会集团有效地制约王权吗？最热闹的时候，小小的凡尔赛城据说聚集着四千家贵族。他们最经常的聚会社交场合，就是凡尔赛宫。因此，凡尔赛花园也是一个重要的社交场合。相对于如此众多的客人，也不算大到怎么样。在里面生活过的几个法国国王，好像都很愿意在和贵族们分享美景的时候，炫耀自己的"皇家气派"。

我们坐在宫前的大台阶上，默默凝视着由水池、花坛、树木组合成精致的几何图案的凡尔赛花园。想象着昔日的法国皇家辉煌。可是，这样的宫廷场景，是中国的王宫里从来没有出现过的。它们的本质差别，似乎就在于君王和贵族们之间的关系。

在欧洲，封建采邑制延续的时间，远远长于中国，并不是"普天之下，莫非王土"。土地被分封的同时，权力就被自然分割了。法国国王的王权和他的领地一样，与中国同时期的君王相比，常常是颇为可怜。由于早期欧洲没有太明确的国家概念，各个宫廷又都是亲戚，土地分封甚至在不同国家的王公贵族中穿插进行。在中世纪，英国的国王亨利二世，就同时也是法国的封臣，他所占有的领地，足足是当时的法国王室领地的六倍。所以，欧洲长期以来，所谓的国王，不过是一个大贵族，或者说是特殊贵族罢了。

这就是路易十四的爷爷做了国王还迟迟进不了巴黎的原因。因为贵族可以把你不放在眼里。国王头上并没有一个紧随的神圣光环，大家拼的是实力。欧洲长期这样的状况，就形成了他们一些独特的政治文化。这是英国在十三世纪初就产生了"大宪章"的原因之一。大宪章是国王与贵族之间的一个契约，一个分权的协定，一个权力制约的起点。且不谈大宪章里面包含了多少智慧，有一条是起码的，就是大宪章达成的契约必须能够维持执行。而在欧洲的中世纪，政治契约文化并没有形成，感觉吃了亏的一方还总是想赖账，想挣脱契约锁链。所以，初期的契约还必须是首先靠实力来维护。被实力平衡所保护的契约，只有在事实实行多年以后，人们尝到了遵守契约的甜头，懂得了维护契约的妥协退让，可能形成双赢局面，将大大优于两败俱伤的拼斗较量，契约文化才算形成。

法国在这一点上，从一开始并不比英国人逊色。同样在中世纪的1302年，法国就召开了历史上第一次"三级会议"，由高级教士、世俗贵族和城市富裕市民组成的三级会议，和国王开始较劲。虽然今天的历史学家可以说，这样的较劲是多么地有限，算不了什么。也可以说，平民和农民并没有包括进去。可是，我们实在不敢以今天的"人民代表大会"去要求七百年前的欧洲。倒是设想一下，在同一个时期，和中国的皇帝有什么制度上讨价还价的可能。

雪侬墅古堡

长期以来形成国王不能全盘说了算的局势，对帝王本身的心理状态也是一个塑造过程。更加上文艺复兴的推波助澜，法国的国王、王后是和贵族一起在大镜廊轻歌曼舞的"贵人"，是在凡尔赛花园大宴宾客的高等社交场合得意洋洋的主人。在同样的时期，哪怕你是贵族，你倒是和中国皇帝去"社交"一下试试。

可是法国在契约文化还没有成熟的时候，国王一方的实力却变得太强。具体地说，就是路易十四太强了。

路易十四当了七十二年的法国国王。他1643年继承王位的时候才满五岁，由首相主事。法国在十三世纪，就有了从宫廷分离出来的高等法院。当然，这还远不是现代意义的独立法院，只是一个雏形而已。发展了四百年以后，高等法院在路易十四继位时，已经相对独立。由于主事的首相一直在扩大王权，在路易十四九岁的时候，巴黎高等法院就起来要求限制王权了。结果首相下令逮捕法院的两名主要人物，引起造反。这场风波闹得够大的，甚至导致了幼年的路易十四被迫从巴黎出走。风波虽然平息下去，却给了路易十四很大的刺激。其明证就是，他在二十三岁真正执掌法国的时候，首先就是打击巴黎高等法院，流放法官，从此高等法院不能再向国王表示异议。路易十四采取一系列专制措施,终于达到了"朕即国家"。

路易十四的特征就是"强"了。在他执政时期的法国,作为一个国家来说,也是强盛和稳定的。因此,拥戴者甚众。可是,他的拥戴者却没有看到,路易十四在加强的,恰恰是一个必然要崩溃的旧制度,是一个在本质上不人道的、对底层生命毫不在意的旧制度。而且,这是旧制度的末期了。强弩之末,只可能强盛一时,不可能维持永久。因为时代已经在进步,在向着更人性的方向渐进。原来,在法国已经达到的历史进步的基础上,可以再加强司法独立,扩大三级会议的功能,完善权力的平衡和制约,可以逐步减弱王权,减少旧制度的成分,渐渐向一个更先进的制度转型,使得千年以来,在严刑峻法下没有个人权利的底层民众,能够逐步扩大喘息的空间,能够逐步在获得自身权利的同时,成为社会积极的创造力量。路易十四这一"强",就把这样一个和平过渡的机会给断送了。

可是,当时的大多数有资格在凡尔赛花园里徘徊荡漾,在大镜廊随着圆舞曲旋转的人们,都因为路易十四的成功,而沉浸在仅仅属于他们的人间乐园的永恒美梦中。

那个时候,也是法国的经济盛期。不仅是凡尔赛,卢瓦河谷也兴建、改建和扩建着无数迷人的新旧城堡。我们坐在凡尔赛的花园,坐在如画的景致中,回想我们看到的卢瓦河畔令人如痴如醉的香波荷古堡、雪侬墅古堡。我们也想起,在布洛瓦的时候,我们曾经跨越卢瓦河的大桥,在河两岸漫步。我们看到石砌的河堤上,有着历年卢瓦河的水位标记,我们扒开石堤岸上攀援飘荡的金黄色野花,看到历史上卢瓦河潮水的最高水位:1789年。

1789年,就在那一年,开始了法国大革命。

香波荷古堡

法国的"古代国会"三级会议

Chapter 10

Assemblée Nationale

凡尔赛宫里的国会大厅

自从路易十四建造了这座凡尔赛宫,法国的宫廷其实就移出了巴黎城,来到了这座位于巴黎西南二十二公里的小城,也就是法国政府搬了家的意思。在这里,革命前的波旁王朝经营了一百多年。

听上去,一百多年真是够长的。可是,当我们在凡尔赛宫内,看着不断交替出现的,革命前的最后三位法国国王的油画肖像,总是感到很惊奇:怎么法国会在这么短短的历史过程中,浓缩地演出了一出经典的王朝盛衰的戏剧。这出戏剧的主角是如此典型:野心勃勃、建立专制集权盛世的路易十四;昏庸无度、坐吃山空、战败失地而迅速衰落的路易十五;以及在颓势中试图改革和重振、开明却又软弱、最终被自己参与革新的局面失控而断送的路易十六。整个历史过程的演出,总觉得似曾相识,好像在其他国家的不同时代也曾经有过类似的线索。可是,在别的地方,这样的过程往往很长,甚至一拖千年之久,中间会出现许多无趣的"夹塞人物"。而像法国这样,将众多跌宕起伏的情节,很有逻辑地集中在百年之内,在真实的历史舞台上演,而且演得惊心动魄,真让我们感叹不已。就是请莎士比亚之类的戏剧大师给精心安排,大概也不过如

此了。

而这场戏剧的主场景，就是我们眼前的这座凡尔赛宫。

在路易十四的年代，他把旧制度的强盛推到了一个顶点。这个旧制度就是上层对于下层平民的权力。平民个人权利的增减是没有制度保障的，是以一种上层"恩赐"的形式给予的。正因为是"恩赐"，所以，今天给你的权利，明天不需任何理由就可以收回。一个人生活在贵族领地里，他是幸福还是凄惨，完全依仗他遇到的是一个"好老爷"还是一个"坏老爷"了。

旧制度向新制度的转化，就是底层平民有越来越多的申诉渠道，有保障自己权利和决定自己命运的机会，并且这种机会被逐步地制度化。路易十四的时期，经济发展了，疆域扩大了，可是，波旁王朝的欣欣向荣所传达的似乎是"强国"的信息，却掩盖了它逆历史前进方向而动的深刻危机。

这个危机，在路易十四的父亲在位的时候就启动了。当时路易十三还是个"儿童国王"，就由他摄政的母亲做主，解散了王权之外的平衡力量——三级会议，造成三代君王，一百六十年不开三级会议。路易十四又进一步扼杀了仅剩的、来自高等法院的对王权监督的企图。王权以外的意愿表达被彻底窒息。路易十四也许过于迷信了自己的力量，而小看了先人的智慧，在1685年，他取消了亨利四世的对新教徒的赦令，重开对新教徒的高压迫害。在这种状况下要维持绝对王权，只能把警察、司法、军队、行政、财政，统统一手捏住。可是，那只大权在握的手，无法不感受到日益强劲的社会进步形成的反弹的张力。

这样一个由强盛的外表所遮盖的实质倒退，使法国在强盛中深深植入了社会动荡的隐患。波旁王朝后世灾难的起源,并不是继业的王室后裔没有一只同样强有力的手臂。而是他们的祖先路易十四,堵住了所有宣泄压力的渠道,把一只底下还在加火的封闭蒸汽压力罐,生生强塞到了他们手中。这种由强力维持的社会稳定,是一个危险的状态。初期压力不大的时候,假如想改变,还敢打开盖子。拖的时间太久,一开就该炸了。

路易十五是路易十四的曾孙。1715年他继位的时候,和他的曾祖父当年一样,也只有五岁。这个新的儿童国王也有过一个摄政公爵代理政务。他就做过降压泄洪的尝试:重新宣布停止迫害新教徒和恢复巴黎法院的各项权力,等等。可是,其他宫廷显贵还沉溺在路易十四的强权美梦中,远没有这位摄政公爵的历史眼光,在他们的反对下,这些尝试被收回。刚打开的盖子又被封上了。

路易十五

五岁的路易十五接下了凡尔赛宫连同一个大花园,一定十分开心。可是,几乎是应着一条冥冥之中的规律:一份成功家业的继承人,往往是个败家子。没有制度保障的"强国梦"都是虚幻的。强与弱,都只能随由着一个主事者的个人性格和运气。一个不巧,就只能大家跟着一块儿大起大落了。

旧制度中的主事者更容易只顾及自己。"朕即国家"的意思,就是拿国家当私产了。法国在路易十五眼中,不过就是一个放大了的凡尔赛而已。当路易十五成年以后,他并非没有看到历史发展的趋势,否则就不会有他的惊世名言:"我死后哪管它洪水滔天"了。可见,他首先知道将可能"洪水滔天";其次,他关心的只是自己,是高于一切的今日手中的权力,以及由权力所保障的,凡尔赛宫廷的浪漫生活。

同时，人类在进步。这种进步常常是由看不见的思想产生的。思想这样虚无缥缈无可捉摸的东西，在发展到一定的时候，竟然会动摇一个强大的实体，这实在是世上最大的奇观。

思想会呈现五色缤纷的面貌，这就是文艺复兴时期真正的作用。那些描绘着人体的绘画和雕塑，那些韵律柔美的音乐和诗歌，那些手工精巧的工艺，那些仿古罗马时期的建筑，这一切似乎只是愉悦感官的"奇技淫巧"，常常使得一些严肃的思想史学者看着不耐烦。是啊，文艺复兴之后带来的艺术氛围，几乎淹没了整个凡尔赛宫。连路易国王们都认为，这些人类的精神产品，这些由他们"豢养"着的艺术家们，奇妙地制造出来的玩意儿，显然是上帝为了装点凡尔赛这样的宫廷，为了丰富他们悠闲的生活，才打发艺术家们来为他们创造的。

思想的发展有一个过程，精神成果对社会产生的影响往往是滞后的。路易王朝的国王们，谁也没有想到，这些看上去只为取悦他们而存在的艺术，使人的心灵因此从粗野麻木而变得多愁善感；在包含着艺术在内的文明进程中，人们开始能够细微地体验痛苦和美好，对于幸福的理解开始超出了一块黄油和面包；感性的体验开始交织理性的思考；人们的精神需求开始增长，自由、人道，这样曾经和平民百姓无缘的字眼，逐渐成为一些人无法回避的思考内容，甚至成为一些人舍身追求的目标；一些人，甚至是贵族，他们关怀的目光终于有可能开始超越自己。而这种看不见的变化，会在有朝一日颠覆一个持续千年的旧制度，颠覆他们脚下的凡尔赛宫。

所以，体验着作为十七世纪艺术成果的凡尔赛，我们似乎必须承认，这个文明进程在法国，是宫廷和贵族们无意识地在共同推动的。同时，他们本身也在不可避免地被文明所改变，被进步的潮流所推动。在变革的关口临近的时候，即使以最保守的方式去看待他们的历史局限，他们也绝不是抱成一团抵御变革的历史绊脚石，他们中间有相当数量的优秀者，甚至有意识地站到了历史进步的一面，参与颠覆他们世袭的优越。

路易十六就是在变革临近的时候，接下这个王位的。非常可悲的是，专制强权的路易十四整整在位七十二年，昏庸无能的路易十五在位五十九年，而在二十岁继位，最有希望配合变革的一个相对开明的君王路易十六，不仅接下一个烂摊子，而且大革命之前留给他的时间只有十五年。

今天再去看革命之前几十年的法国，感觉很不合我们在东方历史中所推理的常情。相对于中国的宫廷，法国王室的浪漫气息越来越甚。一大群贵族没有对王室"应有的"畏惧。当年的凡尔赛宫并不是我们想象中的那样壁垒森严。今天，在凡尔赛的大门外，固然有着兜售廉价明信片和小"艾菲尔铁塔"模型的小商贩，而在当年，照样有着一些类似的小商业。那是一些出租帽子和佩剑的小铺，以供那些已经败落的贵族进宫前租用，以保持他们起码的贵族"风度"和脸面。甚至，凡尔赛宫人来人往的驳杂，还使得宫内经常混入小偷。

对于游离于王室之外的知识阶层，宫廷对他们已经不仅是宽容，简直是纵容了。我们今天可以如数家珍地数出一串串的十八世纪法国思想家，大谈启蒙运动和百科全书派，谈到他们对于人类进步的贡献，对于法国革命的影响等等。可是要知道，他们可都是被宫廷给"宠"出来的。他们在一生的学术生涯中，可能经历几个月的监禁，如狄德罗被路易十五关押了三个月，可能有短暂的某本书被查禁；如孟德斯鸠《论法的精神》被路易十五所禁，可能一时

Chapter 10 凡尔赛宫里的国会大厅

不得意而流亡他乡。可是，他们在很长时期里，已经没有立斩午门的性命之忧。不仅如此，他们甚至在不同的时期出入宫廷沙龙，和他们要反对的旧制度的代表人物高谈阔论。

这种"离奇"的状态，又一次印证了东西方文化的最初的那点分岔，在后面会产生多么遥远的距离。知识的迅速积累，思想的飞跃，是以法国知识阶层获得了思想的宽松环境为前提的。而这个思想环境，就是凡尔赛宫为贵族开放的大镜廊和凡尔赛花园之类的东西所提供的：先有了王室和贵族在历史上久远的平等关系，先有了文艺复兴提供给他们的共同趣味和他们之间的平等交流，才能够有以贵族阶层为缓冲的，法国宫廷对知识阶层的宽容状态。贵族对知识修养和艺术趣味的迷恋，使他们离不开这样一个没有贵族头衔，却有着精神上的贵族光环的群体。当宫廷对这样日益肆无忌惮的离经叛道忍无可忍的时候，贵族却成了二者之间的一个庞大的免费游说集团。而他们游说的成功，又离不开宫廷本身对于知识、文化、哲学、艺术，以及各种此类不切实际、花里胡哨玩意儿的历史瘾头。东方皇上过来看一眼的话，准会摇着头不屑一顾：君不君，臣不臣的，成何体统！

思想的先行，制度的陈旧，还有什么比这个更危险的呢？当自由、平等、博爱已经被广泛地、充满激情地反复咏叹，当旧制度在民间的历史宿怨从来没有消散，而社会向宫廷提出自己要求的渠道却被长期强制切断，在这个时候，人们还能指望什么呢？

今天的凡尔赛，大家都知道有宫廷和花园两个部分。宫廷的开放部分，是在进门以后的右侧，其实，在宫廷的左侧，还有一个很大的展厅。这个展厅还要另外买票。大家走到这儿，往里一探头，发现黑乎乎的一片，外面又写着说这是"国会"，实在想不通王宫里怎么会出来一个"国会",听到还要买票,一般就向后转了。所以进去的人远比宫内其他地方的游人要少。

我们还是决定进去。里面先是一条大走廊,是以文字图片组成的历史介绍,其中的文字部分当然都是法文。然后就是那个黑乎乎的会场了。这是一个结构相当完美的国会会场,问题是今天的法国人决定用幻灯的形式来向大家介绍这个地方,因此,就必须遮挡光源。会场内的大多数时间都是漆黑一团。即使在打出灯光来的时候,空气的自然来源还是随同光源一起被堵住。人工通风又显然不足。于是,坐在里面,马上就有些缺氧的感觉。可是,看一眼还是很值。这里,就是1789年法国大革命后的第一个"国会"会场。也就是法国的"古代国会"三级会议,在整整中断了一百六十年以后,在路易十六手上重新开会,改为立法会议以后的会场。法国大革命著名的《人权宣言》,也就是在这里通过的。

被砍头的路易十六

今天打开历史书,去重温这段历史。一般都说,路易十六并不是一个愿意改革的人,他是在压力下,被迫召开这个停顿久远的会议。可是我想,假如身临其境,大概轮到再积极的改革者,都不会很自愿地去打开这个盖子的,这是求生的本能。没有人会乐意去打开一个闷了一百六十年的炸药包的。

路易十六接下的法国,本来就不是一个风调雨顺的状态,而是路易十五准备由它"洪水滔天"的。他除了面临种种变革前夕的压力,还面临巨大的财政困难。这种财政困难自然有种种原因:王室传统的挥霍,路易十六对美国革命的财力支持,等等等等。可是,最终还是可以归到一点,就是旧制度把国产当做家产,没有有效的监督制度。钱用到哪里是国王的事情,旁人不可以说三道四。制度弊端形成的败家,没有刹车装置,败开头就可能一败涂地。

凡尔赛的国会大厅

Chapter 10
凡尔赛宫里的国会大厅

三级会议之前，路易十六试过改革，也预料到旧制度的大量规则已经必须废除。可是，积重难返，一旦付诸行动，就碰壁回头。而法国当时的社会状态，已经分崩离析。所谓的三个等级，僧侣、贵族和平民，以及会议的召集者宫廷，已经久久没有沟通。换了四个财政大臣，也无法让这些分散的力量整合起来，协助宫廷让法国渡过难关。

这个时候，路易十六决定把三个等级的代表都请到凡尔赛宫来，期望他们达成一个协议。路易十六怀着缓进改良的希望，希望他们之间能够协调出一个三方四面都能接受的改革方案来。今天我们坐在这个"国会"大厅里，回想当时的局面，不知路易十六对这只炸药包的能量到底做了怎样的估计。我们甚至觉得，路易十六在作出重开三级会议决定的那个晚上，他实际上已经给自己签署了死刑判决书。正像托克维尔说过的那样，"对于一个坏政府来说，最危险的时刻通常就是它开始改革的时刻"。

炸药包就这样在凡尔赛宫由路易十六亲自拉响。

距离上一次会议已经一百六十年过去了，三个等级本身已经发生了巨大的变化。尤其是第三等级，是僧侣和贵族之外的一切力量，复杂得一塌糊涂。时间太久，人们只记得有过这样一个古老的民主雏形的传统。可是已经没有人知道，会议应该按照什么规矩开，他们之间的关系又应该如何。上两个等级还端着旧制度的架子，却已经没有多少实力。具有实力的第三等级，又把必须的游戏规则等同于旧制度本身予以唾弃。

对于第三等级来说，实力就是一切。他们已经等候了太久，凭什么要做让步妥协。然而，不论是过去、今天，还是将来，没有让步妥协就不会有协议，有的就是暴力革命了。路易十六从凡尔赛宫的窗子里向外看，看到会场外面的宫廷广场上，已经挤满了从巴黎迢迢赶来支持第三等级代表的民众，人声鼎沸。

这是他所期待的渐进改革，还站在开端，就开始走向毁灭的一刻。

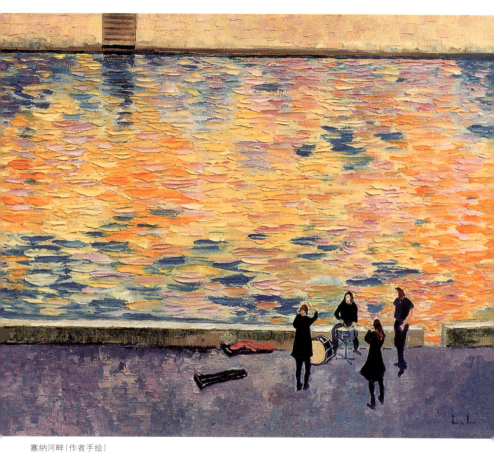

塞纳河畔（作者手绘）

Chapter 11

Voltaire

塞纳河边的伏尔泰咖啡馆

巴黎西岱岛的南岸,是著名的拉丁区。

巴黎历史悠久的大学们,就是星散在这个区域。大学的建筑和庭院都是那么古老,院子里总有智者的雕塑,墙上会镶嵌着几百年来教授们的名字,一个都不会遗漏。也许,这种历经革命都从未中断的、无可名状的对文化艺术的敬重,正是法国文化能够持续辉煌的原因。

大学区伸展出去,还可以接上附近的高等美术学院。从拿破仑时代开始,美术在这里,就首创性地成为一种成体系的教育,培养着全世界的艺术家。建筑学也是这里的一个重要组成部分。一个世纪前,美国芝加哥学派的青年建筑师们,很多就是从这里走出来的。在法国,建筑学无可争议地自然就属于艺术学院。谁也没有想过要把它归为工科。今天的巴黎高等美术学院,依然古色古香。它不是"做旧"的,整个学院就是一个货真价实的古董。学生们就在精致的小穹顶下,在精美的环形壁画前,对着模特儿做人体速写。学院的外面,看不尽的艺术商店布满了街区,一直漫延到塞纳河边。

拉丁区之所以叫拉丁区,竟是因为当初穿行在这些小街上的大学生们,都操着一口流利的古拉丁语。他们在小

巴黎大学入口,墙上是历时几百年的教授名单

咖啡馆喝咖啡，也在小酒馆痛饮。他们朗诵和争辩，也狂欢和决斗。今天，拉丁语已经不再流行，可是，邻近大学的整个文化氛围却整体保存了下来。所以，今天的游人们都一定要来这里逛逛，要在当年艺术家哲学家们坐过的咖啡馆里，喝上一杯咖啡。这使得拉丁区如今布满了应付游人的小餐馆。

我们经常转到这个地方，每次来，还会顺便留意看一下，有没有卢儿告诉过我们的伏尔泰咖啡馆。我们没有刻意去找。因为西岱岛附近的这一片，是我们经常在那里转的，想着也许自然就会碰上。

就这样，直到临离开巴黎的最后两天，我们又去了一次奥赛博物馆，出来的时候正是黄昏时分。"奥赛"本身是由一个老火车站改建的，还是很有名的建筑改建的成功范例。我们决定沿着它和塞纳河平行的侧面，向拉丁区方向走，顺便再看看这个巴黎老火车站外观的本来面目。在它侧面的上方，用装饰化的大字镌刻着法国的一个个地名，那是当年火车的发车去向。我们不由像小学生一样，一边慢慢辨认着这些法语地名，回味着那些去过的地方，一边向前走。

火车站之后的这一段街区，左面是塞纳河，右面就是一栋栋有着几百年历史的灰暗衰老的老住宅楼，楼下却是些最高级的古董商店。就在走到一个街角的时候，西岱岛上方即将落下天际的太阳，突然扯开乌云的一角，把一道橙黄色的光芒射在一堵老墙上。我的眼睛一亮，不由叫出声来，"就是它了！伏尔泰咖啡馆"。该碰上的，就是会碰上。

其实，"伏尔泰咖啡馆"并不是伏尔泰当年在这里喝咖啡的地方。在这个以"伏尔泰"命名的咖啡馆的楼上，是伏尔泰最后居住并且去世的地方。就这一溜墙面斑驳的老

伏尔泰沿河街

老火车站"奥赛"（左图）一九八四——一九八五年由火车站改建成博物馆（右图）
收藏着一八四八——一九一四年间的雕塑、印象派作品的奥赛博物馆（下图）

屋，真住过不知多少名人。和伏尔泰只隔着六个门牌号码，就住过德国十九世纪最著名的音乐家瓦格纳，和芬兰作曲家西贝柳斯。这就是今天的伏尔泰沿河街（Quai Voltaire）。

街道是一种神秘而有生命的东西。历史在把生命一点点灌注进去。这使我想起前不久在报纸上读到，人们在讨论上海浦东新建的"世纪大道"，是否已经超越了巴黎的"香榭丽舍大道"。相信巴黎人看到任何一条修建得无论怎样壮丽的大道，都不会引出这样的问题。就像这条貌不惊人的走过瓦格纳和西贝柳斯的街，就像这栋有伏尔泰咖啡馆的楼，在巴黎人眼中，永远是独一无二的、巴黎的、不可比拟的。

今天，人们都说，和路易王朝同路并行的、创造着文学艺术的法国知识界，正是他们为大革命的枪管准备了火药，为大革命的骡马储存了粮草。伏尔泰可以算是其中最杰出的一个。伏尔泰和路易王朝的纠葛，也是最典型地说明了法国大革命之前，法国知识界和贵族、王朝的复杂关系。

1716年，年轻的伏尔泰在二十出头、风华正茂的时

候,他的作品就开始不断地攻击和嘲讽路易十五的摄政者。因此他被逐出巴黎,送往卢瓦河地区。可是他在那里,却成为当地的贵族领主,即亨利四世的大阁臣后代的贵宾。几个月后,他给了摄政者一首陈述无辜、要求公正的诗,居然也就因此获准回到巴黎。

此后,伏尔泰被密告与一首强烈攻击王朝的诗歌有关,遂被关入巴士底狱。在那里,他被关押了近一年。他当然没有自由,可是,狱里的生活却并不像想象的那么可怕。他被获准得到书籍和生活用品,亚麻布衣衫甚至香水。他常与官员共餐,与其他囚犯及狱卒玩滚球,并且继续在那里创作史诗。而这首史诗(La Hentiade),正是以卡特琳·美第奇屠杀胡格诺教徒的"圣巴托罗缪惨案"为蓝本,抨击宗教迫害的。

1718年,入狱不到一年的伏尔泰出狱了,却不准进巴黎。可是半年以后,他又顺顺当当获准回到巴黎。不仅如此,他回到巴黎才一个月,他的诗剧(Oedipe)就轰轰烈烈地在巴黎上演,连演四十五天,大获成功。虽然他的诗剧,被巴黎民众公认为,是在隐喻摄政王和他的女儿有乱伦的关系。可是,诗剧照样进入皇宫剧院上演,摄政王照样接见伏尔泰,他和女儿照样看戏,还允许他把这个诗剧题献给摄政王的母亲。

还不仅如此。伏尔泰在巴士底狱所写的政治宣言式的史诗,在六年后出版,第一版就被抢购一空。1725年,伏尔泰三十一岁,已经是法国公认的最伟大的当世诗人。虽然在街头,警察会查禁那些销售他的激烈诗篇的书商,可是,路易十五的宫廷又会忍不住自己对诗人和思想家的仰慕,把他当做贵客请进宫来。王后被伏尔泰的戏剧感动得热泪盈眶,以致还私下里赠送给他一千五百法郎。

这个时候,年轻而得意的伏尔泰,就住在当时的波奥街(Rue de Beaune)，也就是我们眼前的这条"伏尔泰河岸街"。当然，那时街上没有呼呼作响的汽车，而今天我们站在那里的时候，正是下班的交通繁忙时分，所以，我们就是要从河岸穿过马路去对面喝一杯"伏尔泰咖啡"，也要耐心地把绿灯等出来才行。

伏尔泰像

就在这条街上，近三百年前的1726年初春的一天，人们惊讶地看到平时潇洒的伏尔泰，那天却衣冠不整，狼狈而愤怒地匆匆穿过，冲进自己的家门。那是在他处于事业巅峰的时候，发生的一件意外的事情。

伏尔泰偶然地和一名对他的声望不认账的年轻贵族，发生了冲突。他们先是骄傲地相互顶撞，继而动手，最后，年轻贵族设下一个埋伏，使伏尔泰被痛殴了一顿。他冲回家中，还是咽不下这口气。于是，他跑到巴黎郊区，天天"磨剑霍霍"，勤练剑术，扬言要报仇雪恨。在路易十五时代，法律已经禁止决斗，违者将处以极刑。三十一岁的伏尔泰已经是法国的骄傲，所有关心他的人都为此捏了一把汗。后来惊动王室，下了一纸通令，让警察监视着伏尔泰，不让他轻举妄动。最后干脆把他送进了巴士底狱。警官的记录中写到，在逮捕他的时候，"犯人家族一致喝彩"，因为"这道明智的命令，防止了这个年轻人再干下新的蠢事"。这次伏尔泰进巴士底狱，几乎是一次"保护性拘留"。

在牢里，年轻气盛的伏尔泰清醒过来。要求释放并且去英国。十五天以后，他就被释放了。赴英国之前，他不仅得到路易十五的官员们种种致英国显贵的介绍信，还得到王后的许诺，每年继续由王后给他支付一份年薪。朋友们当然少不了宴请送别，他带了一大堆研究英国的书籍，打算好好考察一下他向往已久的英国社会制度。这就是所谓的伏尔泰的"放逐英国"故事。三年以后，他再度回到法

国的时候，真的成了英法文化的重要交流媒介之一。

伏尔泰是一个长寿、多产、精力旺盛的思想家和作家。上面的这些经历，只是他人生的一个开篇而已。可是，这个开篇却非常典型地描述了路易王朝和伏尔泰们的恩恩怨怨。伏尔泰此后的故事，也基本上没有脱出这个模式。

随着伏尔泰思想的成熟，他的文笔越磨越犀利，对于旧制度的攻击，也越来越切中要害。在王朝忍无可忍的时候，他的书被禁被烧，本人避走外省，甚至逃亡国外。可是，风头一过，国王又会在贵族们以及贵族沙龙的女主人们的劝说下，对这个思想的天才眼开眼闭，甚至暗暗崇拜起来。

这和君主本身始终没有脱离文化思潮的发展有关。我们可以说，法国的贵族和君主是附庸风雅的，可他们是真的附庸上去，或者说是赶时髦赶上去了。那些十八世纪的哲学潮流所表达的先进思想，不论王公贵族们是否完全赞同，至少他们一点也不陌生。

不仅法国如此，在法国之外的欧洲几个大国的君主，几乎莫不如此。他们似乎都以和学者们探讨文学艺术思想哲学为乐。伏尔泰和他们书信往来，讨论着相当艰深的学术问题，交往得就像老朋友。伏尔泰既然是法国人，循着爱之愈甚、痛之愈切的规律，他对于旧制度的抨击，当然就更多地射向具体的"法国箭靶"，也就自然更容易和法国的当局形成冲突。而在其他欧洲君主那里，"法国现实"被淡出，伏尔泰就更多地成为一个抽象的哲学智慧。欧洲的君主们因此就更愿意听他聊聊那些新鲜的玩意儿，尽管他们完全明白，这些新奇刺激的思想，对于他们正在享受着的制度，是多么大的危险。这种情况简直就像一个小孩子在那里着迷地玩火，又爱又怕的感觉一样。

思想家和欧洲上层宫廷贵族的这个互动过程,对于推动欧洲的进步和王朝的渐进开明,确实起了巨大的作用。

这种情况不仅发生在伏尔泰身上,当时的法国其他思想家,也普遍遭遇这样的经历。例如编写《百科全书》的狄德罗,他也因为思想的异端被捕过,也有过书籍被没收被焚烧的经历。可是,不管怎么说,《百科全书》事实上在一部又一部地编写下去,并且出版面世。《百科全书》的完成,不仅仰仗学者们的努力,它同样离不开王室的"特权印行执照"和一大帮贵族们的慷慨解囊、巨额捐助。在《百科全书》的"思想"出问题的时候,那些侯爵伯爵和他们的夫人们,就不断进出宫廷,为学者们游说,而且每每都能奏效。

《百科全书》在法国出现出版危机的时候,俄国的叶卡捷琳娜大帝和奥地利的腓特烈大帝,就递过话来。说是你们法国要是不能印的话,我们保证,在我们政府的保护下,就在我们彼得堡、维也纳印。这样的表态,让欧洲文化中心的巴黎实在很没有面子。法国还是只好改了主意,就放手让他们在巴黎印行算了。

《百科全书》的最后一卷在1765年问世,这已经是法国大革命的二十四年前。这套二十八卷的昂贵学术著作,在二十五年里竟然印行了四十三版。不论这套书有多大的学术缺陷,可是大家都公认,它"激发了思想","煽动了革命",是"大革命之前的革命"。

社会变革由街头民众在推动,这实在是一个误解。变革的一个重要动力,是思想。而欧洲思想的飞跃,离不开宫廷和贵族本身对于新的精神世界的好奇和探求。也正是由于法国知识界和宫廷贵族的密切联系,他们始终了解旧制度上层的渐进变革的可能,也始终没有放弃对于渐进改革的理想和信心。可是,由于法国知识界为之奋斗的,就

是要突破王朝本身利益所系的旧制度,因此,他们之间的激烈冲突又是必然的。

这种矛盾,在旧制度邻近变革的时候,表现得尤为充分。最具有象征性的,就是路易王朝对于言论出版自由的困惑。

在绝对专制的体制下,是没有什么可困惑的。王朝可以处理得非常简单。顺我者昌,逆我者亡,而且令行禁止,没有什么可讨价还价的。一个学者、出版者,甚至书商,都可以因为一个小小的违规,被投入监狱。而且,投进去就跟一颗石子儿给投到井里一样,从此就沉底儿了。就是当场就杀了砍了,也就是一句话的事情。谁不服就跟着一起去。可是,随着时代的进步,王朝的逐步开明,即便是平民,也不能随杀随剐了,更何况是那些不仅受到公众爱戴,也被王公贵族们所崇拜的著名诗人、文学家和思想家呢?

结果,法国王朝随着开明进步的步伐,对于思想言论和出版的管理,就呈现了最摇摆跌宕、无所适从的局面。这就是前面的伏尔泰故事的来由。王朝和旧制度一体而存在,它无法放弃旧制度本身,而它也无法逆转历史潮流,在有意无意之中,它甚至还在帮助推动这个潮流。它极度困惑。皇家的剧院,贵族夫人的沙龙,都成为思想的温床,而思想又在挖掘他们生存的根基。

于是,王朝在这个最关键的卡口,必然地表现出非常矛盾的做法。从伏尔泰、狄德罗到其他学者,断断续续地始终有人因言论获罪,可是,却很少有人真正地受到严重伤害。时间越是靠后,被伤害的程度就越低。对于禁书和烧书,总是出现越禁越畅销的局面,更何况,欧洲各国在那个时候并没有护照之类的现代玩意儿,和平时期也没有重兵把守的边界。所以,境内的禁书没有任何意义,只不过是换个地方出版，运来运去徒增麻烦和成本而已。因此，现在回顾这段历史，一点看不到这些言论出版钳制的作用，不仅禁而不止，反而在放松的时候，引起更大的反弹，效果适得其反。

因此，在相对松动的时刻，巴黎的作家、出版家和图书馆就倍增。紧一紧，作家的手稿就纷纷流向邻国，出版后通过走私，再流回巴黎。在路易十五时代，即使在弦被绷得最紧的时刻，也没有造成对学者群体的重大伤害，以及对思想的彻底扼杀。

1734年，伏尔泰的一本书，《对帕斯卡尔的思想批评》，又惹怒了王朝。于是，发出了一张逮捕令：不论在哪里发现伏尔泰，都加以逮捕。可是，不仅有人通风报信，还有一群贵族夫人联名上书请求赦免伏尔泰。结果伏尔泰和宫廷达成的交易是：只要他否认自己是作者，宫廷就撤销逮捕令。唯一附加的要求是，伏尔泰和巴黎必须保持"可敬的距离"。伏尔泰于是旅行在一个个城堡之间，成为一个个贵族的上宾，最后在一个贵族庄园落脚，"展开他一生最快乐的时光"。

1757年1月5日，巴黎有人试图刺杀路易十五。在惊恐之中，路易十五恢复了一条早已废弃的旧法律，规定凡有攻击或干扰国家的书籍作者、出版商和书商，一律处死。结果，虽然有几名作家赶在"风头上"被逮捕，却没有一名被真的处死。古老的苛严律令，事实上只能适应古老的时代。即使在新时代中，它在形式上复活，可是这个形式在执行之中，却会被迫拉开很大的距离，使它失去旧日的威慑力。与这条法律同时行进的社会现状是，《百科全书》在稍事挫折之后，照编照出，八年后完全出齐。

只要开个头，思想变成一股股细小的、无孔不入的涓流。只要出现一个小小的可能，思想就会化开，化作信函

伏尔泰咖啡馆

和散论、诗歌和音乐、小说与戏剧、神学和哲学,甚至色情文学,向检查制度的堤坝冲击,防不胜防。可是,只要冲开一个小小的缺口,堤坝的最后坍塌就是必然的。

更何况,这是上上下下都热爱思想和文化的巴黎。

在法国大革命前,巴黎大学在全法国已经有了五百个分院。路易大帝学院已经改为师范学院,用以训练高质量的教师。法国的教师,在那个时代,已经获得合理的薪金,享有一定的免税待遇,并且有了退休金。

伏尔泰坚持一生,顽强地带领着欧洲的启蒙运动。就连奥地利的腓特烈大帝,都发出这样的预言:"各国的年鉴中都将注明,伏尔泰是十八世纪正在发生的革命的创导者。"今天的人们感到奇怪的,倒不是腓特烈大帝的远见,而是他在发出革命预言时,却对伏尔泰由衷赞叹。在那个时代,人们却并不感到奇怪。在伏尔泰的晚年,他有很长一段时期,住在法国接近瑞士边境的一个小镇。这里因此而成为启蒙思想的朝圣地。小镇上的人们都见惯了大人物。前来朝圣的人们中间，有的是亲王和统治者，贵族和大公。

1778年，法国大革命的十一年前，八十四岁的伏尔泰回到巴黎。就在这里，就在今天的"伏尔泰咖啡馆"的楼上，安顿下来。

相传路易十六并不希望他来巴黎，甚至一度躲着不见王后。其原因是，王后玛丽·安托瓦奈特不仅请一名贵族夫人向伏尔泰传话，保证给予他保护，还缠着路易十六，要他同意在宫中接见伏尔泰。当伏尔泰最后的剧本在法国剧院上演时，王后和巴黎几乎所有的伯爵们，都前往观赏。

我们在"伏尔泰咖啡馆"找了一个临街的座位。伏尔泰当年的居所，真是一块风水宝地。前面是塞纳河，右面是西岱岛，左面就是卢浮宫。我们望出窗外的时候，一切都笼罩在一片金红色的晚霞之中，就像在漾开的嫣红雾色之中，撒开了一大把金色的细沙。

我们想象着伏尔泰最后的辉煌。1778年3月30日，他就是从这里的楼上，慢慢走下来，跨进他的马车，驱车去卢浮宫参加学术团体的会议。他一路受到人们的欢呼，眼里充满了泪水。当天法国剧院再次上演他的剧本，他在舞台上，演员们用月桂的花环为他加冕。在法国，从来就有两个君王：法兰西人民除了他们的国王，还有一个思想和艺术的君王。而前者，常常在心灵深处臣服在后者的脚下。

这就是法国为什么是法国，巴黎为什么是巴黎的原因。

我们走出咖啡馆的时候，天色已经黯淡了。在咖啡馆转角灰面剥落的砖墙上方，紧挨着一个拉着白色抽花窗帘、有着细细的精美石框的窗子，一块同样简朴的小小铭牌，被四个钉子钉在墙上，上面简单地写着：

伏尔泰，1778年5月30日在这里去世。

Marie-Joseph-Phaul-Yves-Roch-Gilbert du Motier de Lafayette

拉法耶特的雕像

Chapter 12

Lafayette

拉法耶特的故事

法国大革命已经是一个人人都很熟悉的故事。可是很少有人知道,其实这并不是法国人的第一次革命。在历史上一向风强雨急的巴黎,在这一次革命的四百五十年前,就已经上演过一次类似的革命。

那是在十四世纪的时候,英国和法国打开了百年战争。我们今天和别人有领土之争的时候,很习惯说,我们在那里挖出过一个有本国古文字的土盆瓦罐之类,证明很早就是自己的祖先在那里休养生息,进一步就可以推论这是古已有之的本国领土了。在欧洲,这样的考古论证听都没有人要听。在他们的概念里,旧制度的"朕即国家"不是什么开玩笑的话。所有的土地都是国王的,国王要送,就送掉了。送掉以后就是人家的了。不仅土地在流动,就连王位本身,都有可能在不同国家的贵族君王之间相互继承。这在欧洲从来不是稀罕事。这样的大事当然也会发生争议,争不下来,就开仗。

英法百年战争就是类似这样一场争议开的头。法王无子嗣,英法两国的旁系继承人,就为抢法国王位打起来了。打到后来,法王已经有了,仗却越打越复杂。开战二十年后的1356年,法王被俘,英国人索取巨额赎金。太子

查理为解脱困境，召集了三级会议。

在那个时候，法国的三级会议已经过了五十年的发展。会议的八百名代表，已经有一半属于第三等级。第三等级代表的社会阶层，也大为降低。这使得代表和民众的联系也就更紧密。会议开着开着就"豁了边"，超越了宫廷预定的议题，提出了要求获得经常监督王室政府的权利。双方不让步，巴黎就暴动了。逼迫太子查理签署了重大改革的法令。就是用今天的眼光去看，这样的改革都有些激进。它不仅使三级会议成为事实上的国家权力机关，还确认了要"武装市民"等条款。假如这样的法令能够稳固下来，法国就提前四百五十年进入"现代社会"了。

问题就在于，这不是一个双方经过妥协退让的协议，不是现代意义上的契约。这是以暴动胁迫下签署的文件，蕴涵着王室反弹的必然。结果签下来不久，王室就开始赖账。挣扎两年之后，王室的抵赖又引起巴黎再度暴动。1358年2月，工匠店员近三千人冲进宫去，当着太子查理的面杀死两个贵族。结果，大乱。国王没有救回，太子倒逃出了巴黎。之后，几乎是人人可以猜到的结局。太子纠集军队封锁巴黎。半年后，宫廷杀进巴黎，革命失败，王室报复，平定局面。

这样的结局似乎是必然的。假如这是唯一的社会变革模式，那么就是无数次重复的暴动与镇压的反复，到实力的对比发生根本变化为止。在这个过程中，社会的激烈动荡，大量的流血冲突，生灵涂炭，民众成为被殃及的池鱼，几乎是无法避免的。

在那场革命中，我们看到，法国三级会议本身的构造，对事件的结局就具有了决定性的意义。第三等级中，文化层次的相对下降，人数的增多，和民众的不分彼此密切联系，一面增大了民意的表达，在另一面，也就降低了理性介入的程度。

在四百五十年前,应该是商讨协议的三级会议,酿成了一场失败的革命。那么四百五十年后,又将如何呢?

这次在凡尔赛召集的三级会议,结构和四百五十年前相当近似。一千二百名代表,第三等级比例有了进一步的提高,占了一多半。其实,再提高都好像不够意思。因为在社会人口来说,前两个等级加起来,不过占百分之一。按此比例定代表的话,第三等级应该是占代表的百分之九十九才对。在一个复杂的变革关口,这实在是一道并不那么简单的算术题。一方面要顾及公正,一方面要顾及由知识积累起来的理性和智慧的重要性。这种非常复杂的换算,直到今天,大家还没有完全算清。

在法国,贵族是少数,又在旧制度中保持着受益者的地位。但是,这个阶层也有着它正面的意义。大革命中,贵族阶层在大家的嘴里,就是腐朽的代名词。可是很少有人想到这样一个奇怪的历史规律:在旧制度中,一个腐朽的阶层常常会出现一些最优秀的人物。而且,常常是由这样的人物在带领着民众进行社会变革。而他们事先就知道,这种变革本身肯定在危害他们所属的阶层的利益。这在近代是特别明显的。

其实这个规律是由很简单的道理在支撑的。思想需要前人积累的知识作启发,学习需要时间和闲暇。说是读书越多越反动,对这种说法坚信不移的人还是很少。大革命前夕的法国贵族,比人们想象的要有意思得多。他们在整个所谓18世纪启蒙运动中,是最积极参与的一伙人。写着对专制制度充满深仇大恨的讨伐批判文章和书籍的人们,要么频繁出入贵族的沙龙,要么自己就是一个贵族。

在这种气氛的熏陶下,相当数量的贵族,有着对于正义、公正、平等这样超越自身利益的社会关怀。甚至有些

人激动得无法忍受只在沙龙的慷慨激昂中呼吁变革，而是要立即付诸实践。所以，在法国革命前，他们就跑到美国去提前"投身革命"了。弄得美国的革命军司令华盛顿将军，对着不断跑来要求"革命"的法国少爷们，感到困惑不解。

在这些贵族中，最典型的也最具有传奇性的，就是拉法耶特(Lafayette)侯爵了。

在巴黎的历史观光点中，荣军院(Hotel des Invalides)是一个游人必到的地方。这个荣军院还是由路易十四建立的。在古代甚至近代历史中，对于一个君主的评判标准，一多半就是所谓"英雄史诗"般的征战业绩。可是，"一将功成万骨枯"，不仅战争中死亡的士兵和家属无人过问，战争中产生的俘虏和伤兵也境遇非常悲惨。路易十四是个雄心勃勃的君主，自然也就征战不断。其后果就是有大量退伍伤兵流落在巴黎街头，沦为乞丐。1671年，路易十四决定建立这个荣军院，收留残疾军人和无家可归的退伍军人，虽然只能解决一小部分的问题，但是，在对战争遗留问题的处理上，已经是一个历史进步的印记。这里收留了六千名左右的法国荣誉军人，直至今天，还有几十名这样的退伍军人住在那里。那多余的荣军院空房，现在是一个展品丰富的军事博物馆。

欧洲人真是没断过打仗啊。这个博物馆充满了亮铿铿的中世纪的盔甲到"二战"的各色武器。整个博物馆的说明，都是法语的。可是，在楼上的一个角落，用玻璃全封闭地拦出了一个小小的角落，里面的布置看上去，像是古老的办公室的一角，里面竟然还插着一面美国国旗。唯有在这个办公室旁边的墙上，贴着一张小小的打字的英语说明。这就是拉法耶特侯爵的办公室。拉法耶特在美国是一个了不得的英雄，可是，这个跨越了两个革命的传奇人物，在自己的家乡法国，他的历史地位却始终有点说不清道不明的味道。

1757年，拉法耶特出生在法国中部奥弗涅（Auvergne）偏远山区的一个古老贵族家庭里。他就是那种"嘴里含着银勺子"来到这个世界的世袭贵族。他有一个长长的头衔：Marie-Joseph-Phaul-Yves-Roch-Gilbert du Motier de Lafayette，长得没有必要再翻成中文。两岁的时候，他的父亲老拉法耶特侯爵死在战场上，他就继承了侯爵的称号，还有家族从军尚武的名声。

拉法耶特像

母亲带着他来到巴黎的娘家，就在巴黎长大。他在那儿上学，学习拉丁文和罗马共和国时期哲学家的学说。他还是学生，就靠着祖上余荫，进入了他的曾祖父的部队，著名的黑色长枪队。可是，母亲和外祖父又相继去世，十三岁的拉法耶特就成了孤儿，却也因此继承了母亲家族的遗产。十六岁那年，他娶了一个同样富有高贵的诺阿耶（Noailles）家族的女儿。按照传统，谁也不怀疑，他在国王路易十六的凡尔赛皇宫里，会有一个好的前程。当时拉法耶特的家庭，就是常住凡尔赛镇，经常出入凡尔赛宫的四千家显贵之一，在法国有着优厚的生活。就在他十九岁的时候，美国革命开始了。

对于拉法耶特来说，童年在乡间的生活，以及他渴望成功立业的理想，使得他极端讨厌国王宫廷里的奢侈、虚伪和无聊，希望寻求一个能够满足雄心壮志的地方。也许，这是拉法耶特个人向往美国革命的重要原因之一。可是，投奔美国革命，他只是一个典型，而不是一个特例，也就是说，当时生活优裕的法国贵族的心，相当普遍地在被一种超越自身利益的精神所激荡。

1776年夏天，北美向法国派出特使西勒斯·迪恩（Silas Deane），和路易十六的大臣秘密谈判。当时法国政府还没有公开支持北美革命，只是悄悄地向北美送去炮兵军官和

技术人员。可是，这个消息在贵族中很快传开。于是，有很多法国贵族青年缠着这位特使，要求到北美去参加革命。这些志愿者里，有公爵、将军、侯爵，甚至主教，数量多得数不过来。

因此，当拉法耶特在家里的餐桌上宣布，他和他的妻兄，还有其他朋友要到北美去加入革命的时候，他们被崇拜的贵族青年包围了起来，到处响着"自由，自由"的呼声。

可是拉法耶特面前有两道关要过。一是他还不到二十五岁，按当时的规矩必须得到家族长者同意，而岳父当然要竭力阻拦他的"疯狂念头"兑现；二是由于他显赫的贵族身份，他参与北美革命将影响英法关系，而路易十六在1776年还不打算和英国彻底闹翻。所以，法王路易十六拒绝批准拉法耶特出国。

就在这个时候，传来了北美军队失利的消息。这时，要发出一条载有法国志愿者的船就更困难了。拉法耶特于是自己掏钱买下一条船，他把这条船命名为胜利号。1777年4月20日，这位十九岁的法国贵族，抛下了怀孕的妻子，带着贵族志愿者们扬帆出航。

他们在海上整整飘荡了五十六天，1777年6月13日，胜利号抵达乔治镇，如今是南卡罗来纳州查尔斯顿附近的一个幽静的小镇，离目的地还远。拉法耶特只是默默地掏出钱来，给自己和他带来的人买了马匹、车辆和供给，在疲惫的海上航程刚刚结束的时候，就开始了北上九百英里，前往大陆议会首都费城的长途陆上跋涉。

这次旅途，给了娇生惯养的法国贵族们一个下马威，北美大陆向他们显示了它的粗砺无情。一路上，他们的车辆被颠散了架，马匹生病倒下，蚊子，沼泽热，种种怪病，把这些习惯了巴黎沙龙的法国人弄得狼狈不堪。一个来月，他们到达费城的时候，马匹已经死光，他们衣衫褴楼，疲惫不堪，活像一群叫花子。

更糟糕的是，大陆议会不要他们。因为，有太多的法国人来到北美要求参加革命，来的都是贵族，照规矩还都该是军官待遇，北美军队没有那么多的军官位置，弄得美国人见了法国志愿者都头疼。结果，他们没有给请进向往已久的独立宫，而是在马路上等着，最后只得到一个劝告：这儿不需要这么多军官，你们回去吧。

筋疲力尽的拉法耶特一把揪住这个家伙的领子说，你给我进去，大声向国会重复我的话：在我做出如此牺牲以后，我有权要求两项优惠：一是不要一分一厘，我自己出钱服役，二是我从现在开始就以志愿者的身份参军。那人还真的照做了。

拉法耶特的激情，他特殊的要求：不领军饷，不要官衔，只要参加战斗，为理想献身，都使美国人刮目相待。结果，他被授予少将头衔，任命为华盛顿将军的志愿助手。他带来的几个人，都由他自己给他们发军饷。而他本人，直到他离开美国，始终没有领过美国军队的一分钱。他身先士卒，第一仗就受伤，灌了自己一靴子的血。他还卖掉自己在法国的城堡，捐给了穷得揭不开锅的美国革命。他不能随意动用岳家的财产，可是他自己的家产，就在革命中折腾得差不多了。

拉法耶特从此以后与乔治·华盛顿将军形同父子，出入战场。美国描写华盛顿在战场上的美术作品中，华盛顿将军的身边，总是有一个年轻人，这就是法国贵族拉法耶特侯爵。

1778年2月，在富兰克林的努力下，法美签署了同盟。1779年初拉法耶特回到法国。他来到凡尔赛，劝说路易十六给予美国革命更多的援助。谁也不知道，在一轮明月照耀下，深夜的凡尔赛宫中，充满了平等自由思想激情的拉

法耶特侯爵，是如何说服路易十六的。可是，在法国历代君王中，路易十六的开明和改革意识，和当时法国贵族的状态，肯定有着某种联系。年底，拉法耶特的儿子出生，他给儿子取名为乔治·华盛顿·拉法耶特。他可以在法国军队里服役，但是他决定回到美国，以加强美法军队的联络。临行前，路易十六让他带信给华盛顿：法国决定增援美国革命。

拉法耶特的第二次到来，是美国独立战争走向胜利的转折。拉法耶特亲自参加了著名的约克镇战役，出席了英军的投降仪式。就在这时候，他得到消息，路易十六授予他少将军衔。独立战争快要结束，当他再一次回到法国的时候，他是人人称颂的美国革命英雄。

拉法耶特并不是一介武夫，他承袭着法国优秀贵族的传统：思考思辨，寻求一个超越自己阶层利益的合理社会。1783年2月，他写信给华盛顿，敦促他废除美国的奴隶制度。回到法国后，他加入了法国黑人之友协会。1786年，他和他的妻子在法属几内亚买下了一块地，打算用于自由黑人的试验，让自由的黑人在这儿得到培训，能够依靠自己的劳动得到财政上的独立，从而得到真正的自由。

美国1787年制宪会议以后，华盛顿给他远在法国的义子送去了一份拷贝。拉法耶特立即回信表示赞同，可是他在回信里也对美国宪法提出了批评，第一是里面缺少了权利法案的条款（权利法案是在1791年作为修正案加入宪法的），第二是没有规定总统的任期限制。这两项批评都堪称先见之明。

拉法耶特致力于在路易十六面前争取新教徒的合法地位。1787年，法王面临财政破产，召集贵族会议咨询，拉法耶特是一百四十四个会议成员中最年轻的人。其他人都在谈论贵族在公共政策中应该有更大的作用，谈论财政改革。拉法耶特强调国王应该实行两项改革：一是解放新教徒,二是召集国民大会来解决国家面临的问题。

1787年底,路易十六采纳了他的第一条建议,给予新教徒以基本权利。而他的第二条建议,当1789年终于召开三级会议的时候,直接引向了法国革命。

在路易十六时代,贵族对于宫廷的依附是一个方面。可是,这种简直是亲密平等的交往,也反过来使得贵族在影响宫廷。今天人们读法国历史,都会对路易十六和王后的许多自掘坟墓一样的行为难以理解。可是,相信在当时的气氛下,一切都是"正常"的。路易十六对美国革命的支持,大家都把它归于削弱英国力量的目的。可是至少,路易十六要对美国《独立宣言》表达的平等思想不深恶痛绝才成。法国革命前十年,拉法耶特回到法国,说服了路易十六资助美国革命,造成的法国财政困难,是导致大革命发生的一个重要原因。

第一任美国驻法大使富兰克林向路易十六递交国书

在三级会议期间,拉法耶特的活动集中在提倡限制行政权力和保障基本人权。6月11日他第一个将他起草的权利宣言提到了国民大会。这是拉法耶特最骄傲的事情。

拉法耶特这样的贵族不是一个两个,而是一帮子。这是法国革命前的贵族状况的一个缩影。在法国革命即将来临的时候,这些"革命贵族",不在美国享受革命成功之后的巨大声誉,而是在听到法国改革的风声后,就纷纷回来,决心为祖国的变革做一番努力。

美国革命其实是分为两部分的,他们确实为赶走不公正的英国殖民者打了一仗,可是,美国本身的民主化进程却是和平转换的。这些亲历美国革命、亲眼看到一个民主制度和平创建的法国贵族,基于他们对路易十六的开明作风的了解,便乐观地对法国的和平改革充满了信心。

在三级会议代表的推选中,拉法耶特能被当时的贵族们选为他们的二百七十名代表之一,也可以想见当时的贵

族状态了。按照传统,在三级会议之前,各级会议的代表,必须向国王提交他们的"陈情书"(Cahiers de doleances)。最能够说明问题的,大概就是在大革命前夕,最后一次自然地在他们的陈情书里表达的法国贵族当时完全超越自身利益的社会理想了。

在1789年作为三级会议第二等级的贵族陈情书中,他们的要求有:起草一份人权宣言,确认人的自由,确保人的安全;废除奴役制;禁止随意拘捕的国王密札(Lettres de Cachet);为穷人设立免费辩护人,预审公开和有辩护自由,刑罚对一切人平等,废除刑讯拷问,改善囚犯处境;保障财产不受侵犯,保障商业、劳动自由,宗教自由,出版自由,邮政保密;扩大教育;反对警察滥用职权;农村的福利及扶贫,建立济贫院。所有人有权直接或间接地参与政府;废除旧制度中第三等级被迫服从的侮辱形式,例如下跪;确立君主立宪制;权力区分。他们在"陈情书"里表现的最大的自身局限性,就是维持贵族的等级和荣誉。可那是距离今天二百多年前的法国贵族啊。

坐在凡尔赛宫的台阶上,想着,贵族代表们就是在这里,向路易十六递上了他们的"陈情书"。至于路易十六,他既熟悉启蒙时代的思想成果,也熟知天天围绕在自己身边的这群贵族,不管他是否同意,我至少不认为他看了这样的"陈情书"会感到惊讶。

然而,哪怕再开明,再想改革,路易十六应该是不一样的。说他是整个法国对局势最担忧的一个,肯定不算过分。路易十六看到随着第三等级来凡尔赛开会的代表后面呼呼涌来的、聚在宫外的人群,没法不为王朝和自己的安全担心。他本能地在一切决定中,将秩序和稳定作为第一考量。

可是,一切已经不以他的意志为转移。他想控制局面,坚持要按照惯例三个等级分开会场。结果遭到反对。

他试图关闭会场大门,他对着贵族代表们叫着:"绅士们,我命令你们解散!"很多贵族绅士和第一等级的教士一起,却跑到了网球场。那是第三等级代表集合的地方。他们甚至要求放弃自己的身份,加入第三等级。

结果,凡尔赛的网球场上,不仅聚集了第三等级的愤怒的代表,教士贵族也纷纷加入他们的行列。他们不仅宣布自己是"国民议会",而且誓言要自行立宪,"不制定宪法不散会"。到了这个时候,路易十六只能服从。从这一刻起,他实际上已经摘下了自己的王冠。

三级会议是在对君王的挑战已经大获全胜的情况下召开的。这一次会议,和四百五十年前那次相比,应该是完全不同。第三等级有了一个相对开明的国王和一群上层同盟者,可以得出一个和平协议了。可是,长长的导火索从凡尔赛冒火,哧哧地响着直窜巴黎。炸药包已经点响。在凡尔赛城,是一个求稳的国王、百分之一的最可能具备理性的教士和贵族,巴黎是百分之九十九的与旧制度有着世代宿怨的民众。凡尔赛宫在打算开会和制宪,巴黎人却为了说不清楚的种种诉求,已经挤满了巴黎街头。军警和民众的冲突一触即发。这一次,是三个等级的代表都没有打算革命,"革命"自己起来了。巴黎人起义了。

拉法耶特们并不希望街头冲突。可是,基于他们对于底层民众的长期同情,他们最初对于已经发生的"人民起义",还是热情支持的。当然,他们做梦都没有想到,法国革命最终会将他们宣布为"反革命",甚至连他们的亲人,都会受到株连而被送上断头台。

所以,拉法耶特虽然一生不改初衷,可是,他在法国革命之后的故事,却渐渐变得复杂起来,这也是"拉法耶特"这个名字在美国始终是"英雄"二字的代名词,而在自己的故乡法国,却变得吞吞吐吐的原因。

Chapter 12 拉法耶特的故事

飞舞在蓝天下的金色女神
(巴士底广场上的纪念碑)

Chapter 13

Bastille

巴士底狱还在吗？

三级会议开幕的第五天，巴士底狱就被攻破了。

我们到了巴黎后，住的地方距离巴士底广场并不远。巴士底广场下面，是地铁几条线路交会的大站。出门换地铁，常常会在那里转车。第一次来这个车站转车，是在车站几个层次的最上层。候车的地方整座墙面都是壁画，色彩艳丽地画着壮观的革命场面。仿佛革命的一切就是从这里开始，革命的自豪和光荣的落点也是在这里。这个感觉完全没有错。对于全世界向往法国大革命的人来说，可能从来不知道什么是三级会议，可能从来不知道什么是"网球场誓言"，可是他们不会不知道什么是巴士底狱。法国革命的象征，就是攻陷巴士底狱。它被攻陷的那天，1789年7月14日，就是今天的法国国庆日。

我们知道巴士底狱在被攻陷的同时，就开始被拆，断断续续拆下来，这个庞然大物就被拆光了。我们是在朋友的指点下，才在地铁站复杂的底层，寻到留下的两块基石，以及在黯淡灯光下的简单介绍。这和上层车站五光十色的革命宣传，形成鲜明对照。巴士底狱在地面的遗址，就建造了今天的巴士底广场。这可是个大广场。广场的中间是一个纪念碑，那是一根五十二米高的柱子，上面托着

巴士底狱在地铁站下剩下的两块基石

巴士底广场上的纪念碑

一个非常精致的金色雕像。在湛蓝色的天空和浮动着的云朵的衬映下，展开她金色飞扬的翅膀。可是，这个纪念碑既不是纪念法国大革命，也不是纪念巴士底狱中的牺牲者。它纪念的是巴士底狱被攻陷四十一年后，在1830年发生的另一场革命中的死难者。

这个建立在一个特殊地点，却又和它本身毫无关系的纪念碑，仿佛特意在提醒人们：1789年7月14日发生在这里的一场轰轰烈烈，不仅不是在法国历史上的第一次革命，而且并没有一劳永逸地解决法国的问题，这个革命也远不是最后一次。当第一个法兰西共和国成立之后，法国人民还要经历不停顿的动乱，从选择共和国到选择王朝复辟，再到另一次革命，这样的多次循环。站在这个死难者纪念碑下，读到1830年这个日子，游人即使对法国历史再缺乏知识，也会想到，至少在巴士底狱被攻陷后四十一年里，法国似乎还没有安定下来，还需要革命，而革命依然血腥。

巴士底狱在1789年7月14日的遭遇，确实是一个耐人寻味的象征。

那天引起攻打的原因，是因为民众和政府军发生武装冲突之后，架在巴士底狱的高墙上的大炮造成一种威胁，必须解决。然而，所有的人，不论是那天奋勇冲击这个堡垒的民众，还是每年欢庆这个国家盛大节日的法国人，以及无数和法国没有丝毫关系的遥远的人们，即使他们明明知道这一情节，他们还是不会愿意把这样一个事件，解释成一个战术性的战斗细节。在大家眼里，一个石头的建筑，一个巨大的城堡，就是旧制度的象征。

路易十六的时代，整个贵族阶层和宫廷本身，并不是历史上最坏的时候，甚至可以说，这是坏制度的比较好的时候。这是社会的整体进步所决定的。欧洲在艰巨地逐渐

步出野蛮。例如，在中世纪还非常普遍的地牢，已经在法国大革命前一百多年就渐渐停止使用了。有许多残酷的纠正，并不是革命，并不是法令，而是"人"自己由于人性的觉醒，开始厌恶残忍。人们在书写历史时，总是习惯把目光的焦点对准改朝换代，对准战争与革命，对准理论诞生的年代，认为这些才是人类的脚印，才是进步的印记。然而，对无数在历史上从来没有名字的普通人，他们所深切体验的进步，其实是人道和人性发展的一个一个细节。比如，从哪一年开始，地牢不再使用，从哪一年开始，囚徒可以不再饥饿致死，从哪一年开始，酷刑被废止，从哪一年开始，人们可以获得公平的审判，获得不再恐惧的自由，等等。监狱往往成为一个制度的测试点。

巴士底狱本身的历史演进，也非常典型。

巴士底狱今天已经片瓦不存。我们今天只能在巴黎市历史博物馆，看到它的模型、照片和遗物。它曾经是非常壮观的一座中世纪城堡，建于1370年。它有着三十英尺厚、一百英尺高的围墙，有八十英尺宽的壕沟环绕。它曾经是旧制度压迫的工具。尤其在路易十四的专制时期，根本没有最起码的法治可言，人们没有基本的权利保障。入狱和长期监禁都不需要提出任何理由。

可是，在路易十四去世之后，巴士底狱随着改朝换代，已经有了一次重大变化。路易十四入葬才两天，替年幼的路易十五摄政的奥尔良公爵菲利普，就下令对巴士底狱囚犯实行甄别，原则是，除了确实对社会有重大危害的重刑犯，其余一律释放。

这应该是巴黎历史上的一个重大事件。因为，释放过程本身，就是对老国王路易十四时代的专制的一次清算。巴黎人在释放过程中看到，上百名被释放者，都是由老国王签署所谓"密札"，即空白逮捕令抓进去的，大多是宗教迫害、政治迫害的牺牲品。他们没有享受过公正审判的权利，甚至没有确定的刑期。

给巴黎人留下最深印象的是一个孤苦老人，他满头白须白发，已经在巴士底狱里被关了三十五年。他不知道自己被捕的原因，也从来没有受到审判。他完全被关糊涂了。在跨出巴士底狱之后，他非常惊恐和困惑。他没有地方可去，也无法习惯自由。最后，他要求回到监狱度过余生。他在获准后重新入监。

这个悲惨而真实的故事，引起的震动甚至超越了巴黎和法国。它化作种种文学形象，出现在文学作品中，我们在雨果的《悲惨世界》中，在《九三年》中，都可以看到对这样的囚徒、密札制度和巴士底狱的控诉。其中最强烈的一个形象，是英国作家狄更斯在《双城记》所描绘的，那个揭发了一个贵族的家族暴行、因而未经审判被长年囚禁的马奈特老人。在这些作品中，作者都在试图诠释革命暴力发生的原因。在一部文学作品中，它通常所能够做的，就是把极端的和富有戏剧性的情节，放在一定时间和场景，让它们对比和冲突起来。

然而，在事实上，暴力革命却往往并不是发生在最残暴最专制的时刻，在那个时候，一切革命的可能，都被残酷压制了。偏偏是压力减轻、渐进改革进行到最后关头，似乎是最可以避免暴力革命的时刻，它就爆发了。

在路易十五时代，巴士底狱逐渐成为轻微罪犯的拘留处。入狱的方式并没有重大的改变，国王依然可以签署密札送人入狱。政治和宗教迫害也常常是逮捕的原因。不少作者和出版者、书商，例如伏尔泰，被拘禁。然而，相对路易十四时期，迫害的程度在减轻。在路易十五时代，巴士底狱囚犯被拘押的时间都并不很长。

对于监禁，路易十六被公认是一个相对温和的君主。

这使我们想起在马赛寻访伊夫堡(the Chateau d'If)的经历和小米拉波伯爵的故事。

马赛是法国南方的沿海城市。一弯地中海蔚蓝的海水,勾画出了一个美丽的港口。在竖着的一根根下了帆的、摇晃着的桅杆下,漂浮着一排排随着波浪涌动而上下起伏的白色小船。岸边还摆着鱼摊,渔夫们在那里出售着银光闪闪的不知名的鲜鱼。

我们来这里当然不是为了鲜鱼,甚至不是为了观赏港口的风景。我们来这里是为了伊夫堡。伊夫堡是我们心中久远而溟茫的一个神秘传奇。我们曾经在最需要幻想的年代,根据借到书的可能性,颠三倒四地读过四卷大仲马《基督山恩仇记》。他笔下的埃德蒙·邓迪斯,也就是后来的"基督山伯爵","应该"就是被无辜囚禁在伊夫堡,并且最终在一个深夜,钻入装尸首的口袋,从伊夫堡的悬崖被抛

马赛港

入海中,就此逃生,开始他的复仇历程的。

基督山伯爵是虚构的,伊夫堡可是真的。据说大仲马就是在伊夫堡上,心中突然涌现了这个故事。而正是由于伊夫堡,基督山才活了起来。只是我们去的那天是大风天,码头的售票处说,我们只能在邻近的小岛登陆,上不了伊夫堡。我们还颇为不解,在港口的海边是有风,可是远远算不上什么。直到被小船载出港口,这才知道"避风港"的意义。一出港口,船身一下子侧着几乎竖立起来,大风卷着浪头越过顶棚直压下来,还没来得及反应过来,就已经被冰冷腥咸的海水给浇透了。就在这个时候,我们看到起伏的海平线上,凸起一块褐色的巨礁,顶端的颜色略深,那就是伊夫堡。它和风暴中的礁石浑然一体,给人惊心动魄的感觉。

法国大革命中著名的革命贵族加尔比瑞·米拉波伯爵(Gabriel, Comte de Mirabeau)在路易十六时代,就曾经是伊夫堡的囚徒。可是他并不是由于受到政治迫害入狱,而是被他父亲大米拉波侯爵给关进来的。那时的小米拉波是个经常闯祸的年轻人。1777年,他的父亲为了管教他,就去弄了一份密札,把他给关进了伊夫堡。这也是当时密札的用途之一,就是贵族管教自己的"不肖子孙"。

小米拉波在里面待了整整三年,到1780年底,他才得到父亲的原谅,走出伊夫堡。虽然最后一年里,他可以在堡内各处散步和接见访客,但是失去自由的年轻伯爵,还是在里面痛苦不堪。他为了发泄过剩的精力,写了好几本书,有些只是色情小说。但是,这其中有一本重要的著作:《不满之诉》(*Lettres de Cachet*)。在这本书中,他以自己的切身体会,痛陈旧制度中的未经许可拘捕,和未经审判监禁的不公正,并在书中强烈要求改革监狱和司法。

《不满之诉》在1782年出版,路易十六在阅读了这本书

巴士底监狱已经片瓦无存,伊夫堡却还站立在地中海的波涛中(作者手绘)

伊夫堡上

以后,被深深触动。1784年,路易十六下令,释放了当时在伊夫堡被关押的所有犯人。就在这一年,路易十六还找了一名建筑师,要他提出一项计划,内容就是怎样拆除巴士底狱。确实,当时这个监狱的存在已经没有什么必要。因为在路易十六时代,如此一个庞然大监狱,始终只关押了极少的几个囚犯。

1789年7月14日,在巴士底狱被攻陷的时候,被革命救出的囚犯,只有七名。不论是谁,假如平心静气下来,都会承认,在巴黎这样一个大都市,在它的头号监狱里,只关了七个囚犯,这在数量上无论如何也算不上是暴政的有力证据。

旧制度,和即将取代它的新制度,可能是一个转接的过程。在质变这一点的前后,它们在某些外观上的差异,可以并不显得天差地别。就像人们打开巴士底狱,发现里面只拘押了七个人一样。很可能的情况,就是在革命之后,在巴黎人拆除了巴士底狱之后,发现这七个人又在什么地方犯了事,结果,就又要盖起一座监狱,把他们重新关进去。那么,两个制度的差别在哪里,监狱和监狱的差别在哪里?是不是在同样七个囚犯被再次关进另一个监狱的那一刻,攻陷巴士底狱就失去了它的意义?

判别一个制度是否合理,在我看来,先得看它是否人道。旧制度的特点是个人的基本权利没有保障。在法国,最令人无法容忍的例子,就是传统的"密札"。那是由国王

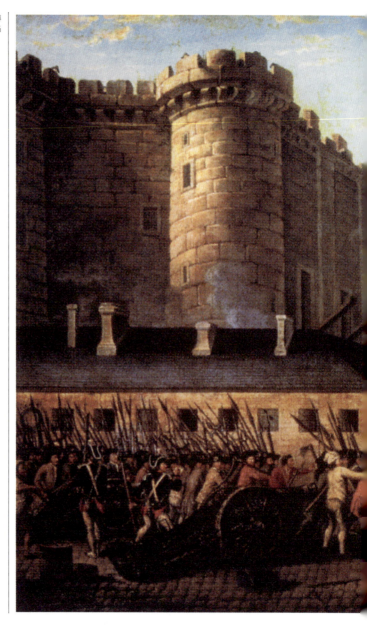

藏于巴黎加纳瓦雷历史博物馆的油画，描绘了攻陷巴士底监狱的景象

Chapter 13

巴士底狱还在吗？

预先签字的拘捕令。"密札"在国王签字的时候，可以是空白的，并没有什么明确的拘捕对象。然后，国王可以随意地将它作为"人情"，送给当时的贵族，甚至向他们出售。而贵族就可以凭着这样一张已经生效的"密札"，随意地把他们所不喜欢的人送入巴士底狱了。这样"进去"，还只是一个人悲剧的第一步。他没有权利要求严格的司法程序审核，他没有权利要求自己不被虐待，甚至，他没有权利要求自己在明确的刑期之后，走出这个地方。这就是巴士底狱被历史定位，成为旧制度象征的原因。

打开巴士底狱，里面不是人满为患，而是只有最后七个囚犯。即使这样的状况意味着法国的旧制度已经走向宽松，处于社会进步中的人们，依然要求这个进步是一个"质变"，也就是由制度确立下来，由制度保障执行。这就是当时三级会议的"陈情书"所表达的社会共同愿望。因为，即使是国王答应以后不再挥霍国库；即使是言论和出版的环境在当时相对宽松；即使是当时的贵族拿了国王的"密札"并不随便捕人，才导致巴士底狱里只关了七个人，等等，可是，假如没有制度保证，这些由上层"赐予"的进步，就可能在一夜之内发生巨大倒退。上层"赏赐"的果子，当然理所当然可以随时收回。所以，巴士底狱被捣毁，正因为它表达了人们对于社会质变的觉醒，才具有不可动摇的历史意义。

可是，被攻陷的巴士底狱只救出七个人，依然出乎许多人的意外。它从一个侧面说明了大革命前的法国状况。人们必须承认，旧制度在时代的推动下，多少年来是在渐进改变的。假如当时它的状况极其恶劣，对于民众的统治非常严酷，那么，我们可以想见，巴士底狱里绝对不会只关七个人，打开巴士底狱也就不会那么容易地一蹴而就。面对打开的空空荡荡的巴士底狱，有没有人因此而想过，在社会相对进步的时刻,在它的质变最可能临近的时刻,除了大炮轰塌城堡的一角,是不是还有其他的途径放出这七个人?

在这个攻打巴士底狱的隆隆炮声中,我们似乎还可以听到一些什么。那是千年的旧制度积下的宿仇。被压抑了一代又一代的底层民众,他们对巴士底狱这栋城堡充满了怨恨,不管里面是不是只有七个人,就是他们确认里面没有人,他们依然会满腔仇恨地要把它轰塌轰倒。

巴士底狱的守卫人员只有八十二名法军和三十二名瑞士卫队,带领他们的要塞司令是一名贵族:洛奈侯爵。在进攻巴士底狱的过程中,有过一次谈判。一名代表进入狱中。一方面他要求撤除大炮,并且不对外面的民众采取敌对措施;另一方面,他保证劝阻民众不进攻。洛奈侯爵不仅同意他的要求,还请他吃了午餐。可是,这名代表并不能阻止民众进攻的冲动。短暂的停火之后,武力冲突最终依然爆发。导致近百人死亡。最后,守军弹尽援绝,竖起白旗投降。

在战斗结束之后,放出七名囚犯的同时,有七名已经投降的守军俘虏被杀——六名士兵和洛奈侯爵。在押送洛奈侯爵的过程中,民众改了主意,决定立即处置,把侯爵当场殴打致死。他们割下他的头颅,挑在枪尖上游行。

这种久远以来没有机会宣泄的恨意,在失去理性的人群聚集中,浓缩和发生聚变,产生着巨大的能量,并且被填入炮膛,使得巴黎上空的炮声,听上去显得格外的沉闷和可怕。

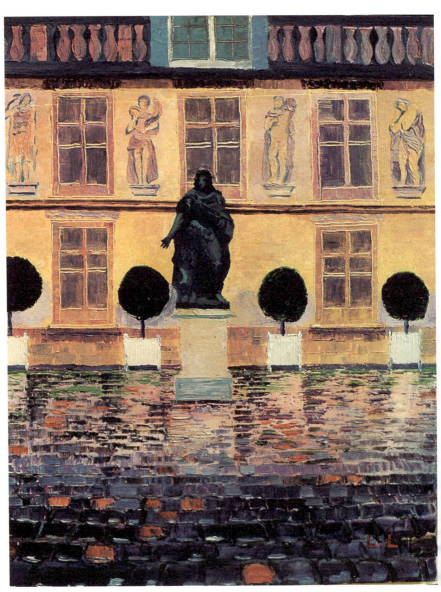

巴黎历史博物馆的小庭院(作者手绘)

Chapter 14

Musée Carnavalet

加纳瓦雷历史博物馆

　　巴黎城市改建的时候,没有被奥斯曼拆除的马亥区,是到巴黎游览的人们,厌倦了每天不断的游览景点的刺激,想放松一下的好地方。

　　巴黎本身很紧凑,可是给你的感觉就是大。它的城市的规划设计,似乎以炫耀压倒一切的皇家气派为宗旨。就说凯旋门,这门有多高多大先不去管它,围绕着凯旋门是一个圆形广场,广场的外圈就是呼呼作响的车道。然后,以这里为中心,放射出整整十二条宽宽展展笔直的大道。面对这样的思路,只能够承认它是"大手笔"。

　　一到马亥区,这里的一切都变得收拢起来,街道变得窄小,最大的空间大概就是孚日广场(Place des Vosges)了。在巴黎待久了,就会对广场特别敏感。所谓广场,本身是一派空旷的地方。可是广场的尺度感是和它周边的环境有密切关系的。一块空地只是一块空地,当它的四周出现实体,把它围绕起来,它才成为广场。实体围绕的形式对广场的视觉效果有决定性的影响。周围的实体如何排列,决定了广场的形状。假如周围是建筑物,那么它们的疏密高度与广场的面积比例,决定了广场的空间尺度感觉,建筑物的立面造型和色彩,又决定了广场的性格。

孚日广场命名的孚日,是法国东部的一个省,是法国著名的民族英雄圣女贞德的家乡。这个广场的尺度很适中。它是由三十六栋房子围绕起来的,广场的每一边是连续的九栋房屋。房屋下面一层都有一圈内廊。内廊里面,是一个个小咖啡馆和工艺品小商店。当我们在廊前走过的时候,拱形的穿廊里,一个小提琴艺术家正在演奏着悠扬的乐曲。我们向他望去,正是逆光。拱顶下的背景光亮里,是一个精彩的剪影。随着小提琴琴弓的节奏,他的头顶上一撮金色透亮的头发,正在那里跳跃。广场中间,是一个路易十三的雕像。在他结婚的时候,这个小广场曾经举行过三天三夜的狂欢庆典。

马亥区其实是个好去处。那里没有属于"经典旅游项目"的、游客必到的皇家大排场。可是,那里除了古老的教堂、街路,还有一些很有意思的小纪念馆。你在里面慢慢地走走,坐坐,看看,不伤人。比如说,雨果故居就在附近,就在孚日广场周围的那圈房子里。罗丹纪念馆,是个略大一点的住宅花园的规模。楼里楼外,各处都点缀着罗丹的雕塑作品。花园里风和日丽的日子,不停地有艺术系的学生守着塑像在那里画速写。这本身就构成一幅很美的图画。坐在花园里,目光穿过白云绿树,还可以看到拿破仑墓那个金色的穹顶。只是那个"思想者",被安置在一个很尴尬的角落,我想给他拍张照,有了合适的光线和角度,就避不开一堵破墙,可见我们去的实在不是时候。

喜欢毕加索绘画的人,也许还可以去看看马亥的毕加索博物馆。我们就免了。因为在西班牙人毕加索的故乡,我们看过巴塞罗那的最庞大的毕加索博物馆。毕加索是以绘画的风格多变和高产量著称的,最后他自己已经承认,他后来的一些创意,只不过是要给这些崇拜名人的大众一点恶作剧。他有过好的东西,一般来说,那些最好的,都

雨果家门前的街头音乐家
(作者手绘)

Chapter 14
加纳瓦雷历史博物馆

雨果故居一角

给卖掉了,倒是可能在一些不是以毕加索为专题的博物馆遇到。在那些集中了成千毕加索作品的地方,我们想看到寥寥一些好东西的代价,就是要穿越大量的、换个画家签名就要被人扔进垃圾桶的作品。所以就不打算再进以他为名的专题博物馆,重复一次这样的经历了。

马亥区吸引我们的地方,还有一个叫做加纳瓦雷博物馆(Musée Carnavalet)的地方。这是一个由两栋老房子组成的巴黎市历史博物馆。在这个博物馆,收集了从罗马时期

巴黎历史博物馆

一直到现在的、与巴黎有关的展品。这些展品又大多由艺术品的方式展现出来。这样艺术化的城市历史博物馆,我们还是第一次看到。

作为展馆的两栋老房子本身,也已经是建筑文物了。主建筑加纳瓦雷旅馆,建在1548年。当时是作为市政厅建的,所以格外考究。这栋房子经历过很多人,但是今天的巴黎人认为,其中最著名的不是那些政治人物,而是一个十七世纪的法国女作家。

那是一个无意成为作家的作家。她就是塞维尼侯爵夫

加纳瓦雷博物馆的优美小庭园

人(Madane de Sevigne)。塞维尼夫人出生于一个贵族世家,十八岁的时候嫁了一个侯爵。侯爵挥霍着她的嫁妆,又在一场与人争夺妓女的决斗中身亡。留下塞维尼夫人和一双小儿女。她抚养儿女长大,女儿出嫁后搬往普罗旺斯。在当时的交通情况下,那是遥远得像梦一般,在夏日起伏的田野里,长着一满垅一满垅紫色薰衣草的法国南方。就在我们参观的这栋房子里,她思念着女儿,开始写信。就是这些从来也没有想过要发表的信件,以洗练优美的文笔,永远留传下来,使她在文学史上,以书简文学,成为一个划时代的作家。今天的加纳瓦雷博物馆里,还保留着她的画像和当时她生活场景的一个角落。

这个博物馆有着一个又一个优美的小庭园,却大多不开放。其中最著名的一个小院,我们只能绕到街上,通过密密的铁栅栏缝隙,向里张望,就连个照相机也塞不进去。可是有一个庭园是可以走进去的。那是入口的第一个庭园,以建筑物的高墙压成很封闭的空间。迎面靠着对面的墙,是一座极具个性的路易十四的青铜像,后面是石墙面成排的气质沉稳的石浮雕。青铜的深色和石料的浅色对比;独立雕像与浮雕群像之间的铺垫、衬托与呼应;满庭院拳头大的、磨得像卵石般溜圆的铺地石,对着那四四方方、一朵朵云彩在其间悠闲飘过的青天,非常沉得住气。第一次去的时候,刚刚下完雨,一切该有光亮的地方,都闪着湿漉漉的微光。我们进了庭园就简直不想往室内走了。

这个历史博物馆确实非常吸引我们。因为它既是艺术展览,又是历史展览。唯一的缺点,是它的工作人员的人数不够。结果为了应付游客,就采取轮换开放制。发出一张相当复杂的时间表,告诉前来参观的人们,在哪一天是哪些部分上午开,那些部分下午开,甚至是哪个房间开放几点到几点的两个小时,等等。弄得我们疲于应付,还是一次不能全部看完。

博物馆有一个小画廊,里面都是由各个不同历史时期的巴黎画家写生的巴黎风景。也许,他们在艺术史上,并非都是名家。可是,这些风景画,却在无意间展现了巴黎独特的历史景观。在法国,巴黎太重要。重要得不论在哪个时代,在对立的哪一方,都会认为,假如我们得到了巴黎,我们就已经得到了法国。结果,巴黎这样一个人口稠密、建筑物林立、文物遍地的大都市,就几乎没有停止地成为法国内战的厮杀场地。在本应该是优美的风景画里,表现的就常常是"废墟美"了。这里革命复革命,起义再起义,生命不息,巷战不止。这使我第一次怀疑,奥斯曼在做巴黎的改建规划时,是否真的像人们所指控的那样,有过"反革命动机",真的在有意地避免住宅建筑物随时摇身一变,就变为街头碉堡。

看了这些油画以后,我们又在各处看到过一些历史照片,对于巴黎人的古建修复能力实在是惊叹不已。虽然,被巷战全毁或半毁后被迫拆除的情况也有很多,比如,距离这个博物馆东面不远的巴士底狱就是这样。可是,他们确实花了难以置信的力气,在那里艰苦卓绝地修。记得那次看到法国大革命一百年以后的巴黎公社历史照片,上面有着被大炮轰得像渔网一样的巴黎市政厅,我们仔细地辨认了半天,才确认那就是我们去过很多次的、西岱岛上的那个市政厅。今天我们看到的,是一栋无懈可击的完美古建筑杰作。看了那张照片,我差点伸出舌头缩不回去:都轰成这样了,原来还是可以"修"啊。

巴黎市政厅

法国大革命一开始,就是一场巴黎的街巷战斗。一开始,是民众"携带短刀斧头涌上街头"。这种形势下,民众和原来宫廷政府的武力,想要不发生冲突,怕也不可能。

对方是持有枪械的正规力量，这边当然随之升级。仅在荣军院一处，一夜之间，两万枪支就被民众一抢而空。第二天，巴士底狱就是这样打下来的。

这时的法国，似乎有双重线索并行在走：一是巴黎正在炮火连天，攻打旧制度的看得见的一个个石块砌成的堡垒；另一是在凡尔赛，由原来的三级会议改成的制宪会议正在进行。那里，代表们是在堆积如山的文件中工作。废除旧制度的议题在一项项地通过，成为新制度诞生的一块块基石。但是，这个过程和巴黎街头正在发生的事情，是否完全性质相同？它们相互又是什么样的关系呢？

今天我们回顾历史，更容易被响彻着枪炮声的一片混乱给搅昏了头。巴黎的"为自由而战"和凡尔赛的制定新宪法，看上去好像在巧妙地在相互配合，前呼后应。一边是革命的实践，一边是革命的提出理论和建立制度，这是不是法国大革命的缺一不可的两面呢？可是，毁灭性的破坏和建设性的破坏，虽然同样在铲除旧制度，却似乎并不相同，一边注重的是对旧有一切的彻底毁灭，一边注重的是在改变旧有的过程中，同时开始建设。前者不需要理性甚至在毁灭理性，后者却不能缺乏理性。

待到硝烟散去，人们会渐渐发现，不轰倒巴士底狱的高墙，也可以救出那七名囚犯。假如由凡尔赛开会的人们来解救，他们的做法，将是制定一个法案，对新制度下的司法公正和司法独立做出规定，并且成立特定机构，在监督对监狱非人道状况改变的同时，按照新的司法程序，重审旧案。也许，重审以后，不是所有这七个人都能够走出监狱，可是，留在那里的人，却由新制度保证了他们得到公正的裁决，在人道的待遇下，服完合理的刑期。而走出冤狱的人，则由新制度保证他们名誉的恢复和冤狱的赔偿。

这两种方式的过程当然是不同的，需要的时间也会不同。可是，更不同的却是他们的后续故事。巴士底狱交给议会解决，后续的将是一系列立法和执法的和平循环。巴士底狱交给街头的民众，那么，在高墙轰塌、牢门打开之后，那几万、几十万热血沸腾，沉浸在兴奋、刺激之中，感受到自己强大力量的民众，望着滚烫枪口冒着的青烟，短刀上染着的鲜血，不再干点"革命的事情"，就肯这样回家吗？巴黎将要增加更多的废墟，几乎是一个必然。

巴黎民众在上街游行的第一天，也许是为了三级会议按照他们希望的形式召开，可是，接下来，在"建立表达自己意愿之渠道"的诉求达到以后，民众却已经不在乎有没有这样一个渠道了。他们已经抛弃了自己当初上街的诉求。这个时候，他们发现，自己已经可以直接解决一切问题。假如巴士底狱的解决，是在制宪会议没有召开，也无法召开的情况下发生，也许还可以贴一个"革命"的标签。在制宪会议开始之后，这一行动怎么看也已经含有很大的暴乱成分。

回顾历史的时候，假如我们永远只看到巴士底狱的倒塌，那七名囚犯走出牢狱所带来的象征性的正面意义，假如我们永远以复杂的历史形势为借口，原谅我们在走向进步中的非理性，甚至把它理想化，拒绝从一个进步潮流中的正面事件中，去剖析它实际包含的负面因素，不承认它的负面后果，那么，我们还是只能以继续支付更多的鲜血，制造更多的废墟作为代价。

那个跨越美法两大革命的英雄、革命贵族的象征拉法耶特，从这个时候开始，走上了一条非常艰难的道路。这也象征着一大批渐进改革者的理想开始碰壁。拉法耶特曾经以为，自己将会很顺利地在自己的国家再经历一场革命。可是，他终于发现，美国经验对他并无用处。

Chapter 14
加纳瓦雷历史博物馆

在巴士底狱被攻陷之时，拉法耶特的头上还有着从美国革命中带回来的英雄桂冠。他被任命为国民兵总司令。法国的新国旗，沿用至今的红、白、蓝三色旗，就是拉法耶特的杰作。作为国民兵总司令，他下达的第一个命令就是拆毁巴士底狱。对于这个旧制度象征的攻克，他感到兴奋。拉法耶特代表法国，把巴士底狱的一把钥匙送给了华盛顿作为纪念，以感谢美国革命对法国大革命的激励。在我们参观华盛顿故居的时候，那把大钥匙还镶嵌在镜框里，端端正正地挂在华盛顿家的大厅的墙上。

美国在革命前是英国殖民地，可是他们在英国国会却没有自己的代表，等着由别人来主宰自己的命运。他们的"革命要求"最初不过是要求往英国国会选送自己的代表，建立一个表达意愿的渠道。在被英国断然拒绝以后，"革命要求"升级为"离开英国，建立自己的政府"。这个时候，看上去他们有了进一步的诉求，可是寻根溯源，仍然还是原来的、建立表达自己意愿的渠道，这样一个单一诉求。

拉法耶特赠华盛顿的钥匙

美国革命在最初的阶段也上街。但是，当时并不被英国当局所承认的"大陆议会"成立以后，就由这些代表来决定做什么了。一场独立战争只是针对英国殖民者，战争中，军人服从总指挥，总指挥华盛顿将军服从"大陆议会"，表达人民的意愿。最终，八年的独立战争以后，在胜利的同时，当了八年士兵的民众，一声令下，解散回家。指挥官华盛顿将军向"大陆议会"交出军权。美国民众进一步的所有诉求，基本上都由他们的代表，在州和联邦的议会上通过正常的程序以立法的形式解决。结果，美国革命实在没有任何可以向后代炫耀的全民攻打巴士底狱这样的浪漫革命故事，显得枯燥，却很有逻辑。

可是，拉法耶特很快就发现，此革命非彼革命，他一脚就踏入了巴黎混乱无秩序的泥淖。拉法耶特这一批热衷改革的贵族，多年来是和路易十六一起"走过来"的。他们读过同样的书籍，他们受到同样的新思想的影响，他们一起讨论法国改革的种种途径。路易十六对于他们来说，不是一个抽象的旧制度象征，而是一个温和善良、愿意改革却又十分软弱的人。他们对君主立宪制能够走通，是有他们的依据的，这就是他们对身旁的法国君主的个人了解。从道义上来讲，造成路易十六今天的局面，拉法耶特们都深具责任。是他们的过度热情影响了路易十六财援美国革命，因此而造成的法国财政困难，是引发混乱的重要原因。也是他们带领民众推动的革命，在发展失控之后，把路易十六逼进了死角。

巴黎民众的暴动一开始，与其说是在支持，还不如说是在干扰凡尔赛的制宪会议，凡尔赛已经放不下一张安静的会议桌。他们一开始就处于被革命强制推动的尴尬局面。所以，一边还在制宪，就是在协商制定建立政府的规则，一边却在规则还没出来之前，就已经在暴动民众的推动下，在巴黎夺权。因为，不论他们是否打算夺权，反正"权"也已经逐步转入暴动民众的手里了。代表们除了顺水推舟，在没有规则的状态下"改组巴黎政府"，别无出路。路易十六被迫接受现实，从新市长手中接过了象征革命的三色帽徽。

此例一开，走出巴黎，就不是"改组"了。全法国一呼即起，革命过程几乎全部以民众暴乱为特征，教堂、修道院被焚毁，庄园被破坏和抢劫，可谓摧枯拉朽，各大城市纷纷夺权，全国大乱，"大革命"一举成功。

面对巴黎武装暴乱的民众，路易十六可能想到的，也就是增加武力和恢复秩序了。可是增加武力，就一定进一步刺激民众。除了恶性循环，真想不出还有什么解套的高招。这种时候，也不知道是否还有人种庄稼，反正粮荒经

常是随革命而来。于是巴黎的民众又一次冲向凡尔赛，与王宫警卫冲突，被警卫打死一人。国王被愤怒的民众押往巴黎。至此，温和的渐进改革已经注定失败，只有"革命"必胜。

作为国民兵总司令的拉法耶特，进入了工作非常困难的一段时间。他一方面要保护国王路易十六的安全，防止嗜血的民众聚众闹事；一方面要防止一些保守贵族反对革命的激进行动。他主张，自由了的民众应该服从他们的代表们制定的法律，忠实于自己创造的新国家，不再用暴力的方式表达自己的怨仇。这种宪政法治的思想，显然是他从美国带回来的。可是，只要他不顺从由街头民众在推动的激进潮流，他头上的光环就立即褪尽。

1790年7月14日，攻占巴士底狱一周年的时候，拉法耶特在大规模的巴黎群众集会上，带领群众向正在建立中的君主立宪制的法国宣誓：永远忠于国家，忠于法律，忠于国王，捍卫宪法。这是他最后一次运用他的力量和声望，企图规约左右翼力量。可是，这个时候的左右翼、王室、失意贵族、国民大会里的雅各宾党人和吉伦特党人，已经不可能走到一起了。他们反过来都指责拉法耶特企图成为恺撒或克伦威尔。

战争几乎是暴力的最高形式，可是，人们很难想到，民众暴乱，可能比战争带来更为复杂的局面和后果。拉法耶特也没有想到。巴黎夺权以后，由于他的个人声望，他担任了革命的巴黎国民自卫军的总指挥。虽说这是革命自己的武装，可是也必须维持巴黎的治安。在美国习惯于面对敌军，久经沙场的拉法耶特，发现自己在法国要面对的却是暴乱的"革命民众"。他完全困惑了，终于在一次与民众的暴力冲突中，混乱中下令自卫军开枪，酿成惨祸。和拉法耶特关系非常亲密的美国总统华盛顿，惊讶地收到美国在法国的使者发回的信件,里面写道:"假如拉法耶特先生此刻在巴黎出现,而没有军队保护的话,他一定会被民众撕成碎片。"

拉法耶特度过了一段短暂的隐居生活。1792年,法国和奥地利及普鲁士发生战争。拉法耶特又受命出山。他看到,巴黎的形势非常紧张,国王和宪政都摇摇欲坠。他想说服各方,国王和君主立宪应该保存。但是各方都拒绝了他的主张。8月10日,路易十六的居所受到攻击,在惨重伤亡以后,国王被废。接着,国民公会开会制定新宪法。拉法耶特要求会议解释,为什么政变。国民公会的回答是宣布他被弹劾。他自己的生命已经在危险之中。

在不久以前,还在向国王"陈情",阐述改革愿望的贵族们,纷纷逃亡。稍微还有一点脑子的人,从这个时候开始,都逐步发现"革命""自由"的名称没有变化,而内容已经和他们的初衷大相径庭。他们已经讲不清楚自己的立场,只要不跟随着日趋激进和暴力,就是"反自由"和"反革命"了。结果,那些内心里要求理性改革的人,纷纷被指责为"反革命",从最早的贵族,到第三等级的议员,直到丹东这样最"革命"的激进分子。他们本身是如此的不同,可是殊途同归,无可避免地向命定的方向走去,只是时间不同而已。

拉法耶特越过边境,打算前往荷兰的一个港口。他写信给他的妻子,还在叮嘱她"忠实于宪法直到最后"。回顾在法国的三年暴风雨般的革命,他最后说:"我们去美国吧,在那儿,我们可以找到如今在法国已经不存在的自由。"他的计划不幸被奥地利军队打断。对于法国,他作为一个"反革命"在逃亡中,在奥地利,他又作为一个"革命者"被逮捕和关押起来。以后的五年,他是在普鲁士、奥地利和波西米亚的戒备森严的牢房里度过的。

孚日广场内廊里的咖啡馆

在法国，拉法耶特被缺席宣布为投敌者，所有投敌者都判死刑。他的财产被没收。他的妻子被捕以后关押在他家古堡附近的监狱里。恐怖时期，她被押到巴黎，关在拉法耶特少年时读过书的学校，那时，学校已经改成了关押待判政治犯的监房。拉法耶特夫人的母亲、姐姐和外祖母,随后都被送上了断头台。在美国驻巴黎大使门罗的努力下,拉法耶特夫人才九死一生地逃过了断头台。门罗在法国恐怖时期结束后设法使她获释,给她送去了美国一些朋友的资助,其中也包括华盛顿总统。华盛顿总统转告拉法耶特夫人,他是在偿还他从拉法耶特先生那儿借的钱。

拉法耶特夫人出狱后的第一件事是设法把他们的儿子送往美国,她请华盛顿照顾他们的儿子:"先生,我给你送来我的儿子,把这心爱的孩子置于美利坚合众国的保护之下,我把美国视作我们避难之所。"然后,她申请前往奥地利的监狱看望丈夫。1795年,他们一家四口在奥尔姆茨(Olmutz)的牢房里团聚,并在此度过了整整两年,成为著名的"奥尔姆茨四囚犯"。

在所有的"反革命"中,被拘押在国外的拉法耶特是最幸运的,在四十岁的时候,他终于出狱。而其他对于革命持有异议的人,留在法国的,多数都在这几年上了断头台。

在巴黎历史博物馆,经常可以看到的画面,就是巴黎的广场、巴黎的街头,聚集了穿着各个时期军服以及没有穿军服的武装者。有时候,地点是相同的,服装却大不相同。因为法国大革命只是一个短暂的开端,后面还有无数反复。聚众和上街是有瘾的,革命也是有瘾的,这好像也很符合法国人的浪漫激情。

我们回到街上,在一家咖啡馆坐下。巴黎的咖啡馆是那么特别。从里面铺设到外面,一排排窄窄小小的坐椅,像电影院一样,面向着大街。"银幕"的一方,就是巴黎色彩丰富、流动繁忙的街景。想起博物馆画面上的街头废墟,我们不由想道,巴黎人不知支付了多少年的血的代价,才换得了今天这样的和平与安宁的街头繁华。

Chapter 14
加纳瓦雷历史博物馆

旺多姆广场

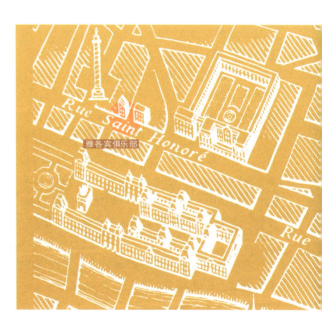

Chapter 15

Club des Jacobins

寻找雅各宾俱乐部

从法国大革命到现在,巴黎市容已经有了很大的变化。除了局势动荡的摧毁,奥斯曼的一次性改建,还有,就是一些例行的新陈代谢。经过奥斯曼以后,巴黎几乎没有再一次革心洗面的大换血。随着现代建筑兴起,巴黎也有一个小小的区域,追赶着世界潮流,建了一批高层建筑。现在,只要登高,就能够在巴黎一片高度整齐的古老灰色屋顶上,看到那一撮竹笋般拔地而起的"摩天楼"。然而,一向讲究时尚的巴黎人,很快就对城市赶时髦的代价有所醒悟,所以,巴黎就没有酿成一片"竹林"。正是不赶时髦的觉悟,救了巴黎。结果,巴黎的现代建筑师虽然经常被别人请去,"繁荣"各大古都,发挥最新水平。可是在自己的首府,却显得相当"无所作为"。

因此,在巴黎,现在还是有可能捧着一张地图,试着寻找一些历史遗迹。即使找不到原来的房子,你还是可以根据地图,非常精确地找到遗迹的位置应该在哪里。我们就这样试着找了一次两个著名的修道院,雅各宾修道院和费扬修道院。

对这两个修道院发生兴趣的源头不是宗教,而是历史,是源于对法国大革命历史的阅读。凡是略为知道一点

那段历史的人,都会听到过一个叫做"雅各宾俱乐部"(Jacobin Club)的名字。它的出名,是因为在法国大革命中,最令反革命分子们闻风丧胆的一个革命者:罗伯斯比尔,就是从这个俱乐部里脱颖而出的。

法国大革命最触动人们的,往往是最血腥的那一年,那就是雨果的《九三年》中描写的1793年。我在没有认真读过法国历史的时候,对法国大革命最深的两个印象,一个是巴士底狱的攻陷,一个就是断头台和九三年。前者是对旧制度残暴的摧毁,后者是对新制度残暴的陈列。这是没法不让人彻底绝望的印象。好像前瞻后顾,历史都相当沉闷,没有给人留一点透气的地方。

实际上法国前前后后"大革命"了五年,我们所听到最多的,恰恰是一头一尾。中间还有一个大家并不熟悉,非常容易视而不见的君主立宪时期。这一段时期差不多整整三年。在这三年里,名义上说,应该先是由制宪会议,后是由它推举出的立法机构即议会和君主路易十六一起,依照新制定的宪法,在执管法国。

可是,在那段日子里,法国好像依然是两条线索并行在走。一条是新制度的君主立宪,一条是由暴动趋缓以后发展出来的俱乐部运动,民众暴乱还是时不时从中萌生。雅各宾俱乐部、费扬俱乐部就是其中最出名的两个。那么,它们和上面两个同名的修道院又是什么关系呢?这种关系大概最能印证革命对旧制度的态度了。

在法国几乎没有人不知道,僧侣分为两种。一种是教会僧侣,一种是修道院僧侣。在中世纪以后漫长的岁月里,欧洲实行政教合一,使得教职兼世俗职位。宗教上层经常腐化和世俗化,不仅司法黑暗有份,宗教迫害有份,政治阴谋和敛财也有份。虽然大量乡村教士贫穷而恪守教职,但在长时期内,仍然难以改变上层教士行为对宗教的损害。

　　修道院教士却完全是另外一回事。经过一次次改革以后，尤其是法国的本尼迪克修道院规则建立和发展以后，修士强调在修道院内省，与世俗隔绝，甚至不开口说话。修士们之间都不用语言交流，完全是孤独地面对上帝。当时的主教常常站在两种僧侣之间。因为主教有时也兼修道院院长。在中世纪，主教甚至在一些修道院内都设立专为囚禁违规修士的监狱。这些情况除了今天的修士，已经很少有人知道。可是，大家都知道，修士们不可能介入任何世俗事物，因为他们根本不走出修道院的四堵高墙。

　　在宗教界，上层毕竟是少数，因此，大量底层教会僧侣同样对旧制度不满，要求改革。他们和贵族的情况有些相似，就是有文化修养，有思考的习惯。因此，在三级会议召开之前，第一阶级僧侣递交给路易十六的陈情书，和贵族的陈情书有着极为相似的内容。可见，当时社会改革已经是顺应潮流，即将至水到渠成的地步了。但是，法国大革命初期突发性的民众暴动，根本没有时间，也没有任何意愿，要对一个社会阶层进行分析和区别对待。教堂被大量焚毁，教士被追杀，这样的情况变得十分普遍。可是，修道院的被毁和修士们被屠杀，仍然是整个状态最为残酷的一个部分。因为修士们是这个世界上最与世无争，也最不招谁惹谁的一个群体了。

　　法国大革命以后，劫后余生的一小部分修士，又经历漫长的岁月渐渐恢复。只是，他们中的很多人选择离开不停顿地在动荡的法国，其中有一支来到北美。按照他们在法国传统的修道院形式和制度，又开始默默的修行生涯，至今犹存。曾经在中国的太行深山尝试生存的一支，在蛰伏静修近八十年之后，终于被五十年前的再一场社会动荡消灭。

Chapter 15
寻找雅各宾俱乐部

因此，巴黎的大修道院在大革命时期都受到严重冲击，修士们四散逃亡。雅各宾修道院和费扬修道院也不例外。赶走修士以后，革命进驻了空空荡荡的修道院，那就是"俱乐部"。所谓的俱乐部，就是一些政治团体。俱乐部的名字都采用他们所占据的修道院原来的名字。这就是堂堂雅各宾俱乐部大名的典故来由。原来静默无声，偶尔听到飘出庄严圣歌的所在，现在通宵达旦地回荡着世界上最激昂的革命词语、最高亢的音量。

雅各宾俱乐部实在是个闻名世界的地方，所以，和朋友卢儿讲起来以后，她兴致勃勃地去找来了雅各宾和费扬这两个修道院的复印资料。她告诉我，在复印资料的时候，还问了一些巴黎古建筑修复行业的专家。可是，没有人说得出雅各宾俱乐部在哪里，也没有人知道它的建筑物是否留存到今天。我们听了有点不大相信，怀疑是不是没问清楚。想想这么有名的地方，巴黎的"革命后代"怎么可能漠无所知。从资料上看，这两个修道院的位置似乎相距很近。资料上还有照片，看照片，修道院当初的规模很大。这使我们比较激动。我们看了很久，卢儿吃辛吃苦地从一堆陌生的法语词语的丛林里，寻找着修道院的位置。我们还对照着一张标着修道院位置的地图，可惜的是，那张地图虽然涵盖整个巴黎市区，却还没有一个巴掌那么大。

拿着这么点信息，就去试了一次。感觉是在旺多姆广场(Place Vendome)周围。当年在有修道院的时候，广场还远没有今天这样的规模。这是我们最喜欢的巴黎广场之一。整个广场和四周的环境，留给我们整个一个"青铜铸就"的感觉。以前有过远远的观望，那天是第一次走近，在转入寻找修道院的正题之前，还是先好好地体验了一番旺多姆的魅力。

旺多姆广场

Chapter 15
寻找雅各宾俱乐部

旺多姆广场一瞥

　　广场的名字旺多姆,是法国中北部的一个历史名城。广场几近封闭,中间,就是那根著名的布满浮雕的青铜圆柱,据说是以拿破仑缴获的无数敌军大炮熔化以后浇铸的。那些几乎是无穷无尽的旋转上升的浮雕,就是记录着一次次的战役,也就是拿破仑点点滴滴累积起来的荣光。顶上就是拿破仑的塑像。那是法国雕塑家安东尼·肖代(Antoine Chaudet)的作品,在1808年被放上圆柱的顶端。好就好在,纪功柱的设计者并不打算以拿破仑本人的形体扩张,来达到歌颂伟人的目的。圆柱顶尖的拿破仑像尺度很小,在高耸入云的青铜柱顶上,简直可以说面目不清。他只是柱子上端的一个小小的"收头",非常适度地和纪功柱融合在一起,一点没有突兀的感觉。可是,当你看到,一个体量如此有限的凡人,能够站立在这样无尽功勋的上端,想要不赞叹他的超凡,也都很难了。这大概就是设计者给我们安下的思维逻辑的陷阱了。

　　站在这里,想起我们看到的历史照片,不由感叹巴黎实在是一个革命圣地。每一个广场的铜像下面,都要埋藏一个故事，否则就不叫巴黎了。在法国大革命的时候，这里竖立的当然不会是拿破仑，因为拿破仑在那时还只是一个默默无闻的下级军官。所以，那个时候，这里站着的是路易十四的雕像，它是在1692年8月12日竖立起来的，一百年后，又在1792年的8月12日被民众推倒。这真是一个劫数。我想，所有了解巴黎的人，都不会奇怪它怎么会被推倒，只会奇怪，它怎么会在这么晚才被推倒。路易十四摔成碎片，据说还当场砸死了一个女人。这些碎片只留下来一只青铜的脚。这绝对不假，因为我们在巴黎市历史博物馆，还看到过这只站了一百年才摔下来，并且摔断了的绿色铜脚。

这还不是旺多姆雕像下埋藏的全部故事。这根大革命以后的拿破仑时代竖起来的青铜柱，也没有逃脱几经周折的命运，在其后的巴黎公社起义中，它曾被巴黎人拴上粗粗的绳索，拖倒在地，摔了个一波三折。幸亏还有再一次复旧的好事之徒，否则，我们就无缘欣赏到今天在火红绚美的夕阳映照下，那完美的旺多姆了。

今天这个广场周围的商店价格应该是非常昂贵。因为巴黎最高级的一个旅馆里兹（Ritz）就在广场四周的建筑中。显然是因为兜里的钱不够充足，我们对大名鼎鼎的"里兹"丝毫没有概念。虽然听说过，却没往心里去，也不知道它就在这里。我们是在寻找修道院，所以，从旺多姆收回心以后，就向着广场四条边中，我们所判断的那一条走去。谁知道，四周那么多大门，我们偏偏是直奔"里兹"而去。倒不是因为它的大门气派。当然，它的大门绝对不俗。可是相对"里兹"的名气，大门就够平常的了。

这一冲进去，本来是想找个人问问，匆忙之中也没注意这是个什么机构。一踏入大门，才发现这里真是再"法国"、再"巴黎"不过。这里面和我们看惯了的美国现代大旅

Chapter 13
寻找雅各宾俱乐部

馆的大堂，实在毫无共同之处。没有一样东西给人的感觉是硬的，一切都带着富贵的柔和。所以我当时一下子都没有醒过来：这只不过是个旅馆。我在一瞬间拿定主意，不在那一排皇家警卫般的门卫面前收住自己。先往里走走，等他们叫住我，再提出自己的"修道院"问题也还来得及。结果，没有人叫住之前，我们已经以理直气壮的随意，走了进去。

转了一大圈，还满意地看了它的小画廊，最后，得看看这里是不是修道院旧址了。我们走进一个精美的小店铺。无论如何没法让那位女士明白，我们要找的是什么。我突然想到，还不如直接问"雅各宾俱乐部"呢。我们递上写着俱乐部法语名称的地图，告诉她我们想寻找的对象，她摇摇头，仍然一无所知。我们走出来，脑子里只留下满满当当的很"皇家"，很"贵族"的印象。

出得门来，我特地回头看了看门口的法语牌子。"Ritz"，我还是想不起来，这个似曾熟悉的名字是什么。里兹的旁边，是一个司法机构。这不难认，法语的"司法"一词和英语完全一样。门口站着两个警察。这一次有经验了，再不提什么"修道院"，直接拿出标明"雅各宾俱乐部"的一张地图。警察到底是警察，他们虽然不知道"俱乐部"，却立即根据这张小得语焉不详的地图，指出我们假如想去地图上的地方，是走反了方向。

于是，在夕阳下，再一次穿越旺多姆广场，走到广场对面的那条边。在又一次询问之后，发现方向是对了，可是必须绕到建筑物的后面。这一绕，差点绕糊涂了。因为这一片建筑物连连绵绵，连个缝隙都没有。等到出来一条"缝"，我们已经远远离开了本来打算去的地方。只好一边摸索一边绕着往回走。就像在破解一个久远的谜，现在接近了谜底，心里有些莫名其妙的激动。

最后，终于站在一个显然本来是一个小广场的地方。在小广场的中间，站立着一栋全透明的大玻璃盒子，差点让我以为自己已经走出了巴黎。它角角棱棱地被十分小心地安放在这个广场的中间。之所以让我感觉它被放得很小心，是因为它留下的空隙不是很大。假如放这个"盒子"的是一个"大人国"的顽童，他放下以后，一定要很谨慎，才能在抽回手的时候，不碰倒周围的房子。我感觉一定有什么建筑法规压住了这个"玻璃盒"，使得它无法拔地而起，超越四周的建筑高度，所以才这样扁扁地、委屈地匿藏在这个广场里，几乎占据了所有的空间。

再三核对地图，坚信我们要找的地方，就在眼前。可是，没有。围着大玻璃盒一圈，既没有类似修道院的建筑，也没有标明历史遗迹的牌子。回到原地才发现，"玻璃盒子"底下有一个小警察局。我们满怀信心地走了进去。假如是在这里，就算原来的建筑物没有了，他们守着大名鼎鼎的"雅各宾俱乐部"的遗址，还能不知道它在哪儿吗？

不愧是游人如织的巴黎，警察局接待处的小伙子会说英语。我们告诉了他寻找的目标，递上了所有的资料。我们说，我们理解，也许原来的房子已经拆了，可是，会不会有一块牌子，或者什么别的标记？总之，我们就是想看看。他认真看了半天，确认地图上的这个"雅各宾俱乐部"是在这里。可是，他在这里工作几年了，从我们这里，他第一次听说自己守着这么有名的地方上班。他转过去，对着旁边的另外两个不同年龄的警察，抑扬顿挫了一阵法语。我们等着，等到他们都开始摇头。小伙子转回身，也摇头。"对不起"，他说，"他们都不知道"。

道了谢以后，我们出来。这才想起朋友说的，她问过几个专家，都没人知道。谜，还是谜。

历史就那么容易被忘记吗？雅各宾俱乐部，当年在巴

Chapter 15 寻找雅各宾俱乐部

黎是何等地叱咤风云!

自从路易十六被暴动民众胁迫押解到巴黎,制宪会议也随即迁往巴黎。可是,在制宪会议的会场之外,是蓬蓬勃勃的"俱乐部运动"。大概,就像我们曾经在自己的革命里看到过的造反组织之类,也灯火通明,也人来人往,也通宵达旦,也充满激辩,人们只要在里面不断走来走去,头脑就开始升温,热血就开始沸腾了。

就像最初的暴乱在推动着制宪会议,后来的俱乐部也在推动着制宪会议。而现在的推动是更深刻的内在推动。因为,不少当时如雷贯耳的政治人物,都是"两栖动物",白天制宪,晚上就是俱乐部成员。俱乐部的声望随着里面人物的"身价"看涨,雅各宾俱乐部一开始就是最风光的一个。它囊括了美国革命战场上回来的拉法耶特,最激进的贵族米拉波,领导吉伦特派的布里索,和法国大革命最著名的革命领袖马拉、丹东和罗伯斯比尔。就连我们寻找的"费扬俱乐部",都是后来才从这里分出去的。这个俱乐部在初期叫"宪友社",也就是一批制宪者和制宪之友了。占领"雅各宾修道院"旧址以后,逐步叫成了"雅各宾俱乐部"。在它的周围,还有着无数不同观点的俱乐部。而在这些"俱乐部"的外围,就是喧嚷着的民众了。

寻觅着雅各宾俱乐部,我们无法不联想到美国费城,我们曾经参观过的那个宾夕法尼亚州的议会厅。在那里,诞生过《美国独立宣言》,也诞生过《美国宪法》。这个联想非常自然,并不仅仅因为我们从美国来到巴黎,更因为美国革命和法国革命,有着非常紧密的联系。两场革命前后相差只不过十来年,两国的制宪前脚跟后脚,几乎是同一时间。

一纸《美国独立宣言》之后,就是一场历时八年的独立战争,"革命"不可谓不激烈。可是,对于美国人,战争是战争，制宪是制宪，那是不可以混为一谈的两种东西。战争是开放的、民众的、血雨腥风的；制宪是关起门来的，只有精通律法的人参与的，有激辩但是却必须退让和妥协。他们认为，当然制宪也是一场革命，但是真正的革命是制度的内在变更，不是街头的外在形式。

他们是民众推选的代表。但是，这个意思是，既然他们是民众的代表，民众应该就此把一切托付给他们。他们清一色是革命前各殖民地的"绅士"。他们走进议会庭，制宪就是他们这些代表的事情了。关起门来，他们决定一切，一切在这个小小的议会厅内解决。相持不下的时候，他们中年高德劭的富兰克林提议去请牧师，由牧师带领所有的与会代表，念诵"请放弃唯我正确"的祷告词。在制宪会议的大厅外，是一个安静的、等待中的美国。

最后，在美国宪法签字的时候，没有一个代表达到了自己的全部要求，也就是说，没有一个地区感到满意。他们只是觉得，只能有所妥协。今天的美国人，还是感激自己的前辈，在教科书里把它称为"伟大的妥协"。会场之内曾经以最激烈的言辞争辩却被迫妥协的代表，签字回去之后，不是愤愤不平地发动一场新的革命，而是费尽心力，向民众解释妥协的必须，劝说民众早日投票通过，批准宪法，早日实施。从此开始平庸的美国人安安顿顿的、在有生命的尊严和自由的前提下，追求个人幸福的日子。

结果，美国宪法的制定，历时三个月零二十三天。宪法从制宪会议结束到各州通过正式生效，历时近两年。宪法使用至今，历时二百多年。在这二百多年里，完成了几十次政权的和平交接，没有一次暴力政变。假如说这也算"一场革命"，那实在是非常枯燥而单调的革命了。

看着巴黎的俱乐部不灭的灯光，听着原来修士们祈祷

Chapter 15
寻找雅各宾俱乐部

的教堂传出的喧嚷，我们就知道，法国的革命一定要浪漫和有故事得多了。可是，看到法国的制宪会议，如此裹在民众、俱乐部的旋涡中心，一同旋转，身不由己。也就可以料到，产生出一个结果是多么艰巨，维持这个结果又将是多么困难。

法国宪法的制定，历时两年多。1791年宪法在制定过程中，已经开始"边设计，边施工"地实施。不到一年，该

法国人三天两头上街游行

宪法被推翻。也许，这些都可以看做是"小事"，不足为道。可是，在制宪过程中所开创的"俱乐部民主"之风，深远地影响了此后的法国政治生活。从此法国难有小民主，要有就是大民主了。抬腿就上街，动辄就起义。查看此后的法国历史，总是隔上几页，就会有一句，"巴黎上空再次响起革命的警钟，起义人民纷纷在各区聚集"。从巴黎历史博物馆的藏画来看，此言不虚。

直到一百年后，我们所熟悉的"巴黎公社"还是暴力夺权的形式，这一百年间，几乎没有什么和平的政权交接，暴力政变和暴力镇压却演成了交替拉锯的"政治习俗"。

等到制宪会议结束，立法议会开始。似乎是有了规

矩，可以按宪法过日子了。可是，就像街头的民众打完巴士底狱不肯回家一样，俱乐部也如影相随，贴上了议会。

等到拉法耶特清醒过来，在议会上奋力疾呼，要求解散俱乐部的时候，为时已晚。雅各宾俱乐部已经不甘心做"外围"，雄心勃勃地做好了喧宾夺主的准备，决心取议会而代之了。

法国终于有了一个世界闻名、长留历史的"雅各宾时代"。这就是我们站在遗址上，居然问不到"雅各宾俱乐部"，会感到不可思议的原因。

Chapter 15
寻找雅各宾俱乐部

雅各宾俱乐部

Chapter 16

Couvent et Club des Jacobins

消失了的雅各宾

沮丧地回到住处,我们和卢儿聊起九曲回转的"寻找雅各宾俱乐部"的过程。我们讲起旺多姆,讲起"Ritz"奇遇。卢儿叫起来,Ritz! 你们去Ritz了? 我说,是啊,怎么啦? 她激动起来,那可是巴黎最高级的旅馆哇。我们因为始终没有转到客房部,所以,自始至终没有发现那是个旅馆。这一下,连我都想起来了。我是在有关英国王妃戴安娜的报道里,看到过有关巴黎最高级旅馆的报道的。我问,那就是戴安娜的男友多迪的父亲开的那家旅馆吗? 卢儿说,应该是啊。

我开始试图向她形容。可是,一开口就发现,"百闻不如一见"之类的老话,在这个时候真是再贴切不过了。我于是放弃形容,神气地对来了半年的"老巴黎"卢儿说,还是我带你去吧。真能进? 我底气十足:能进,我们不是已经进去过了吗? 根据在美国的生活经验,经营性的旅馆,怎么能不让进。

接着,告诉她,我们是搞错了,我们应该不是在旺多姆寻找,尽管原来的雅各宾修道院在那里有个入口,可是旺多姆那一圈都是大革命以后的房子了。我们于是谈到如何绕到了有着玻璃盒子的小广场。没想到,卢儿居然又激

动起来,说这玻璃盒她早就想去看一眼了。那是一个著名西班牙现代建筑师波菲(Richado Bofill)的作品。不过,她补充了一句,在她看来,那个建筑师做了不少难看的东西。于是,卢儿和我们一起大笑,说,还是名人好啊,知道难看,大家还要去看。最后,我们决定,再去一次那里。

"Ritz"旅馆却没有能够再次进去。那两个上次"失职"了的"宫廷"警卫,在我们一踏入大门时,就坚决地将我们挡了出来,说是只有住客能进。我们又在飘扬着"自由平等博爱"三色旗的巴黎,长了一个见识。在美国,假如是经营性旅馆,不论多么高级,都没人敢拦。一拦就得上法庭了。

除了和卢儿一起看看,我们对没找到"雅各宾俱乐部",还是不能释怀,想再去撞一次运气。再说,不是还有"费扬俱乐部"也在附近吗?这些俱乐部,既然激昂,就必然容易分裂。"费扬俱乐部"就是从"雅各宾"里面分出来的。

法国制宪会议的身份其实并不仅仅是制宪,而是身兼数职。它担任的不是国家在正常运行中的一个制宪工作。

在美国,革命以后的制宪会议,那只是一个"会议"。因为美国革命以后,迅速回到革命前分治的状态。这些分治区域原来的一套政府机构,并没有被摧毁。所谓制宪和建立联邦政府,只是大家认为,随着时代的发展,需要联合起来,随之需要增强一些必须的管理机构罢了。平常日子照样在过,只是抽出一些代表,开个会而已。这样就有了一个稳定的制宪环境。

美国也有比法国复杂的地方,它不是一个整体国家。正因为是来自十三个分治区域的代表,代表了不同的方向,因此,代表的分歧和妥协,严重影响一个相对独立区域的长远利益。所以,代表们无比谨慎地在那里对待自己和民众的关系问题。他们知道,只要代表们的具体分歧,甚至他们有分歧的迹象传出会议厅的大门,都会引起民众的不安和骚动。而这种骚动一旦介入,一切都完了。这就是1787年费城制宪会议是秘密会议的原因。

当他们在里面吵得不可收拾时,本杰明·富兰克林曾提议去请牧师,带领大家祈祷,以放弃"唯我正确"的看法。大家同意了。他们甚至不敢马上去做,生怕牧师的出现,会引起民众对于会议分歧的猜测。民众一旦注意到了代表们的分歧,就会起来表达对自己一方代表的支持,这种支持自然会形成对代表的压力。他们的退让和妥协就更加困难。想想广场上有那么多民众在激烈地支持你,你还怎样让步呢?因此,他们特地等了两天,等到7月4日独立日,也就是美国国庆节,才借着节日请来了牧师,他们要牧师祈祷的,正是请上帝给他们以让步的力量和妥协的机会。这种谨小慎微的做法看上去都有些婆婆妈妈。而他们害怕的,正是民众对制宪歧见的推波助澜。

回到巴黎,我们看到,法国制宪,不仅是民众在推动和干扰,制宪会议的性质也在不知不觉改变了。它早已经不是一个"会议"了。假如没有街头的暴动,就不会提前向国王夺权。这样,原来的巴黎市政厅、法国的王朝体制,不论多么不合理,毕竟还能够维持一段正常运转,拖到制宪成功,成立新政府,完成交接。也就是说,政府运行和制宪分开。这样,制宪就可以是一个工作,一个"会议"。可是,夺权提前,制宪会议就从"会议",转化成一个以革命的名义建立的新的专制机构。说它专制实在不冤,因为它又在立法,又在执法。正如托克维尔在《法国革命论》里指出的:"如果当初由专制君主来完成革命,革命可能使我们有朝一日发展成为一个自由民族,而以人民主权的名义并由人民进行的革命,不可能使我们成为自由民族。"

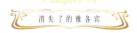

Chapter 16
消失了的雅各宾

这样，路易十六和王朝宫廷，虽说要为自己的脑袋担忧，倒不需要再为国家怎么办而担忧了。本来，"一片混乱之中会出现些什么"，这样的简单问题，就根本不用专家预测。经济肯定会有危机，面包铺肯定要排长队，治安肯定不会好。王朝已经推倒，路易十六被监管在大家手里，不得乱说乱动。民众原来对王朝宫廷的不满，只能转移到掌管国家的制宪会议。这时，制宪会议只能被形势逼着，在毫无准备和经验的状态下立法和执法。看到历史书里，出现"制宪会议通过法令，宣布罢工聚会结社全属非法"，"制宪会议用武力屠杀和驱散民众"，这样挂着制宪会议牌子，却干着和"制宪"毫不相干的事情，还有什么可奇怪的呢？

这个时候假如我是路易十六，我一定要想办法逃命了。因为明眼人都会看出来，这已经是一个恶性循环。为了要抛弃旧制度而开杀戒的话，路易十六肯定排在第一个。求生是任何活人的本能。只是他运气不好，没有逃掉，被押回了巴黎。从在凡尔赛召开三级会议开始，他指望的就不是维持他的绝对君权，而是一个渐进的制度改革。当然，路易十六心中的改革，和其他人的目标，自然会有不小的距离。因为他是国王，别人不是国王。就像贵族的陈情书里，条条都很激进，却会有保持贵族等级制的保守条例一样，每一个阶层自有它的局限性。关键是，能不能大家看在上帝的份上，理解这是一个从旧制度转向新制度的社会转折，就像一辆巨大的载重车，要掉转头来的话，必须慢慢拐着掉。这种理解和制度设计，需要知识，需要妥协，需要协商，需要理性，需要回到会议厅，唯独不需要俱乐部的鼓动和街头的暴动。

制宪会议似乎还在朝着"君主立宪"的方向走。"君主立宪"的意思，就是国王虽然没有以前的权力了，大家根据宪法过日子了，可是，你国王至少还是养尊处优。大家养着你，就是图个制度和权力的平稳交接。这个时候，最怕的就是有人上街鼓动，说是我们吃都吃不饱，养一个王室要相当于养我们一千个一万个老百姓，凭什么？再加上历数千年封建专制的罪恶等等。这时，老百姓磨刀霍霍向国王，国王怕被砍头，要到国外的堂兄弟那里讨救兵。堂兄弟们一边摩拳擦掌，说是不能见死不救，一边威胁说你们敢动手我就踩平巴黎。这么一来，"巴黎的上空"就又要"敲响警钟"，"祖国"就又要"在危险中"了。道理很简单，矛盾既然通过理性可以化解，当然也可能通过非理性被激化。事后，假如大家都忘记了当初恶性循环在开始阶段的第一、第二推动，而是仅仅从中间剖切的话，所有的"历史涉案者"都可以振振有词地说，我们谁也没有错。

　　制宪会议之所以还在朝着"君主立宪"的方向走，就是最后还有着一些人，他们的脑袋里还有最后一个清醒的角落，希望这辆载重车在最后时刻能够转过弯来，而不是翻掉。由于所有的观点都在"俱乐部"先较量，所以要分裂就先在俱乐部里分裂。出席制宪会议还必须坐在一个房间里，在"俱乐部"就大可不必勉强自己了。俱乐部的团结是相对的，分裂是绝对的。分裂是激进派的天生特征。一个晚上的争执，就足以拉出队伍另立山头了。而继续主张"君主立宪"的一派，与其说是从"雅各宾俱乐部"里拉出了队伍，大概还不如说是被激进的"雅各宾们"给赶出来了。原来他们都认为自己是足够革命的，谁知道，一比就给比下来了。反正有的是空着的修道院，他们才走了不远，就走进了"费扬修道院"，成了"费扬俱乐部"。

　　我们看到，最初的"雅各宾俱乐部"里几乎包括了一切活跃的领袖们，然后，按照他们激进程度的不同，在不同的时期纷纷离开。可惜的是，越是留下的越激进，而"雅各宾"的名气却越来越大。因为，队伍纯洁了，温和一点的反

Chapter 16
消失了的雅各宾

对派走了，留下的人就是比谁都更激进了。越激进的之所以越神气，是因为被鼓动的民众是倾向激进的。你可以想象，要在一群怀着对旧制度满腔怨恨的民众面前，解释清楚为什么不能以泄愤式的方式来革命，为什么要向王室和贵族做一些妥协，将是多么困难。不论你花费多少口舌，做多少努力，都会引发这样的责问："这是什么革命？平民的？还是贵族的？"广场上吼声震天的都是平民，你还能期待什么结果。所有努力只能在顷刻之间化为乌有，你只有落荒而逃。

我们和朋友一起，又一次开始寻访"雅各宾俱乐部"和"费扬俱乐部"的历程，这一次，搜寻范围要小得多了。我们先去寻找了"费扬俱乐部"，直到发现了在同一地点的另一个历史遗址的标志时，才对寻到"费扬俱乐部"的标志完全放弃。可是，它们曾经就是这里。现在，这是一个普通的大街口，相当热闹，汽车不断呼地从身边掠过。我们真是难以想象，为法国的君主立宪制竭尽最后努力的一批人，就曾经是在这里安营扎寨。那个时候，他们辩论的高墙之外，只有马车"嗒嗒"的马蹄声。

"费扬俱乐部"存在的时间很短，只有一年多。他们的领头人物都是激进的贵族，原来是三级会议中的贵族代表。凡尔赛三级会议以前，就是他们，为了支持平民代表，带领四十几名贵族代表，主动放弃贵族特权，来到第三等级集合的网球场，加入了第三等级代表的行列。其中的拉梅特（Alexandre Lameth），和拉法耶特一样，是和自己的兄弟一起，特地从美国革命战场上赶回来参加自己国家的革命的。

"费扬们"后来从"雅各宾"分裂出来的表面原因，是如何对待和处理国王的逃跑。"雅各宾"激进派选择的立场是，判路易十六一个"叛国罪"。"费扬们"却要解脱国王。

争执的背后却是一个对待制宪的分歧。"雅各宾们"其实反的是渐进改革的君主立宪制。除掉国王,君主立宪制的"君"没有了,也就不攻自破了。

假如要给国王逃跑的行为上纲上线,"背叛祖国"是最现成的理由。激进派实在很容易,只需要把事情向迎合民众心理的方向简单化。只要"背叛祖国"四个字的罪名,路易十六就像被镇在铁塔之下,无法挣脱了。

背叛祖国的罪名如此有效,是因为民众对于革命刚刚成功的祖国,正充满了高昂的爱国热情。对于"祖国和革命"的高扬已经到了这样的地步,就是以"祖国和革命"的名义,用任何方式对待一个人都是"合理的"。而你的任何挣扎都是对"祖国和革命"的叛离,都是不可饶恕的。而路易十六,还处在一个特殊的状态,说是君王,没有事实的权力,个人生存危在旦夕;说是要逃,他还没有被废黜,君王出逃,打你个叛国正合适。

对于简单化的逻辑推论方式,对于割裂事件背景的武断判定,是走向更激进的起点。站在这个起点,我们总能看到一种带着血腥味的跃跃欲试。每当遇到这样的情况,我们知道,民众永远是支持的,是欢声雷动的,甚至是杀声震天的。可是对于那些站在欢呼着的民众的上端,第一个向大家抛出这个逻辑的人,我总是不由自主地要发出疑问:"他自己是真诚相信这个逻辑?还是只不过想利用民众,让自己成为一颗冉冉上升的新星?他难道真的是智力问题,真的就从来没有想到过,在国王的头被砍掉之后,还有一条黝暗的血的河流将慢慢涌出,吞没他们所供奉的革命和祖国,染红民众褴褛的衣襟吗?"

当然,要在论战中取胜,抛出这样简单化的逻辑是最有力和行之有效的。这其实已经是甩出定论,而拒绝讨论。任何想讲理的都会在开口前就决定放弃。被镇住的不

止是国王,还有反对以叛国罪审判国王的一方。他们发现自己根本没有任何可能性,对本来就处身事件之中、欲惩治国王以图痛快的民众,去解释"国王之逃"的来龙去脉以及和他们制宪理念的关系。结果,能够做的,只是狼狈地顺从对方的逻辑,唯一的辩解途径就是:"国王不是逃跑,只是被人胁迫离开"。

被逼到这个份上的温和派的"费扬们",自己也成了服从这个逻辑的一分子。就是说,他们的辩解事实上在承认,国王逃跑就是"背叛祖国",必须被判以"叛国罪"。所以,才必要以公然的谎言来否认"逃跑"。他们利用自己最后在制宪会议的多数地位,以这样荒唐的理由,万分勉强地暂时救了路易十六和君主立宪制一命。

1791年6月的"逃跑事件"发生,9月宪法通过,命运多舛的君主立宪制被1791年法国宪法确立。制宪会议解散,新的立法议会开始工作。可是,路易十六和"费扬们"都不会忘记,在立法议会中他们是多数,走出议会,在"俱乐部们"中间,在民众中间,他们始终是极少数。今天的制宪结果,是民众对"代表"最后一点认同的结果。而这种认同,在双轨制的"俱乐部"这一轨日益强盛的时候,是多么脆弱、多么风雨飘摇。

挣扎两年才出来的宪法,实指望它是一个契约。君主立宪,就是僧侣贵族民众共同与君王的契约。遵从契约,才可能维持法国的稳定。可是,在法国,契约文化仅仅在民众一方的上层代表,主要是在有着守约荣誉感的僧侣贵族中存在。在绝大多数民众中,契约文化还没有形成。结果,就是契约的双方,一方极弱,另一方的绝大多数人从一开始就没有守约的概念。在这样的时候,唯一可能平安走下去的机会,是民众对于他们的上层代表的认同。偏偏上层又是分裂的,其中激进的"雅各宾们"在上层人数中占少数,却在掌握民众心理,调动民众,攻击"守约派"的诚信等方面,占绝对优势。 这样的契约,假如能够维持的话,就是人间奇迹了。

还不到一年,契约就被打破。1792年6月,"雅各宾"带领民众再次在巴黎夺权。新政府就叫"巴黎公社",就是一百年后的那个同名起义政府的最初样板。新的巴黎市政府就这样和议会并驾齐驱。然后,就是这个新成立的"巴黎公社"带领再次涌上街头的民众,冲进王宫去抓契约的另一方:路易十六。路易十六逃入议会,向应该是契约对方的代表求救。可是,民众已经再也不耐烦由别人来代表他们革命了。他们一不做二不休地冲进议会,逮捕国王,逼着自己的议会代表当场毁约。

两年推动,一年实施,整整三年艰难地推动"君主立宪制",以求建立法治、平稳过渡的"费扬们",完全失败。在这三年里,他们做了大量的法律方面的工作。例如"费扬"派的领袖迪波尔(Adrien Duport),原来是巴黎高等法院的法官,也是当初自动加入第三等级的贵族代表。在议会担任律师,为建立新制度的司法机构,做了大量工作。前面提到过的拉梅特,更是新制度最重要的文件《人权和公民权利宣言》的起草者之一。作为贵族,他坚决拥护废除封建制度,限制国王的绝对权力。当时,他不同意立即废除路易十六,不同意侵犯私有财产。

现在,轮到他们逃命了。因为他们作为议员,不仅没有得到任何一个现代国家对于议员的特殊保护,而且生命立即就处于危险之中。四周只有激动的民众。"费扬们"纷纷向国外四出逃亡。迪波尔逃往英国。从美国革命中回来的拉梅特和拉法耶特一起在试图回到美国的过程中,被奥地利关押。他被关押三年,比拉法耶特少关了两年。

他们出逃仓促。前一天还是灯火通明的"费扬修道

雅各宾俱乐部"历史遗址"牌

院",突然人去楼空。他们的出逃,是对激进的"雅各宾们"的一个最大的支持。因为,根据早就确定的逻辑,不论有天大理由,逃亡就是叛国。"雅各宾们"无须再做宣传,民众就自然顺应了他们的逻辑:逃亡证明了他们本来就是背叛祖国的"叛国者",是暗藏的人民的敌人。从此,他们渐进改革的温和主张,他们对于法治的呼吁,他们对于公民权利的理解,都和他们自己一道,被民众唾弃了。

"雅各宾"激进派扫除了他们掌握法国的最重要的一个对手。接下来,只是顺应他们已经成就的激进大势,顺序扫除即可。闻名世界的"雅各宾"恐怖时期,近在眼前了。

我们和卢儿一起,又绕到了那个有着"玻璃盒子"的小广场。警察局依然在,我们已经不想再进去了。我们绕着"盒子"整整转了两圈,小广场有几个小咖啡馆。我们一一查看了它们的名字。根据我们在美国的经验,假如这里接近"雅各宾俱乐部"遗址的话,那么,会有不止一家商店,或是咖啡馆,打出"雅各宾"的牌子招揽游客。可是,没有。

我们完全绝望了,随意地在进入小广场的四个出口中,挑了一个最近的往外走。突然,我们看到,就在这个出口最贴近小广场的建筑物拐角,在钉在墙上的"Rue Du Marché Saint Honoré"路牌下,有一块巴黎标准的深褐色历史遗迹标牌,紧靠在拐角的墙上,极不显眼。标牌上用红色阴刻了小小的一幅建筑图。那是一个建筑群的局部。高耸的坡顶,带有一个塔楼,显然是修道院的教堂,纵向还接出一排低矮平房,应该就是修士们的住处。教堂的正面,插着一面旗帜,那是当时"俱乐部们"的典型革命标志。

标牌上,在"巴黎历史遗址"的大字下,是一排红字:"雅各宾俱乐部"。

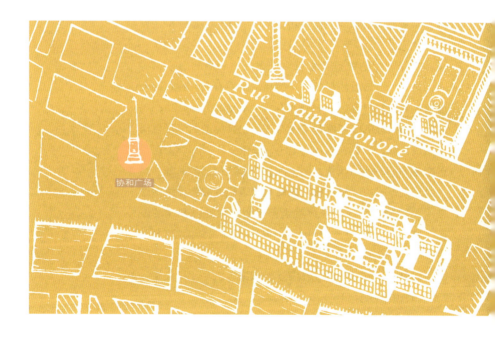

Chapter 17

Place de la Concorde

协和广场上的卢克索方尖碑

　　我们的朋友卢儿说,她问过一个古建筑修复专家:巴黎最古老的构筑物是哪一个?那位专家说,是卢克索方尖碑(The Luxor Obelisk)。说完她大笑起来,她是当一个笑话说的,因为这个说法真是有点幽默感。卢克索方尖碑迄今已有三千二百年的历史了,说是最古老的一个肯定不错。可是,就"古老"来说,它和法国却毫无关系,再古老那也是人家的历史。它来自埃及的卢克索,是埃及古文化的光荣。

　　我们以前在读西方古代建筑史的时候,说这卢克索方尖碑是法帝国主义从埃及抢来的,看来是个以讹传讹的误会。实际上这是埃及总督送给法国路易·菲利普国王的礼物,是为了感谢法国的埃及学家对重新解读埃及古文的贡献。不知是这个埃及总督格外慷慨,还是古埃及的方尖碑在那里实在是多得泛滥成灾,这个总督还大方地送给伦敦一个。那就是以著名的埃及女王的名字命名的"克莉奥佩特拉方尖碑"。

　　方尖碑正因为师出有名,后来成为世界各地的纪念碑建筑中,用得最为普遍的一种形式。在美国就到处都是,首都著名的华盛顿纪念碑就是一个巨大的方尖碑。就连中

国,自从由苏联这条脉络引进方尖碑以后,也变得很寻常。当年上山下乡在东北,常常看到苏军烈士纪念碑,清一色的方尖碑形式。所以,在我们的印象中,好像对方尖碑司空见惯,都不当一回事了,都以为自己已经见识过了。所以,我们听朋友说起这巴黎"最古老"的构筑物,笑完以后,并没有对它产生多大的期望。

这个卢克索方尖碑竖立在协和广场(Place de la Concorde)上。据说当年如何将它竖立起来,都有过对技术局限的突破性创举。直到真的站在它下面,我们才知道自己是多么的孤陋寡闻。那种感觉,就像看过无数色彩失真的安格尔的印刷品,然后在巴黎的奥赛博物馆,突然遭遇《泉》的油画真迹,一瞬间就像被最原始的清纯醍醐灌顶;也就像看过了大大小小的只要折断手臂就算"维纳斯"的石膏像,然后站在卢浮宫"维纳斯"原作面前,才知道她为什么能够不朽。这就是人们只要有一丝可能,就会赶来巴黎的原因。巴黎的一切,都是真实的、历经淘汰以后留下的精品,从名画到整个古城,都是如此。巴黎本身,既不是仿古娱乐城,也不是毁掉古城墙古建筑以后,保留几个样板的虚假古都。它的整体底蕴是厚实的,它的辉煌是历史文化本身的辉煌,如同眼前这三千二百年不掺假的埃及方尖碑。

卢克索方尖碑很简洁,比例收分给人感觉非常"舒服",以造型和石的质地,产生最本原朴素的感觉。碑面阴刻的古埃及象形文字,神秘地以图纹装饰的形式,在不知不觉地注入历史文化的内涵。它的底座与碑身浑然一体,又不单调。最精彩的是它用金的那部分。金色点缀着底座上仅有的几个象形文字,然后略过整个碑身,点染出小小的金色四坡顶尖,遥相呼应,突然就提升了它的等级,使人们体验到质朴与高贵之间的结合,是有可能的。

协和广场的卢克索方尖碑

Chapter 17
协和广场上的卢克索方尖碑

人类的眼睛及视觉，其实是一个非常挑剔的感受系统。一个雕塑或是构筑物，不论其尺度、色彩、造型、质感、比例等等，还有所谓"味道"，是一个复杂得无法讲清的综合指标。一些作品，在它们相互之间，可以毫无共同之处，可是在人的视觉面前，只要出一点偏差，就不是传世之作了。有些东西可以糊弄一时一地，甚至糊弄几百年，可是说要在全世界人面前糊弄三千二百年，大概就很困难了。所以，在最多元的时代，还是有一些东西，会不由自主地打动来自不同文化背景的人，就像眼前卢克索方尖碑，就像巴黎古城一样。

我想，这也是在法国大革命以后，尽管激动的民众推倒砸毁了许多法国历代的国王雕像，但是，经历了众多起义和复辟的动荡，还是有那么多路易们的塑像，今天依然竖立在巴黎各处的原因。那是雕塑本身具有的艺术感染力护卫了它们。除却历史价值，它们在质感、造型和尺度等视觉指标上，能够给人带来愉悦和美的感受，在暗中阻挡着暴力毁灭。假如它们都是水泥糊就、一哄而上粗制滥造，再加上12.26米的虚夸尺度，那么，就算是再了不起受人崇敬的伟人塑像，也休想叫巴黎人同意把它竖在街头。我们可以想象，经历文艺复兴的法国，再虚荣的国王，也不会接受这样的邀宠方案。

即使是封建时代最寻常的个人崇拜，似乎都有如何表达的区别。究竟是艺术的表达，还是愚蠢的表达，都在反映一个表象后面的文化和意义。不仅表现了文化来源的不同，也在决定今天的面貌和明天的走向。所以，假如我们禁锢在自己的思路里，就像一个艺术家永远关在自己的房间里，不阅读艺术史，不领略大自然，也从来不看博物馆一样，他的想象力和创造力将会受到极大的限制。

在离开美国之前，我恰巧读到一篇游记，说巴黎人自豪地认为，协和广场是世界上最美的广场。我不知道是不是这篇文章使我对它期待太高，反而影响了我对它的评判。我们和卢儿一起站在这里的时候，广场给我们的总体感觉，并不如此完美。相对于它的"名气"，我感觉很意外，所以站在那儿有些发愣。卢儿却在一旁摇着头，喃喃地说，收不住了，收不住了。这真是最精辟的总结。协和广场"收不住"。这是因为它周围没有在应该限定它的地方，出现必须的限定。结果，洋洋洒洒二十英亩的面积，就这么发散出去了。

在我感觉中应该出现什么对它有所限制的地方，却是今天数条并行的快车道。车辆们经过这里的时候，一点没有要减速的意思，呼啸而过。所以，它不仅是发散的，还一点静不下心来。我们运气比较差的是，巴黎人为了庆祝二〇〇〇年，在协和广场的尽端，还竖起了一个临时的竖向大转轮，一大圈坐椅可以把游客们缓缓转向高空。这个商业性的现代化娱乐设施，据说要在这里放上整整一年。转轮是如此之大，从凯旋门就可以远远地望到。大概用"煞风景"三个字来形容这个转轮，最为恰切了。

看得出来，设计者也想过要限定广场，所以，在它的四周有着一些体量相当大的雕塑。只是，距离似乎太远，总觉得这个广场拉不住它们。拉不住的一个重要原因，是这些雕塑的形式与作为广场视觉焦点的方尖碑之间，缺乏一种内在的联系。孤立地去看，都是一流杰作。放在一起，怎么感觉怎么不对。我很奇怪，对广场设计已经达到炉火纯青地步的十八世纪法国建筑师，会在巴黎最要紧的卢浮宫前面，做出这么一个东西来。

后来才想到自己得出过的经验总结，巴黎的每个广场的纪念碑下面，都有一个自己的故事。这就应该是协和广场的卢克索方尖碑下面的故事了。在广场最初建成的时

候,这里的主体雕塑并不是方尖碑。

这个巴黎最著名的广场,曾经是一个不说完美也至少是接近完美的设计。它的完工已经相当晚了,是在1763年,也就是法国大革命二十六年以前完成的。你总是可以在世界史上遇到这样的怪事,越是邻近一个制度或一个政权的终结,越是会读到"人民爱戴"的宣扬。这个广场据说就是一个"人民爱戴君王"的结果。

1748年路易十五病重,一个雕塑家为表示关切,为他创作了一个铜像。路易十五痊愈之后,据历史记载,整个法国都在为他的痊愈"喜极而泣"。在巴黎,市民们相互拥抱,甚至有人拥抱传来好消息的邮政马匹。以致路易十五奇怪地问道,我为他们做了什么,竟然得到如此爱戴?

必须为这个雕像找到一个安放的地方。于是,路易十五说,"为了表彰子民对他的厚爱",决定在今天协和广场这个地方,建广场安放,并且征集方案。最终入选的方案是巴黎一流建筑师加布里埃尔(Jacques-Ange Gabriel)做的。他是巴黎一系列皇家重大建筑工程的设计者。只是,他中标的那个方案,并不能算是今天的协和广场,而是按照它的主题,理所当然地被称为"路易十五广场"。虽然是在同一个位置,可是,主题不同,设计方案不同,建成后的面貌不同,几乎就不能说是同一个广场了。

现在回顾"路易十五广场"的设计,我们看到,加布里埃尔的专业训练,使他考虑过同一个如何"收住"的问题。广场的基地当时荒旷一片。在周围没有"收得住"的现成建筑群,怎么办呢?于是他想出了这么一个招数,就是把整个广场因地制宜,处理成一个金字塔式的整体结构。当时这块荒地略有起伏,在推平的时候推出来的土,正好汇集在中间。加布里埃尔就利用这个土坡建造一个八角形的"金字塔",八个角各有一个亭子和雕塑,都有入口和向上的阶梯。阶梯的顶端是一个空中花园,围绕那尊主角雕像。

他的设计是当时一般广场的反向思维。这样,中间的"金字塔"主体变得非常"重",四周渐渐退去,退到底以后,又有广场外围的雕塑作为"收头"。就像一个巨大的雕塑周围一圈空间之后,一圈栏杆也就能够收住了。不仅整体感出来了,而且气势恢宏。这些外围雕塑,和"金字塔"底部八个入口抬起的八个雕塑,在尺度和风格上,都有呼应,这一来就把空间"拉住"了。一个小小的路易十五雕塑,被他"抬举"在金字塔端,加强了主体的分量;又因为人可以上到"塔"顶花园,雕塑就避免了"过度抬举"的荒谬感。想象加布里埃尔的"路易十五广场",就明白今天的协和广场为什么失衡了。前后两个广场中心构筑物的体量相差实在太大。相当于把巨无霸换上了一根纤细的笔杆儿。

1763年完工的"路易十五广场",在今天看来显得有点滑稽的,不是规划设计的思路,而是它要表达的思想主题。"金字塔"下的八尊雕塑,被加布里埃尔的设计规定成,每一个都"象征着路易十五的一项美德",结果选择了,"仁慈、富裕、辛勤、节制、正义、勤学、智慧和诗情"。看到这样一个"拥君爱民"的广场,想到路易十五"我死后哪怕洪水滔天"的名言,不由叫人叹出一口气来。

二十六年以后,法国大革命爆发。巴黎人在攻下巴士底狱以后,热血喷涨,又不想回家,又不知干什么好。这个时候,最适合的消耗精力的事情,就是去捣毁什么类似路易十五广场之类的大型象征。于是,路易十五雕像和其他雕塑被砸毁。就像旺多姆广场留下了一只路易十四雕像的脚一样,在巴黎历史博物馆,我们还看到这个广场留下的一只路易十五的青铜手臂。它的存在,才使我们相信,当年真的有过这么一个全部完工了的广场。因为,民众的力量实在是无穷的,我们眼前的广场上,巨大的"金字塔"

协和广场

Chapter 17
协和广场上的卢克索方尖碑

只剩一个神话传说了。它被完全扫平，了无痕迹。

广场从此改名，称为"自由广场"。广场旁边跨越塞纳河的路易十五大桥，当时还没有完工。这时，正好从被拆除了的巴士底狱，运来大量石块造桥。顺带着沾光，也被叫成了"自由桥"。扫去原来广场的主体雕塑以后，革命广场变得平平展展，一览无余。外围的雕塑虽然得以幸存，可是已经圈不住那一广场的空荡了。

在路易十五雕像之后，竖起的还不是卢克索方尖碑。这就是方尖碑下面压着的另一个故事了。自由广场有了更大空间，常常为了种种不同的革命原由，挤满了巴黎的民众。和任何一场革命一样，大家想着要有自己的革命艺术。结果，就在原来"路易十五"的位置上，竖起了一尊"自由女神"。只是，我们始终不知道"她"的形象怎么样。因为那是草草翻出的一个石膏像，非常经不起广场的风雨。

革命推出来的是一尊"自由女神"，而不是别的什么"神"，这在法国很自然。我们在法国寄出了好多明信片，贴的邮票上面，就是一个自由女神的头像和法语的"自由，平等，博爱"三个词。这是响彻世界的法国大革命的口号，是革命的三色旗上"三色"所象征的意义。记得我们在第一次听到的时候，也一下子就被它深深打动。直到很久以后，我们细读这一段历史，看到这样的法国经典名句，叫做"公民不自由，就强迫他自由"，才觉得有点不对劲。怀疑自己当年的感动，是不是类似于一厢情愿的盲"动"了。好像此女神非彼女神，有点被误领误导了的味道。

法国大革命的"自由"是由"公意"这样一个概念做先导的。"公意"的提法是法国革命的思想先驱卢梭的功绩。它的意思是说，旧制度中公众是没有自由的，国王说了算，这就是专制的意思。那么在新制度下，应该是相反的才对，应该是公众说了算，这就是民主的意思。对待任何一件事情,"公众"都会有一个"多数人的意思",这就是"公意"了。只要"公意"得以实现,这当然就是大家的自由幸福生活了。

那么,作为一个个人,一个公民,在这样的社会中生活,什么是他的自由和幸福呢?他的"自由"就是"服从公意"。当他和公众的意愿一致了,就自然进入了真正的"自由"状态,就获得了"幸福"。所以,为了帮助一个公民"幸福",就必须强迫他先"自由",也就是先服从"公意"。

我绕了好几圈,觉得逻辑圆满,很受教育。可是我敢打赌,这只是具有悠久文化和哲学思维传统的法国人,才能发明和推广这样的理论。到没有文化的美国人那儿是绝对行不通的。你再怎么跟美国人转逻辑,他们也不会转得明白,"自由"怎么就变成了"服从",被"强迫"怎么还会有"自由"。他们肯定会简单地把你打发回去:他们不知道什么是"卢梭",他们只知道自己有个"梭罗",那家伙说的他们比较爱听,他写了一篇一点不哲学的文章,题目就叫做"论公民的不服从"。美国人会说,有权不服从,那才叫自由。

我感到比较困惑的一件事情是:在这样的"民主社会"和新制度之下,我已经知道,我没有了不要"自由"的自由,假如我选择不"自由",会有人强迫我"自由",那么,假如我不服从这样"被强迫的自由"呢?我还有没有选择不"幸福"的自由?结论是,那是可以的。只是,这个"不幸福"将会是"很不幸福",我将会被"自由幸福"的公众送上革命的断头台。

在"雅各宾"们成立"巴黎公社",带着民众废除了立法议会,捣毁了这个革命狂飙唯一的刹车装置以后,一切就几乎没有约束了。主要是"顺我者昌,逆我者亡"的逻辑已经确定,虽然说,这个"我"已经不是国王,而是激动的民

众,是"公意"。

所以,在今天人们提起协和广场被叫做"自由广场"的时期,已经很少有人知道,那里曾经有过一个石膏的"自由女神"像。那个时期的广场象征不是"女神",而是人称"黑寡妇"的高高的断头台。"她"在这里站立了近两年,在公众的欢呼声中,吞噬了一千多个生命。

断头台随着恐怖时期的结束被搬走,空余一个残破的"女神"和一场"自由"的噩梦。在其后拿破仑的相对稳定时期,人们急于改造广场。这个改造方案的思考过程,也反映法国此后的历史进程。

巴黎很矛盾。一开始的念头,都集中在一点上,就是不想让"恐怖时期",带累了"革命的成果"。所以,越是早期的修改方案,越是在倾向对大革命予以艺术形式上的肯定。例如,大革命以后,法国废除了封建制度,当然也打破了原来以分封的贵族采邑形成的历史区域划分,重新把法国划为八十三个行政区。所以,有一个方案就是在广场上竖立八十三根象征性的柱子。当然,最方便的,是重塑永久性的"自由女神"。这个方案甚至试过,成品出来的时候,由于革命热情的消退,巴黎人开始恢复起码的艺术感觉以及对公共构筑物的艺术审查制度,而新的"自由女神"没有获得通过。

接下来,随着人们对这段时间的反省,方案就越来越趋于中性。例如,建一个象征法兰西的高塔,一座大型喷泉,等等。在拿破仑称帝以后,还出过建一座"日耳曼大帝"雕像的方案。一切尚在争议之中,拿破仑本身又被推翻,波旁王朝卷土重来,所谓"复辟"了。

路易十七十岁就死在大革命的牢里,所以,回来的路易十八是死于断头台的路易十六的弟弟。刚刚回来的时候,他很想在广场建造一座纪念哥哥的雕像,可是,挣扎下来，还是理智占了上风。他不想在这个成为巴黎伤口的广场，对已经持续长久的腥风血雨和动荡飘摇的国家，再刺激起恩恩怨怨的回顾和冲突。他放弃了这个念头。再说，路易十八从1814年"复辟"到1824年去世，一共只有十年，中间还经历了一场拿破仑的"百日政变"。他再也没有剩余的心力顾及这个广场。

继任的查理十四在位时间更短，只有六年，就遭遇巴黎又一次起义，匆匆下台。那是1830年，路易·菲利普虽然是新的革命推出，君主立宪制却没有再一次随之推翻，所以他还是法国国王。在此之前近五十年的时间里，广场失去中心主体，名称都变得含混不清，好像国家都"王朝复辟"了，再把切下国王脑袋的广场叫做"自由广场"，是肯定不对。而路易十五雕像的失落，又使得"路易十五广场"失去依据。当年好端端一个广场，如今连个名字都没有，只落得一片空地而已。

就在曾经是一流广场辈出的巴黎，再也没有平稳心境重新规划广场的时候，埃及总督突然送来这么一个稀世之宝——卢克索方尖碑。几乎所有的人，都为这个广场半个世纪以来的不解难题松了一口气，谁也不想再细细端详，再做什么广场整体规划方案的推敲，就是它了！国王路易·菲利普拍板，终于在这里竖起方尖碑，重建广场。他希望已经经历了太多冲突，流了太多鲜血的广场，能够从此平和，"协和广场"的名称，如此诞生。旁边塞纳河上的大桥，此时已经完工，也吃力地随着广场的革命历程，又从"自由桥"改为了"协和大桥"。此后，虽然巴黎还是照样"起义革命"和"反动复辟"，但是"协和"的名字一直用到今天。这不像是偶然的幸存，更像是暗合了人们心底里一种希望，虽然他们自己也许还并不清楚。

后来，又经过重新规划，加了喷泉和无可挑剔的"皇家

协和广场上路易十六砍头处

"味道"浓烈的街灯,可是,广场并非整体诞生的感觉,总是难以消除了。

我们在来到协和广场之前,查看了一些资料和博物馆在革命结束不久以后的绘画,试图寻找当年断头台在广场上的位置。我们希望看到,那里至少有一块纪念牌,哪怕再简单,也告诉来到这里的人们,曾经发生了一些什么。

虽然，一块牌子在很多人看来，只是一块牌子而已。根据我们的确认，这个位置应该在香榭丽舍大道进入协和广场的雕像"马利之马"（Marly Horses）附近。

"马利之马"是一个巨型雕像，它的大理石原作，是今天卢浮宫博物馆的重点收藏之一。这里只是一个仿制品，也是当年的"路易十五广场"幸存的外围雕塑之一。我们转了几圈，什么也没有找到。想来想去觉得不至于什么说明都没有。就又找上了紧站在"马利之马"下面的一个警察。有卢儿在，我们就没有"语言的痛苦"了。警察的回答令我们惊讶，他说他不知道路易十六和王后的头，就是在这个广场被砍掉的。他又补充了一句，"那是很久以前的事儿了，不是吗？"

是的，那是很久以前的事了。我们无法否认。

我们又被卢克索方尖碑吸引到它的跟前。可以想象，所有站在这里的人，几乎都是抬着头，视线有一个仰角，连平视的都很少。我们不知怎么，鬼使神差一般，在离开的最后一刹那，低头扫了一眼。我脚下正踩着一块没有人会注意的铜牌，移开脚步，上面有一排微凸的印痕，那是法语。这次不用朋友翻译，我们自己就能读懂，那是说，1793年，路易十六和玛丽·安托瓦奈特王后在此被处死。牌子的位置显然是象征性的，不是确切指出当年安放断头台的地方。

卢儿说，大概别的人，就是看到，也把它当做一块阴沟盖了。

我有些走神，是那国王、王后以外的一千多个灵魂在牵动和呼唤着我。我看到他们微笑着飘然而过，其中一个带点狡黠地向我眨了一下眼睛：共和了，革命成功了，上了纪念牌的，还是革命前最有权威的这两个人。

Chapter 17
协和广场上的卢克索方尖碑

Chapter 18

Tuileries et St-Germain-des-Prés

杜勒里宫和圣·谢荷曼教堂

假如从香榭丽舍大道，经过"马利之马"的雕塑，进入协和广场，然后笔直穿过，就会进入杜勒里花园。在它的后面，就进入卢浮宫的范围了。

这个夹在协和广场和卢浮宫之间的花园，是一个比较闲散的地方。它越接近卢浮宫一头，花园就越精雕细琢。最后的一部分，不仅树木的安排和修剪都一丝不苟，而且还安置了一些名家雕塑，我们最喜欢的大概就是马约尔的人体雕塑"地中海"了。卢儿和我们都喜欢马约尔。在巴黎的奥赛博物馆，你可以遇到几个最精彩的马约尔石雕。他创作的人体雕塑，健康而丰满，恰到九分九的地步，再多一点就会觉得过了。

奥赛博物馆中的马约尔作品

可是，即使最好的雕塑，也有放在什么地方的问题。自从见过卢浮宫为背景的"地中海"以后，就觉得没有什么比这两者的结合更完美的了。它们是一种相互衬托的关系，这一大片规整的绿色与石雕的结合，给了卢浮宫一个非常雅致而响亮的开端。令人精神为之一振。而卢浮宫本身是巴洛克风格的典型，雕塑与建筑结合完美。它质朴而又雍容华贵地展开它的立面，成为这个雕塑和花园在天际下最具装饰效果的背景和屏障。

卢浮宫前的"地中海"雕像

然而，杜勒里花园是一个长长的矩形。它越靠近协和广场的那遥遥的一头，越显得粗糙。那粗沙砾石铺就的地面，面积似乎太大了一点，灰灰黄黄的一大片，给人一种没有设计过的感觉。幸而在接近卢浮宫的半途上，有一个非常生动的水池。水池原本只是普通的水池，可是，池边永远懒懒散散斜在躺椅上的游人，和不断在忙着争夺人们扔下的碎面包的各类水鸟，使得画面骤然生动起来。周围有半圈疏朗围绕的大理石雕塑，精致的大理石像，安置在这片好像未曾经心处理的地面上，就像是什么意外之下被荒芜的遗迹一样。

这个花园确实是个遗迹。我不知道，今天的管理者是否有意让它维持了这种遗迹的感觉，还是只不过是疏于料理。杜勒里花园是一个附属品，它属于已经在1871年毁于火灾的杜勒里宫。在西方的宫廷建筑中，花园是极为重要的一个部分。二者相互依存。宫廷一毁，花园顿失依靠。当然，也可以慢慢经营，使它独立起来。我倒是有些喜欢今天这里的感觉。一方面，这么闲散松弛一下，进入下一步的卢浮宫，就感觉特别饱满；另一方面，它的遗迹味道,能够提醒我,使我感到杜勒里宫的隐隐存在。

杜勒里宫,那可是法国大革命中,一个叫人心情复杂的地方。

和杜勒里宫名气并列的,应该是一个叫"马奈兹大厅"(Manege)的地方,那个建筑物后来被拿破仑下令拆毁。所以,法国大革命中这两个旗鼓相当的建筑,都无迹可寻了。半荒弃的杜勒里花园,就成了这段历史的一个引子。

马奈兹大厅,就是当"雅各宾"的"巴黎公社"带领民众去抓路易十六的时候,路易十六逃进去的地方。那就是立法议会,也是制宪会议从凡尔赛搬到巴黎以后的所在地。也就是在这个大厅里,国王被抓,议会被解散。占了议会大厅的胜利者,就在这里宣布,废黜君王,取消君主立宪制,法兰西共和国从此诞生。这是个多么激动人心的时刻。那是1792年8月10日。

巴黎人把这一天的革命,叫做"无套裤汉"的革命。这是因为法国贵族曾经习惯于穿紧身长裤,称为"套裤"。"无套裤汉"革命,就是再也没有贵族精英的参与,而且更指的是底层平民的革命。在此之前,尽管封建制度已经推翻,《人权宣言》已经通过,宪法已经建立,可那都是前贵族的精英们主导在干的事情。只要这些前贵族的精英们还站在那里,不管他们还穿不穿"套裤",革命就怎么看都觉着不对劲。

烧毁前的杜勒里宫

一切多么简单,要什么循序渐进的过程,揪住国王的领子往监狱里一送,"革命"不就"一举成功"了吗?历史无法重演,我们永远不知道另一种走法会经历什么样的历程。我们只知道,历史的进程,与一个地区的大多数人的文明进步程度有关,与他们的人性觉悟水平有关。这个进步需要时间。一些被强制省略的过程,常常会在后面的某个时刻,被历史逼着回头重走,甚至可能更加费时费力。我们也无法对法国的历史做什么假设,我们仅仅知道,今

温和的小丑（作者手绘）

天在巴黎下了飞机迎面碰上的,并不是在马奈兹大厅建立的那个法兰西共和国,那个共和国后来被人们称为"第一共和国",因为在它的后面,又历经颠簸和反复,今天我们看到的,已经是法兰西第五共和国了。

立法机构和宪法,以非法的暴力手段强行废除,此后再出什么状况,都不会令人感到太惊讶了。

随着革命的深入,监狱已经远远不够。西岱岛上的老监狱贡塞榭峄,早已人满为患。幸而巴黎有的是教堂,这些教堂就纷纷被用作监狱。连学校都有挪作监狱的。这时候,人们再回想起当初攻下偌大一个巴士底狱,里面只关了七个囚犯,反而觉得恍如隔世了。不仅监狱拥挤是随意逮捕的结果,而且,新制度许诺给大家的公平审判制度,也不见踪影。相反,司法日渐黑暗。法兰西共和国的诞生和一场民众私刑屠杀几乎同时发生。我们曾经寻访过这样一个教堂行刑处:巴黎圣·谢荷曼教堂(St-Germain-des-Prés)。

巴黎圣·谢荷曼教堂,是巴黎现存教堂中最古老的一个。它最初在公元542年建造,之后在十一世纪有过一次重建。今天在它的花园里,还陈列着这个教堂的一些中世纪的建筑构架。圣·谢荷曼教堂在巴黎的市中心,出来就是一个小小的以石块铺成的圣·谢荷曼广场。我去过那里几次,永远可以遇到一个美丽的小丑,捧着一束花,带着他雪白而温顺的小狗,一脸善良的笑容。他的笑容在经典小丑脸谱的勾画下,夸张起来,显得愈加灿烂,使人想起雨果的《笑面人》。假如向广场纵深走去,只要穿过一条布满艺术品商店的小路,就是拿破仑时代建立的巴黎美术学院。那是世界上第一个试图将美术形成教育的地方。可是,就在这个今天只可能呼吸到"优雅"的区域,当年曾充满血腥。

圣·谢荷曼教堂的出名，并不仅在于它的古老，还在于法国大革命时期，里面所发生的故事。在"无套裤汉革命"驱逐了立法机构、扣押了君主立宪制的君主的二十三天之后，"无套裤汉们"决定要自己执法了。在前线的一场失利之后，激动的民众冲进圣·谢荷曼教堂，自行处决不知因什么原由抓来的、尚未审判确认罪名的各色"反革命"。整整三天，1792年9月2日至9月5日，这样的"民众执法"在巴黎各个"临时监狱"迅速蔓延，无法控制。

圣·谢荷曼教堂的行刑场所之一，是教堂大门口的小广场。所以，教堂大门旁的一个附属小礼拜堂，就曾经是关押刑前受难者的地方。它在一个教堂入口的隐蔽角落，也就很少有人发现它。我们也和大家一样，一进门就被前面的教堂大厅所吸引，径直就穿过了侧面隐蔽着小礼拜堂的过廊，进入大厅了。直到我们在墙上找到一张描述教堂历史的说明，吃力地读到小礼拜堂的故事，才知道有这么个角落。

我们循着教堂的平面图寻找小礼拜堂的位置，发现它就在我们经过的地方，可是却对它毫无印象。我说，一定是给毁了。因为我们读到，整个圣·谢荷曼教堂在这一事件发生的两年之后遭遇大火，三个塔楼有两个被焚毁。现在我们看到的教堂主体都是十九世纪修复之后的面貌了。卢儿却不死心，她认真地又看了一遍平面图，然后肯定地说，"它还在。我看到过，我领你们去。"

小礼拜堂真的也被修复了。它的前壁干干净净，只有一个简洁纤细的十字架。里面只有一个志愿导游者，正在轻轻地和一位女士交谈。礼拜堂是那么小。卢儿坐在那一排排空着的椅子之间，静默沉思。我看着她黑色的背影和前面的十字架，形成一幅很感动我的构图，就不由地拿起了照相机。可是，我就是退到最后，把自己贴在后墙上，

关过刑前囚徒的圣·谢荷曼教堂的小礼拜堂

圣·谢荷曼教堂的圣·谢荷曼雕像

Chapter 18
杜勒里宫和圣·谢荷曼教堂

还是无法把整个构图装进框架去。这是个小空间。可是,就在这小小的空间里,三天中,有百多名的所谓"反革命",在被私刑处死之前,曾经临时关押在这里。

在靠近角落的后墙上,有一块划出的空位。那位热心的志愿导游向我们解释说,这是留着安放纪念牌的,准备纪念那些在1792年9月屠杀中的死难者。之所以现在还空着,是因为还在等待历史学家们的研究,以确定死难者的确切人数。他们不想放一块死难数字含糊的纪念牌上去。他们觉得,这对历史不负责,对死去的灵魂也不公正。

至今为止能够确定的,是在圣·谢荷曼教堂屠杀事件中,死去的修道院修士的人数和姓名。修士是以修道院为家的,修士们之间和修女们之间,有着如亲兄弟亲姐妹般的深切关怀和感情。所以,每一次当修道院遭遇历史劫难,只要还有一个幸存者,他就会认真记下死难的兄弟姐妹的姓名和个人资料。因此,法国修士一百多年前在中国创立的修道院,在五十多年前被关闭时的全体修士的个人资料,我们今天在美国还可以看到,虽然其中绝大多数是中国修士。

在法国的大教堂的两侧,都有一个个小的空间,安放着一些特殊的纪念。圣·谢荷曼教堂的右侧,就有一个这样的小小纪念圣坛,下端的两侧,镌刻着二十一个死难修士的姓名。就在圣·谢荷曼,他们的生命终止在这场世界著名的九月屠杀中。

大多数人没有留下姓名。在二百多年以后的今天,不论历史学家如何努力,不要说寻找死者姓名,就连确定死亡人数,我都很怀疑他们是否还能够做到。更无法知道的,是他们被关在这里的时候,大难将临,是什么样的心情。一切都消失了。那些对亲人的诀别,那些痛苦和战栗,那些默默的坚强,那些软弱的泪水,那些向着屠刀的苦苦哀求，都消失了。

在走出圣·谢荷曼教堂之后，我们去查找了有关九月大屠杀的种种资料。这时我们才发现，虽然受难者的姓名大多不存，虽然没有非常确切的死难者数字，可是，在两百多年前，已经有一些巴黎人，对于记录屠杀、记录受难者，有了很强烈的历史责任感。

我们找到近二十个屠杀地点的情况，其中至少十二个地点的资料，记载了屠杀开始的时刻，杀戮历经的时间，当时的囚禁人数和受难者的人数。今天的学者，根据当时不同来源的记录，列出统计表，标明上下之间的误差。

在我们参观过的贡塞榭峰监狱，民众在1792年9月2日晚上八点开始，共进行了九个小时屠杀，死难者人数在二百五十至三百五十人之间。在屠杀最初开始的亚伯叶(Abbaye)监狱，民众从下午两点开始，攻击刚刚用马车运来的三十名教士。他们的罪名是不肯宣誓效忠新政权。他们被毒打，到下午五点，他们被全部杀死。这个监狱的暴行持续了四十一个小时，在二百三十八名囚徒中，死难者在一百三十九至一百七十九人之间。在三天里，整个巴黎被民众无辜杀害的人数，在一千二百四十七至一千三百六十八人之间。屠杀还逐步蔓延到巴黎之外。

记录，只是出于一种非常单纯的人类感情：这是我的父老兄弟。他们应该和我一样，在这里呼吸自由的空气。他们无辜地被暴力终止了生命。我记得他们，记得他们一个个面容，记得他们的一个个梦想，我不愿意这些面容和梦想，被暴力彻底抹去。我希望他们的生命继续在我的记录中，因为他们和我一样，也有活的权利。在任何历经暴力的国家，出现这样的记录，是将来有可能阻止杀戮的一个标志。

在没有任何法律约束的情况下，九月大屠杀充分释放

圣·谢荷曼教堂(作者手绘)

了人的兽性。大量的女囚徒被强奸，很多受难者备受酷刑，其中一些被肢解。在比斯特(Bicetre)，四十三名十七岁至十九岁的年轻人，是被家长送到一个精神病院治疗的精神病患者，这时全部被私刑处死。玛丽·安托瓦奈特王后的囚室一度也受到民众攻击，没有被攻破。可是，王后的好友、四十三岁的郎巴勒公主(the Princess of Lamballe)，在遭到毒打和强奸之后，被民众割下她的四肢和头颅。他们用长矛挑着她的头，在王后囚禁的窗下游行。

九月大屠杀震惊了当时的西方世界。一名记录者写到，在他试图走出夏代尔(Chatelet)监狱的时候，他经过了民众在五个小时里就杀死了约二百二十名囚犯的地方。他"一脚就踏入了齐膝的血污中"。英国驻法大使留下的一句话，至今使人心惊，他说："这是些什么样的人啊！"

三年前的革命，是以攻打和摧毁巴士底狱，救出七名囚徒作为开端；三年后革命的深入，共和国的成立，是以变学校、教堂为监狱，私刑屠杀千名无辜囚犯作为标志。做这两件事情的，是相同的巴黎民众。

巴黎新市长，接见并以酒款待了那些"革命"的屠杀者。称为"巴黎公社"的巴黎革命市政府的律师，亲自到屠杀现场"道贺"。革命巨头马拉得意地把屠杀"归功"于自己。另一个革命巨头丹东，则宣称，"我们必须使我们的敌人胆战心惊"。

这样的革命思路延续了两百年。在一本中国人写的历史书中，对于九月屠杀，我读到这样的记载："群众处死了许多监禁在巴黎的反革命分子。这个自发的革命恐怖手段打击了反革命的气焰，对于巩固革命的后方起了巨大作用"。我就是读着这样的历史书长大的。被这样的历史观浇灌着，我是否还能指望自己并不成为一头狼？我又能指望自己成为一个什么样的"人"？

Chapter 18
杜勒里宫和圣·谢荷曼教堂

法兰西第一共和国就在这样的氛围里诞生了。共和国当然也要国会,那就是和法国大革命差不多是同义词的"国民公会"。它在马奈兹大厅里待了七个月,之后,在1793年5月,迁往我们眼前这个半荒芜的花园前面,那个已经消失了的杜勒里宫。

国民公会仍然不是一个单独发展的线索。"雅各宾俱乐部"如一条寻觅猎物的狼犬,紧紧跟在当年的制宪议会和立法议会后面。立法议会中的贵族们假如不是逃得快,早已经被它撕成碎片了。今天,它又跟上了国民公会。所以,成为"猎物"的危险信号,就是那些一次次由于不够激进,而离开"雅各宾俱乐部"的人群的脚步声。

那一批批逃亡的,以及被革命吞食了的人们,曾经在他们当时的认知限度内,尽过他们最大的努力,阻止革命车轮的加速滚动。甚至不惜以自己的身体被碾入轮下,以试图减缓它的速度。可是,他们被碾碎了,车轮依然在滚滚向前。在国民公会,面对前行者的悲惨下场,在死亡的威胁下,终于又站出来新一批的反对者,那就是国民公会吉伦特派。他们也是激进派,可是,在激进派中间,他们现在又有所醒悟,也显得不够激进了。结果,在国民公会成立仅仅一个月时,由于对是否审判路易十六发生分歧,他们随前人脚步,也离开了"雅各宾俱乐部"。假如过去那些愤而离去或者是被赶出去的人们,在踏出"俱乐部"的一刻,还对自己的前景木然无知的话,我想,吉伦特人对迈出这样一步是凶是吉,大概还是比较清楚的。

路易十六就在马奈兹大厅被判死刑。于1793年1月被送上"自由广场"的断头台。同年十月,王后玛丽·安托瓦特也被送上断头台。今天在巴黎历史博物馆里,还留着两幅小小的油画,分别描绘着这两场法国最著名的死刑场景。在处死王后的画上,一边,有人还在用一个容器接着那股从脖腔里一涌而出的鲜血,另一边,却已经有人迫不及待地用棍棒挑着刚刚割下的王后头颅,兴奋地冲向围观欢呼的人群。

之所以路易十六会在马奈兹大厅被判死刑,是因为投票决定国王生死的都是国民公会的议员。也就是说,是立法议员们在充当司法职能。司法还不是独立的。更不要去说,大厅里挤满了旁听的民众,随意大叫着发表自己的意见。假如说,过去的"俱乐部们",是在一定的距离内强烈影响着以前的制宪和立法,那么,今天就是闯入立法大厅的民众,在直接地逼迫着立法和司法。议员们就在这样的氛围中,操作着一个国家。他们声嘶力竭地在大厅里吼出自己的意见,否则其他人就根本不会听见。以至于国民公会最后订出了这样的会场规则:只准许四个人同时发言。这是一条困难的规则,我根本想象不出,大会主席是怎样做到执行这条规则的。

在这样的状况下,车轮的加速转动是必然的。顺我者昌,逆我者亡,也是必然的。国民公会在1793年5月决定搬家,从马奈兹大厅搬到了杜勒里宫,就在今天半荒芜的花园曾经归属的宫廷里。搬家不几天,5月31日,"巴黎上空又响起起义的钟声",我不知道当时的巴黎人,对于这样频频响起的钟声,是什么感觉。是一致的嗜血的兴奋?还是终有什么人,在那狭小木楼梯上的小房间里,倚在有着木头百叶窗的窗台上,看着街上涌动着的无数手持"家伙"的"无套裤汉"们,为法国忧心如焚。被钟声唤起的民众,踏着杂乱的脚步,来到这个杜勒里花园。砂石在不断地踩踏之下咔咔地痛苦作响。花圃中的花被碾为齑粉,大水池把涌动的人潮,分流为左右两股急急的人群的渠流,就是有人被挤入水池,也不会被人们注意到。最后,他们终于扫荡了整个花园,像旋风一般冲进了杜勒里宫。

Chapter 18
杜勒里宫和圣·谢荷曼教堂

他们来到这里,是为了强烈要求逮捕被民众判定为不够激进的二十二名吉伦特"反动"议员,并提出一系列自己的主张,强迫议会通过。这些要求被拒绝。于是,接下的两天,在革命三巨头之一的马拉的指挥下,国民自卫军包围国民公会,炮口对准了杜勒里宫。吉伦特议员步了立法议会的贵族议员们的后尘。唯一不同的是,他们都没有逃脱。我们站的地方,正是在当年的杜勒里宫和竖立着断头台的"自由广场"之间。中间只隔了我们脚下这个杜勒里花园。革命的国民公会议员和要掉脑袋的反革命分子之间的距离,也只是如此数步之遥。

现代国家都有这样的立法,就是议员具有立法豁免权。这在欧洲是一个久远的传统。不仅议员在一般情况下不受逮捕,他们在议会内的发言也得到豁免。假如议员在立法讨论中都要以言论获罪,那么,在立法过程中,还有哪个议员敢讲出自己的反对意见?可悲的是,就在六个月前,就在这个以激进为主要调子的国民公会,在吉伦特派议员亲自参与的投票中,他们和雅各宾派共同废除了议员的豁免权。这使他们今天在工作场所被逮捕之后,又在审

杜勒里花园

判中以他们在国民公会发表的观点获罪。

这就是在贡塞榭峄我们看到的那张油画的来历。油画中的吉伦特前议员们正在饮酒狂欢。他们被判处死刑将上断头台。在行刑前一天，他们被关押的贡塞榭峄，容许他们在一起，举行一次最后的晚餐。聚在一起时，他们中间的一个已经先行自杀。可是，躺在一旁的同伴尸体，似乎并没有影响他们的心情，死亡对于他们来说，只是或早或晚降临、再晚也不会超过明天的一件似是而非的事情。他们依然在酒醉中笑着，笑出了眼泪。也许，他们在笑话自己废除的法案害了他们自己；也许，他们在嘲笑自己曾经多么愚蠢地以为，断头台永远只有别人才会上去；也许，他们在笑着问自己，革命怎么就革成了这么一副模样？

在第二天，人们已经看不到他们昨夜狂欢的痕迹。由五辆马车分别载着二十一名国民公会吉伦特议员的囚车，从西岱岛向不远的"自由广场"进发。早已聚集在那里的民众在看到马车之前，已经听到了整齐嘹亮的《马赛曲》的歌声。歌声越来越响，囚车越驶越近。他们最终歌着走下马车，歌着走上断头台。《马赛曲》开始声音减弱，每砍去一个头颅，歌声就微弱一分，直到最后的一次砍刀下落，切断了那最后的半个音符。

革命，又扫除了一个障碍。

具有讽刺意味的是，在此之前，由吉伦特人一起参与，在国民公会通过了1793年《人权法》。这是法国大革命开始之后的第二个人权法案。可是，它几乎就像不曾存在一般。当时和事后，人们都没有再提起它。在当时，雅各宾恐怖时期迅速降临，《人权法》形同虚设；在事后，人们也不好意思再提起它，再夸耀为一个"革命成果"。

因为，投票通过该项法案的人们，就连自己生命的权利，连自己脖子上的脑袋，都没有能够保住。

工艺品断头台

Chapter 19

Guillotine

断头台的兴衰

我说过，杜勒里宫是一个叫人心情复杂的地方。那是因为直到今天，国民公会在法国，还是一个叫人难以处置的历史主题。是它宣布了法兰西共和国的成立，宣告了"革命成功"，也是它迅速把法国推向恐怖统治。

吉伦特人一抓一杀，国民公会失去最后的制动，革命狂澜既倒。这以后的阶段，人们把它叫做"雅各宾专政时期"，也是法国历史上唯一一个被史书定名的"恐怖时期"。也就是最为激进的"雅各宾俱乐部"，终于战胜艰难险阻，胜利地裹挟着恐怖，占据了国民公会，对巴黎和法国开始专政。对反对派的一方来说，再也没有合法的代言人和发言渠道。都给专政掉了，以理服人是不可能了。要是还有一个两个实在想不通的，只能回家磨鱼腹剑，以暴力对暴力了。这就是纤弱的女子夏洛特·郭黛，竟然会去刺杀革命巨头马拉的原因。

马拉像

矛盾激化的结果，就是统治者草木皆兵。作为镇压机器的公安委员会，在"雅各宾专政时期"，其地位上升到前所未有的高度。革命四五年下来了，说是因为是贵族血统就该杀的，那也差不多都杀完了。接下来就是人人有份的年头。在吉伦特人被逮捕的三个月后，1793年9月17日公安

达维德1793年所绘的油画《马拉之死》

委员会颁布了"美林德杜艾罪过"嫌疑犯治罪条例。只要是主张温和,对"自由"没有贡献的,都在治罪之列。这个时候,你是站在断头台下欢呼,还是在断头台前一边被刽子手捆绑,一边听着别人为你死亡的庆典欢呼,那全看运气了。再也没有什么绝对的不可逾越的界限。

今天去巴黎旅行,假如你想寻访这段历史,想看一眼当年真实的断头台是什么模样的话,大概没有这个可能。当然,当年大名鼎鼎的"黑寡妇"依然还在。可是,当它走出广场、走出历史之后,并没有像人们理所当然认为的那样,走进博物馆的展览大厅。它被悄悄匿藏在弗雷纳监狱的储藏室,再也不让人们一睹其真面目了。从这样一个处理重要历史遗物的方式中,我们似乎可以隐隐地感受到,虽然两百年过去了,法兰西的心头好像还有一些什么郁结,没有能够被时间的流水完全拂平、化开。

我们只是在加纳瓦雷博物馆,也就是巴黎城市博物馆,看到过断头台的模型。那是两个尺把高的"工艺断头台"——法国大革命时期的工艺品杰作。它们在工艺化的过程中,其残酷性也就被冲淡了,和历史实物的展示,有着本质区别。它展示的是大革命的另一种风情。在当时,人们自然就把断头台看成是这一时期的象征。所以,不仅有这样昂贵高级的工艺品断头台,还有玩具断头台和断头台形状的耳环。这就是当时逛巴黎的游客们采买的旅游纪念品。这是别一种"巴黎式浪漫"。

和微型断头台在同一个展柜里的,是几个复杂的连环钟,非常纤巧精致。这些同为工艺产品的座钟,却有着很实在的用途。共和纪元开始,似乎还是一个改朝换代的概念。既然是共和国了,当然就要新纪元。只是,这个新历不仅给月份取了"风花雪月"的浪漫名称,还和传统的历法不一一对应。最具创造性的,倒不是每个月变成了三十

Chapter 19
断头台的兴衰

"对照钟"

天,而是每天以十个时辰计算。所以,假如没有这些能工巧匠的发明,除了少数几个天才,谁也搞不清今夕何夕,此时几时。

可是,很少有人想到,人称"黑寡妇"的断头台,它的起因,竟然是源自一个法国人道主义者的理想。

死刑的方式,和司法制度及监狱状态,同样是判定一个地区的人性发展阶段的标志。在法国大革命的一百年之后,中国仍然在使用"凌迟"这样的死刑手段,有犯人被割三千刀还一息尚存的。在法国,从中世纪沿续下来的、类似火烧车裂这样残酷的死刑方式,在法国大革命之前已经极为罕见,在巴黎早已绝迹,只是在非常偏远的落后地区,偶有发生。即使是偶发事件,也会引起学者们的抗议。死刑方式随着社会进步,它的残酷性在明显减弱。

在法国大革命发生时,法国的死刑基本是两种方式。

对于贵族，是用剑或斧砍掉脑袋；对于平民，通常是绞刑。在这里，东方和西方的概念是不同的。东方君主对贵族赐死，往往会赐白绫三丈之类，绞杀不是一种羞辱。"身首异处"倒是一种"恶死"了。而在法国的文化传统中，悬吊于绞架，不仅是一种更痛苦的处死方式，还是一种侮辱，所以不用于贵族。而斩首反而有点悲壮意味，似乎更适合贵族罪犯的身份。因此，在法国当时的两种死刑方式，还是等级观念的结果。当时的这两种死刑方式，也都是有痛苦的。不仅绞刑如此，斩首也往往因为不能一剑或一斧毙命，而给囚犯带来痛苦。

断头台在法国的实行，是几条不同的线索渐渐交会的结果。

一条线索，就是前面提到的人道主义的理想。这是法国几十年启蒙运动发展下来的成果，也是学者、贵族和国王们理性思考的成果。人道死刑只是这种成果的一个方面。在大革命初期，一位盖勒廷博士(Dr. Joseph-Ignace Guillotin)，提出了他的基于人道理由的死刑假设。和其他学者不同的是，他是一个具有操作意识的人。他把自己有关无痛死刑的假设，落实到一种实际的设计思想。他提出了非常详尽可行的设计思路，那就是断头台的最初蓝图。

盖勒廷博士四处游说自己的主张。还在大革命刚刚开始的1789年，他就在制宪会议上，呼吁采用他的有关无痛人道处死的方案。可是，没有人顾得上他的"死囚关怀"，甚至还引来一些人的嘲笑。盖勒廷博士只好暂时收起自己的主张，卷起示意图悻悻地回家。

法国大革命提出的口号是"自由、平等、博爱"。其实，在整个过程中，民众最关注的还是"平等"，而且是绝对意义上的平等。这种关注渗透到各个领域。这是正在发展着的另一条线索。1791年，议会讨论了在死刑领域的平

Chapter 19
断头台的兴衰

等。大家一致认为,"死刑面前人人平等",应该以法律形式确立只有斩首这一种执刑方式。可是怎么斩?于是议员们又想起了两年前跑来游说断头台的盖勒廷博士。他被议员们再次提起,结果引起激烈辩论。

反对的一方包括罗伯斯比尔,反对的理由也很简单。其实,"平等"是一回事,"博爱"又是另一回事。反对者认为,确立了一种对所有人都一样的死刑方式,"平等"实现了,就可以了。没必要为死囚的痛苦考虑得那么周到。所以,1791年立法确立了"斩首"为法国的唯一死刑方式,可是断头台却并没有被采用。

这个时候,谁也没有想到,在学者的"博爱"和议会的"平等"之外,还有第三条线索在那里走。那就是法国大革命在以惊人的速度,吞噬它的牺牲者。"自由"在迅速丧失。人们动辄得咎,死刑在急剧增加。终于引发刽子手的抱怨,说是怎么卖力也砍不过来,连磨斧头的时间都没有。大革命时期巴黎的首席刽子手桑松(Charles Henri Sanson),就是原来路易十六时期的皇家首席刽子手,杀人如麻,是他在革命以后遇到的新问题。

最后,是桑松遇到的"技术障碍",促使议会决定拨款建造盖勒廷博士提出的断头台。因为,盖勒廷博士的设计不仅对死囚无痛处死,而且这是一架自动的斩首机械,杀人的速度可以非常快。在这一点上,完全符合"革命需要"。

断头台就这样,在1792年4月投入正式使用。

可是,盖勒廷博士一点没有想到,这样一个基于人道理由设计构思的死刑机器,却在历史上投下了一个恐怖而令人厌恶的剪影。它变得恶名昭著。法国人以发明者的名字命名断头台,使得盖勒廷的名字也连同一起被牵连,这是博士更没有料想到的结果了。

可是，这个显然是人道的设计，又如何完成了这个非人道的转变呢？类似断头台的形式，虽然早在中世纪就在苏格兰、英格兰、德国和其他一些欧洲国家用过，在此后，也一直沿用了八十年左右的时间。为什么人们又仅仅把它和法国大革命相联系？

也许，是因为它斩下了法兰西国王和王后的头颅？的确，那是一个至今无法磨灭的历史刻痕。并不仅仅因为他们的地位特殊，还因为回首当年，已经没有人认为，这样的处死是公正的司法判定的结果。于是，在割掉国王的头颅之后，法国人留下的艺术品反而是悲悯的。油画作品中，都是这样的形象：路易十六在临刑前夜，持重地向哀伤的家人告别；囚室中的玛丽·安托瓦奈特王后，在祷告中获取面对厄运的力量。法国人反而一代代地传颂这样的故事：在王后走上断头台的时候，她不小心踩了刽子手的脚，立即习惯性地轻轻向他道歉；路易十六在断头台下，面对欢呼的人群，他说，"人们，对于被指控的罪行，我是无罪的"。在断头台上，他的最后一句话是："但愿我的

玛丽·安托瓦奈特的囚室

血,能够成为法国人民福祉的凝结剂。"

这些故事有着相当的根据。今天,在路易十六夫妇的纪念小教堂里,我们可以看到刻着玛丽·安托瓦奈特给儿子留下的遗书。其中有一条,就是叮嘱他,记住父亲的遗言,千万不要寻求复仇。只是她没有想到,她唯一的儿子,不久将在十岁的年纪死在大革命的牢里。

也许,是因为大革命期间断头台上的冤魂太多,人口两千五百万的法国,在1793年到1794年一年之中,就有一万七千人上了断头台。最快的一个记录是:在三十八分钟里,断头台砍下了二十一个头颅。也许,是大革命期间的断头台旁,永远挤满了嗜血的民众,对残酷的展示和鼓励成为公众节日和公共教育,使后人不堪回首。在断头台刚刚开始使用的时候,巴黎民众嫌行刑的过程太快,使得他们无法充分欣赏死囚的痛苦。他们在下面齐声高唱着,"把我的绞架还回来!把我的绞架还回来!"这呼声不是响在中世纪和旧制度的时代,而是有了《人权宣言》和"自由、平等、博爱"口号的法兰西共和国。这才是人们留下深刻印象的原因。

大革命过去之后,巴黎断头台的受难者和他们的家人,以一种特殊的方式团聚在一起。他们的后代,寻到当年受难者被随意丢弃的公葬沟,在那里修建了公墓,这就是巴黎的皮克毕公墓(Jardin de Picpus)。此后,有了这样的规定,只有大革命断头台的受难者和他们的亲属和后代,才能葬于此地。

拉法耶特夫妇也安息在这里。他们获取这个资格,是因为,在大革命期间,拉法耶特夫人有五名亲属,被断头台夺去生命。他们是作为受难者亲属,来这里和亲人团聚的。他们的墓地上,终年飘扬着美国国旗。在每年的7月4日——美国国庆,美国大使都要来到这里,主持一个升旗仪式，向拉法耶特致敬。在自己的国家，拉法耶特推动和参与了革命，也被革命宣布为"叛国者"。这个收留"断头家族"的墓地，是他们夫妇最终认同的归属。然而在美国，他却是人民心目中永远的英雄。

直到今天，还有两百年前受难者的后代，在去世后归葬到这里。以这样的方式，纪念和安慰他们死于非命的先祖亡灵。

"自由广场"上的断头台，早已经不再是仅仅属于法国的一个历史遗物。它随着雨果的《九三年》，随着狄更斯的《双城记》，走向了整个世界。以致在近八十年以后的中国，都会在一些年轻人的心中，砍出一条信仰的裂纹。

拉法耶特墓地（皮克毕公墓）

Chapter 19
断头台的兴衰

先贤祠

Chapter 20

Panthéon

先贤祠走访伏尔泰

我们第一天到巴黎,第一眼看到的纪念性建筑,就是圣心教堂(Sacre-Coeur)和先贤祠(Panthéon)。那是从卢儿住的宿舍高高的窗口望出去,在一大片连连绵绵的住宅楼上,最抢眼就是这两栋建筑了。

尤其是圣心教堂,虽然当时离我们所在的地方相当远,可它很高,又是白色的,总是能够"跳"出来。它高居在蒙马特高地的顶点,几乎成了巴黎最重要的标志之一。此后,我们经常从不同的地方望到它,尤其是那次在蓬皮杜现代艺术中心的顶楼,恰好在一场大雨之后,天上还留着刚刚被风拉开的一大块一大块色彩丰满的乌云。太阳已经重新露面,阳光照射着洁白的圣心教堂,反衬在风格浓烈的天空背景上,特别有戏剧性的效果。

先贤祠

圣心教堂还有一个出挑的原因,那就是它的造型。在巴黎,它算不得是一座古老的建筑。圣心教堂建于十九世纪末。也许,正因为它建得比较晚,也就开始在艺术风格上尝试一点新的东西。设计师似乎只是捏着教堂的尖顶轻轻向上拉了一下,它就有点瘦长,不再那么肃穆。白色的外衣又令它更为明亮,有了一点女性的柔情和轻盈。下面重重叠叠数不清的台阶,一点点把它稳稳地托在了蓝天上。

巴黎屋顶上的蒙马特高地和圣心教堂

Chapter 29
先贤祠走访伏尔泰

第一次远眺圣心教堂的时候，距离非常远，一种远在天边的感觉。卢儿说，去圣心教堂一定要在晴天，阴天的灰暗会掩盖它的真相。只是初春的巴黎很少有大晴天。而我们还是比较幸运，至少最后一次去的时候，是一个完美的天气。

蒙马特高地已经成了一个旅游区，绕到圣心教堂后面，是著名的艺术小广场，周围一圈舒服的小咖啡馆。只是小广场的艺术家们多数已经商业化，好的作品很少，从整体来说，远不如美国街头的中等艺术节的水平。蒙马特高地除了还有几个小艺术馆之外，邻近的山居小屋也很有意思。高地很小，建筑物是那么紧凑，街道只能挤得窄窄的。我们看到一个男子背着沉重的画夹，提着一个画凳，来到一栋有着一个微型小院子的老旧楼房前，铛铛地摇响了木门旁挂着的一个沉甸甸的铜铃。阁楼上一个美丽的女郎应声探出头来，扔下了两把大大的钥匙。这种钥匙开启的，应该是一扇中世纪的门了。

你在蒙马特高地慢慢地走，永远有音乐在空中飘扬。那是一些街头艺术家。他们带着自己的大提琴和小提琴，风度十足地在那里演奏。最精彩的一次，是遇到一个哑剧演员，他搭着一个仅能容身的避风的篷帐，在动人的音乐声中，他不断变换着面具服装和角色。在刮着大风的空旷的台阶上，神奇地把大家带入一种松弛而抒情、美好而富于幻想的状态。人们只觉得感动，却不知是为了什么。最后，他开始上升、展开"翅膀"飞翔起来，所有的观众的心，也都随之飞翔，那真是一个小小的巴黎浪漫奇迹。

然而，我们来的那天，从卢儿的窗口望到的另一栋建筑，先贤祠，就毫无浪漫可言了。Pantheon其实是古罗马的"万神庙"的意思。这个名字还是在法国大革命的时候给改的。在此之前，它是一座教堂。是法国大革命使它还俗,成为一栋纪念法国先贤伟人的纪念性建筑。

这栋建筑的起因,和协和广场一样,是源自路易十五的那场重病。看来,他真是病得不轻。1744年,他发了个愿,他发誓说,假如他能够熬过这一关活下来的话,他一定要建造一座宏伟的教堂,以感谢上帝和巴黎的保护神——圣吉纳维夫(Saint Geneyieve)。

圣吉纳维夫是一位真实存在过的法国历史人物。她曾经是一个乡村女孩,是一个虔诚的天主教徒。相传她不仅带领巴黎人民抵御过自然灾害,还曾经抵御了入侵巴黎城的"野蛮人",拯救了巴黎。从此,巴黎人把她视为一个圣女,一个巴黎的保护神,也就是巴黎城的"圣女贞德"。据说她去世之后,公元512年,就葬在今天先贤祠的位置。

在今天的先贤祠的对面,有一个叫做圣埃德尼杜蒙(St-Etienne-Du-Mont)的老教堂。它的立面长期来一直有些奇怪,由于毁了一个塔楼,所以变得失去平衡。我们去的时候,这个塔楼已经开始修复,搭着复杂的脚手架。在这个教堂里,就供奉着圣吉纳维夫的一个遗骨盒,放在一个幽黯的壁龛里。凑近了,我们看到那是一个精心制作的古老的盒子,相当大,外面还罩着保护层。巴黎的每个教堂,都有一些供奉的圣物。这些圣物的重要性,也就是这个教堂的重要性的判断标准之一。圣吉纳维夫的这个遗骨盒,可以算是一级圣物了。

所以,当路易十五病愈还愿的时候,就把准备供奉圣吉纳维夫的教堂的位置,定在了现在先贤祠这个地方。由巴黎的名建筑师苏夫洛设计。1755年,路易十五亲自放下了教堂的第一块奠基石。两年以后,正式开始建造。在那个时候,没有现代的采石手段、建筑机械和运输工具。假如要认真地建造一个大教堂,就是要耗费一代两代人时间的工程了。路易十五没有等到它的落成,就在1774年去

Chapter 29 先贤祠走访伏尔泰

世。建筑师苏夫洛也没有熬过这个工程,他在1780年去世的时候,教堂还没有封顶。教堂由苏夫洛的助手郎德勒(Rondeler)接手,又跨越了路易十六时代,直到法国大革命发生的时候,大教堂还在为最后的收尾加班加点。

它建得真不是时候,奇怪的是,大革命竟然没有阻挡它的完工。那是1790年,正是巴黎和法国都被毁去很多教堂,教士修士们都被驱逐关押甚至处死的时候,它悄悄地完工了。它默默地站在那里,当然不会再期待预想中的盛典和弥撒,只是有些尴尬又有点紧张地俯瞰着巴黎的革命。一年以后,革命终于找上门来。

相比其他教堂的下场,它是何等的幸运。1791年4月3日,制宪会议在为刚去世的革命英雄小米拉波寻找墓葬场所。讨论中决定,干脆就建立一个安放法国伟人的棺木也兼作纪念堂的地方,省得以后一次次伤脑筋。这时,人们想起了这个为供奉巴黎保护神圣吉纳维夫而修建的新教堂。

精心设计、历时三十三年才完工的这个教堂,空空荡荡,是最自然的选择了。它原来的设计初衷,已经完全为革命所不齿,甚至抛弃。这里不是单指宗教仪式,而是它原来打算供奉的主题,巴黎城的"圣女贞德",也被抛弃了。这里说的抛弃,已经是一个具体的动作。大革命一开始,她所保护过的巴黎民众的后代们,就冲进对面的教堂,从我们看到的那个遗骨盒中掏出遗骸,欢呼叫啸着直冲到塞纳河边,把它扔进了滔滔的河水里。

这个大教堂新古典主义的风格显得庄重沉稳,教堂地宫兼作墓葬又是法国的传统习俗。只需把原来举行宗教仪式的教堂大厅,改为一个纪念堂,在正面入口柱廊的山花上,加上一段爱国主义和英雄主义的浮雕,刻上"一个为祖国所感恩的伟大人物"这样的点题之句,教堂世俗化的过程不就轻易完成了吗？这个主意一提出，大家顿时拍案叫绝。这就是我们今天看到的先贤祠。

先贤祠的诞生，是由于小米拉波在1791年4月2日的病逝所引发的，可是，既然最后决定建立的是先贤祠，而不是小米拉波纪念堂，那么就应该再推选出一些已经去世的革命伟人送进去。革命刚刚开始一年多，还没有什么参加革命的伟大人物去世。所以，只能到革命之前，去挑选那些推动引发了革命的先驱者。结果，首当其冲入选的，是伏尔泰。

这是一件非常有意思的事情。那是1791年初，还在事实君主立宪制的制宪会议期间。在整个大革命的过程中，在上层，这是一个最理智也最温和的时期。是拉法耶特们还在制定宪法，讨论通过《人权宣言》，制定法律的时期。因此，在这个时候，象征着法国启蒙运动理性精神和人道主义的哲学家伏尔泰，首先得到推崇，被认为是一个革命伟人，是十分自然的。

革命，是一个非常含混的、带着极大的幻觉的字眼。在法国大革命中，前期的革命和后期的革命，肯定不是一个革命。在拉法耶特们和在罗伯斯比尔们的眼睛里，革命也一定不是一回事。

伏尔泰决不是一个简单的"革命形象"。回顾他的一生，他从年轻时因文字惹祸，进入巴士底狱开始，就不断地在与旧制度搏杀。但是，他是一个哲学家，也是一个文学家、投资成功的百万富翁、法国贵族们的崇拜对象，甚至是多个欧洲君主的朋友。

伏尔泰进入老年以后，他的生活变得非常舒适。1758年秋天，在伏尔泰六十四岁的时候，他在法国与瑞士边境买了一栋古老的宅邸。这个选择，仍然和他以笔作剑的生涯有关。他和路易王朝的关系始终是不稳定的。他既是法

国的骄傲,也是常常要惹出麻烦的异议学者。住在这里,他没有离开自己的祖国,可以享受他所喜爱的安静的乡居生活,同时,一旦有了麻烦,他一抬腿就可以离境去瑞士。这就是伏尔泰的一生,始终处于光荣和流亡之间。好在最后的一刻,还是在巴黎度过了辉煌的一瞬。

在这个边境小城,伏尔泰高价买下了一块世袭贵族的领地。因此,几乎应该说,此刻的伏尔泰,已经成了一个封建领主。在法律文件上,有"图尔奈伯爵"的签署,在大门和银盘上,有着贵族的纹章。可是,这并不妨碍他是法国向旧制度出击的一个最勇敢的人。

就在晚年伏尔泰在有着自己私人小剧场、小教堂和加工厂的小领地里,过着优裕生活的时候,他开始卷入一系列发生在普通人身上的冤案,为他们的冤屈而奔走呼吁和申诉。

在路易十六废除迫害新教徒的法令之前,法国对新教徒有着非常苛严的规定。他们不能担任一系列职务,从普通公务员到律师、医生,甚至杂货店主、铁匠什么的,都不行。假如不接受天主教的洗礼,就丧失了许多权利,假如私下举行新教仪式,男人可判终身苦役,女人可判终身监禁,主持的教士可以处死。由于社会的发展,这些古老的律令,就像对于书籍、对于异端学说的禁令一样,在统治的中心巴黎及其附近,并不严格执行。而在偏远的落后区域,尤其是在历史上教派冲突激烈,有过世代的冤怨相报的落后地区,就会借助这样的律令,实施宗教迫害。

伏尔泰介入的第一个案子,卡拉斯案,就是发生在法国南方的这样一个地区:图鲁兹(Toulouse)。在图鲁兹,1562年天主教曾经大规模地屠杀新教徒。在长期的残酷争斗和血腥的刺激下,这里的人们呈现一种异乎寻常的宗教狂热。1761年,这个地区根据古老的苛严律令,连续判处了两宗涉及死刑的案子,第一个案子处死了四人,第二个案子,就是卡拉斯案。

第一个案子从今天的角度来说,当然是严刑峻法和宗教迫害的结果。可是,它的判决在当时确实是"有法可依"。而卡拉斯案不仅是个冤狱,而且被告卡拉斯被残忍地酷刑处死。

卡拉斯是个新教徒,普通商人,有六个孩子。大儿子安东尼学了法律。在他打算取得律师执照的时候,才发现新教徒在当地不准当律师。他起初想隐瞒自己的宗教,取得了一张天主教徒的证明。可是,事情败露。这个时候,他还是可以改变宗教信仰获取律师资格。可是,挣扎在非此即彼的强制选择中,他痛不欲生,一度非常潦倒。

1761年10月13日,卡拉斯一家和安东尼的一位朋友,在一起共进晚餐。晚餐之后,安东尼去楼下,许久没有上来。两个人下去找,发现他已经被吊在门柱中。他们放下安东尼之后,一边通知他父亲,一边找来医生。可是已经回天无术。

糟糕的是,当地还有羞辱自杀者的愚昧法令,甚至他的财产都要没收。卡拉斯仅仅是一念之差,要家人宣布他儿子是"自然死亡"。可是,在医生到来之前,已经有围观民众。闻讯而来的官吏不仅笔录了"自然死亡"的供词,还检查了安东尼脖子上的勒痕。他当然不相信这个谎言。于是,命令他们第二天应讯。第二天,所有的人都说了实话,说是自杀。可是警察局长却不肯相信,以谋杀起诉卡拉斯,把谋杀的动机归为"企图阻止安东尼改信天主教"。

由于卡拉斯一家曾经提供了虚假证词。不能说警察局长就不能做此怀疑。起诉是正常的。假如卡拉斯能够得到公平审理,这是一个正常的司法诉讼。可是,这个涉及宗教的"谋杀嫌疑案件",激起了当地上上下下的宗教狂热和

宗教复仇情绪。在法庭上，卡拉斯被判有罪。由于不认罪，他受到中世纪留下的酷刑逼供。他的四肢被拉伸脱臼，他被强行灌水，躺在十字架上被铁棍毒打。两小时的折磨以后，他被吊死，当众焚烧。卡拉斯至死坚称自己是清白的。那是1762年3月10日。

卡拉斯死后，财产被没收，一家人继续受到迫害。他的小儿子吓得逃到瑞士。住在靠近瑞士边境的伏尔泰，在事情发生两个星期以后，听到这个故事。正因为在当时的法国，这样的情况已经非常罕见，因此伏尔泰听到这样的司法黑暗和平民被迫害，感到极为愤怒。他立即对案件本身展开调查和取证。他亲自和卡拉斯的儿子谈话，也找到熟悉当事人的证人，和卡拉斯夫人通信，等等。

在收集了足够的证据之后，伏尔泰向律师咨询，并且出版了一本《卡拉斯先生之死的原始文件》的小册子，还出版了著名的《论容忍》等一系列论著。伏尔泰向自己的学者朋友们呼吁，要求用他们的笔，为平民受到的非人道对待呼吁，为反对宗教狂热呼吁，为"呼唤欧洲的良心"呼吁。他对阿朗贝尔写到，"正是沉默造成了他们的不幸"。

在伏尔泰的影响下，卡拉斯案成为法国历史上的最著名案例之一。募集的捐款来自四面八方，其中包括英国、俄国和波兰的君主。巴黎的名律师免费提供法律服务，将此案提交国务会议上诉。事情发生三年以后，终于上诉成功，宣布对卡拉斯的判决无效，他的家属获得了三万里佛的财产补偿。消息传来，七十高龄的伏尔泰喜极而泣。

那是1765年的3月，二百三十六年前的法国。伏尔泰能够身先士卒，对学者提出做"欧洲的良心"的要求。他们在用理论阐述和探讨人道、宗教宽容、公正等哲学问题的同时，能够为普通平民在即刻所遭受的迫害而呼吁，能够在写作的同时，从事具体的募集捐款和调查申诉，能够得到欧洲封建君主的支持，而路易王朝的政府也能够对上诉作出纠正错判的回应。这一切，都发生在法国大革命之前，不能不使已经进入了二十一世纪的我们掩卷沉思。

此后，晚年的伏尔泰持续地为平民申诉冤案，投入大量的心力，一直持续到他八十多岁高龄去世之前。因此，制宪会议的拉法耶特们，会首先想到要把伏尔泰移入先贤祠，实在并不奇怪。

1791年4月4日，先贤祠的第一个"伟人"小米拉波，在当时被称为"历史上最大和最著名"的送殡行列之后，安葬入祠。一个多月后，1791年5月30日，制宪会议决定将伏尔泰也迁入先贤祠。

只是，先贤祠的第一个伟人小米拉波，在一年多以后，被发现他曾经在路易十六那里许诺，协调君主和议会的关系，这本来是件好事，可是，他为此向路易十六索取了二十万左右美元的钱财。这在当时无疑是一笔天文数字。其实，小米拉波白天革命，晚上整夜挥霍作乐，在当时就是公开的秘密。1794年秋天，他被默默地移出先贤祠，迁葬他处。

倒是伏尔泰，今天还安安静静地躺在先贤祠的地宫里。在他的棺木上，写着："诗人，历史学家，哲学家。他拓展了人类精神，它使人类懂得，精神应该是自由的。"

卢梭棺木的设计

Chapter 21

Rousseau

卢梭手上的火把

先贤祠原先的设计是一个仿古罗马的新古典主义的天主教堂。所以,它的平面布局是非常规整的十字,中间逐级抬起一个穹顶。这样的平面转往室内之后,形成一个完美的纪念展示空间。穹顶彩绘本来就是法国人传统的拿手好戏,"十字"布局形成的四个大空间,如今成为大型画廊,满壁都是一流艺术家的杰作,以"法国方式"来阐述他们的历史和先贤事迹。1806年,拿破仑曾经试图把先贤祠重新回归为一个教堂,可是,几经反复之后,它最终还是以现在的面貌,凝固了下来。

先贤祠的设想是从法国大革命开始的,可是,两百多年来,它也经历了许多变化。这种变化正是顺应了法国的变化、法国人的变化。追随这个变化过程,也是一件很有意思的事情。

先贤的定义也在变化。这个教堂原先是为了供奉巴黎的保护神圣吉纳维夫的,可是,正是在这个教堂最初转为先贤祠的时候,巴黎人唾弃了他们最早的英雄,她的遗骸被扔进了塞纳河,当然更没有作为"先贤"被请进祠内的资格了。可是,革命过去之后,在今天的先贤祠里,圣吉纳维夫的光荣和业绩,不仅高高地漂浮在拿破仑时代的穹顶

先贤祠的系列壁画

彩绘里,也是画廊里最重要的主题。

被轰轰烈烈的光荣葬礼迁入先贤祠的地下墓葬,然后又被悄悄移出的,还不止小米拉波一个。革命三巨头之一的马拉,也经历了这样落差很大的迁入和移出。至于三巨头的另两位,丹东和罗伯斯比尔,都是在断头台上了结生命,也就不可能奢望和先贤祠有什么瓜葛了。对于进入先贤祠墓葬伟人的选择变化,也是法国反省的过程。可是,在漫长的岁月里,法国依然是困惑的。

简化历史,那曾经是一个轰动世界的"革命",在它之前,是旧制度的君主,存在着旧制度的一切不平等;今天,法国是一个共和国,自由、平等、博爱的旗帜在各处飘扬。而今天的法兰西共和国,虽然已经是第五共和国,可是,追根溯源的话,难道不就是要追溯到巴士底狱攻克的那一天、追溯到国民公会宣布共和的那一刻吗?然而,国民公会三巨头的下场意味着什么?国民公会推出恐怖时期是否是一个必然?这样的问号,如同巴黎冬天的云层,一年年开始慢慢地集聚起来,集聚在先贤祠的上空。

于是，在法国大革命过去一百多年之后，1924年，在先贤祠几近中心的位置上，建立了成为视线焦点的一组群雕，中心底座上镌刻着"国民公会"几个大字。国民公会的领袖们不仅没有一个能够在先贤祠的墓葬中留住，甚至有多人在自相残杀中恶死。可是，他们被后人艺术抽象出来，抽象成一个洁白美好的整体英雄形象。似乎这样，他们就可以逃过具体的历史推敲。

当我们站在大厅里，第一次面对这组白色群雕的时候，那是一种奇异的感觉。群雕上的国民公会会员们，戴着假发，穿着剪裁合体的法国绅士服装。可是，他们的姿态对于我们来说，有着似曾相识的夸张。左右两组，以强烈的动势趋向中心——一个持剑的自由女神像。那舞台化的弓步造型动作，手臂的有力伸展，衣裾迎风张扬的表达，都是我们在三十几年前的中国所熟悉的。那是试图在法国精神的象征地，对国民公会做出一个力排众议、一锤定音的肯定。可是，我们以过来人的经验知道，假如一切是底气十足、自信经得起历史的犀利目光的，那么，这种"就是好"的艺术夸张，反而就不会出现了。

也许，先贤祠的国民公会群雕，是法国人最后一次对国民公会的全力维护。很快，从一开始就被别处的历史学家们所质疑的一切：和理想所违背的革命血腥，无穷尽的暴力夺权的循环，国家和民众长期支付的代价，渐进改革的可能，都在逐步通过反省，走入法国人自己的视线。有关法国大革命的讨论，在法国本土也开始丰富和深沉起来。

先贤祠的"国民公会"群雕

在两百多年之后的今天，先贤祠的墓葬群，是法国的文化和精神的象征人物的归葬地。我们熟悉的作家雨果，也在其中。象征着法国大革命的英雄，大概就是大革命前的思想家伏尔泰和卢梭了。

Chapter 21
卢梭手上的火把

我们参观先贤祠墓葬群，是在一个寒意未消的初春。墓葬在地下室，也许是阴魂聚集的缘故，骤然间又把温度降下去一大截，我一下去就打了个哆嗦。伟人们的棺木一个接一个地排放，也随着建筑基础的布局，不断出现支巷旁道，需要指示牌指点迷津。雨果和左拉也在其中。雨果的棺木安放在非常局促阴暗的一隅。我很怀疑，这样的荣耀是不是雨果所需要的。雨果不仅是一个思想家，他还是一个文学家，有着对于天空和阳光，海洋和草地，春雾和秋林都非常敏感的心灵。他又怎么能够忍受这里无尽头的阴郁？

伏尔泰和卢梭的棺木是在一个相对开敞的区域，他们面对面地在这里安营扎寨，中间只隔了小小的一条走道。生前，他们常常争辩，如今，夜深人静之际，不知他们是否会推开棺门，重开辩论？他们的墓地设计很容易使我们产生这样的联想。在伏尔泰的棺木前，是他的大理石像。他捧着一卷手稿，提着一支羽毛笔，脸上浮现着睿智的微笑，给人以精神上居高临下的感觉。而卢梭却是一个从来不买账的人，他的棺木被设计成一栋神气的建筑，在侧面

卢梭的棺木

的"墙"上,写着,"这里安息着一个自然和真理之人"。他真的"安息"了吗?看来没有。"建筑"的顶端,在门楣镌刻的"卢梭"二字之下,"门"微微开启,一只手臂,从门缝里伸出。这只从棺材里伸出的卢梭之手,捏着燃着一团浓烈火焰的火把。象征着在他死后,他依然能够点燃革命,燃烧巴黎。

伏尔泰和卢梭应该算是两代人了。每当他们争辩起来,伏尔泰总是更潇洒,而卢梭就有点急。伏尔泰的年长固然是一个原因,同时,他似乎占尽了一切优势。比起卢梭,他更富有、更健康、更放松,也更挥洒自如。这一切,使他在心理上始终处于相对更正常的平衡状态。而卢梭的一生中,有大量的时间必须依靠抄乐谱的手工劳动为生,长期在身体上处于相当沮丧的病态。他和周围的朋友们常常处不好关系,在论争的时候,他表现得紧张、易怒,非常容易把原本简单的事情,弄得一团糟。在心理上,几乎一直处于失衡的状态。然而,他们都是那个时代绝顶的天才。

伏尔泰的大理石像,站在他自己的棺木前。卢梭的棺木前,却没有这样一个塑像。这是因为,国民公会在1793年春天,决定把卢梭尊为"先贤"的时候,他成为法国大革命的最受推崇的突出象征。卢梭的雕像是高高地竖立在先贤祠门口的。今天,和他享有同等荣耀的,只有法国戏剧艺术的开山鼻祖,十七世纪的古典主义戏剧大师高乃依(Pierre Corneille)。

在决议将卢梭送进先贤祠的时候,当年推崇伏尔泰的那些国会议员们,已经砍头的砍头、逃亡的逃亡了。伏尔泰能够留在先贤祠而没有被赶出来,似乎在暗示着这个民族的文化根基和预示着他们依然有希望。而卢梭,为什么会在一个史称"恐怖时期"的1793年,由国民公会决议送进

Chapter 21
卢梭手上的火把

这里呢？

卢梭，和伏尔泰一样，无疑是引起法国变革的诸多伟大思想家之一。他的《社会契约论》，和洛克等学者一起，共同在一个政治契约社会尚未诞生的时代，探讨了政府和民众的契约关系。这样的思考，无疑和他们所生存的旧制度的社会是冲突的，是革命性的。

可是，卢梭被大革命和国民公会看中，似乎并不仅仅在于他和伏尔泰一样，从理论上曾经支持和促进了法国的历史变革，也是因为，处在动荡失衡中的巴黎，需要竖起一个伟人，把他张扬起来，成为腥风血雨中一面不倒的旗帜；而伟人的理论，又能够撑起这个局面，解释在血中浸泡的巴黎，为什么并不算是一个疯狂的城市。

卢梭从本质上来说，是一个文学家。而在那个年代，哲学家和文学家之间，常常没有一条清晰的界线。在那个时候，学者们思索的时候，似乎没有那么多的羁绊。他们不停地阅读、不停地思考，思想如汩汩的泉水，不停地涌出泉眼，成为小说、歌剧、随笔、哲学论文、书信笔记和论争文章。他们想到什么，就随手写来。他们似乎并不顾虑论争的对手会指责他们观点的前后不一致，他们也毫不顾忌地就会道出自己在思考过程中捕捉到的一些火花。对他们来说，一个人是在不断成长和成熟的，认识当然也就在随之改变和深化。争执也是交流，错了可以纠正，没有什么了不起。他们共同营造了这样一个浪漫宽容的氛围，他们也就滋养了自己，多产成为他们共同的时代特征。那是一个法国式的学者的天真时代。他们是骄傲的、自尊的、才华横溢的。在文学和哲学交融的年代，他们的文字并不都那么丝丝相扣、无懈可击，可是，却常常文采飞扬、充满激情。

所以，不论是伏尔泰还是卢梭，唯有他们对于知识和

卢梭像及卢梭的著作

真理的追求是清楚的,而他们的一生中,他们表达过的观点,有时却是自相矛盾的。

卢梭是一个情绪不稳定的、时而波涛汹涌又时而含情脉脉的浪漫文学的开创者。人们读着卢梭的时候,常常会不由自主地被他的感情所调动。就在这样的一本又一本,打动着常人,也渗透着哲理的讲述故事之后,卢梭还推出他的社会理想。他的"主权在民",他的"平等"追求,他对"自由"与"约束"、"公意"与"道德"的思考。对于一些概念,他有过不同角度的探索,这些探索也往往相互矛盾。当大革命的恐怖时期过去之后,人们回顾着被卢梭理论狂热支撑的时代,倒过来细细研读卢梭,想找出一条属于卢梭的线索。可是,在这个时候,人们又发现,卢梭也讲过许多完全相反的话。对于他来说,他只是在怀着宗教热情

Chapter 21
卢梭手上的火把

思索。

大革命只是需要偶像，需要理想化的"思想"。可是，没有一种概念是可以任意推往极端而不受边界限定的。卢梭的"主权在民"是一个美好的理想，可是，在卢梭心目中的"民"，也许过于抽象了。当卢梭推出"公意"的说法，这里的"民"，已经不是看得见摸得着的一个个的个人的集合，而是美化和抽象的、非常虚幻的"人民"整体。而虚幻整体所拥有的权力，已经由罗伯斯比尔们，借着"人民"的名义在掌控和操纵。

罗伯斯比尔一直有一个称号，"永不被腐蚀的人"。那是因为革命特别重视领袖的廉洁。法国大革命的过程，是一个经常处于失控状态的摧毁过程，而不是按部就班的改革，也就不断出现掠夺和暴富的机会。"不被金钱腐蚀"成为一个罕见现象。罗伯斯比尔因其廉洁，也就因此在道德上始终有一轮光环。但这也是历史的误区：人们以一个政治领袖对金钱的兴趣，来判断他的品格高下。被权力腐蚀的意义，假如只是局限在金钱的范围，那就太小看权力了。权力对于一个领袖的腐蚀，最可怕的部分，当是他对权力本身的过度奢求。一个政治领袖最可怕的被腐蚀，不是对金钱的贪婪，而是对权力本身的贪婪；不是嗜钱，而是嗜血。

卢梭的"公意"的幻想是"美妙"的。公意是公众的意志，象征着多数人的自由。个人服从公意，失去自己个人自由的同时，却获得和大家一致的"自由"。在法国大革命期间，"公意"终于和"人民"一样变得不可捉摸，而真真实实的个人自由，却在眼睁睁地迅速失去。失去自由的并不都是贵族，所有的人都以为，作为已经向国王和旧制度夺了权的"人民"的一分子，自己已经是国家的主人；共和了，就是"主权在民"了。可是，当他们从"主人"的梦中醒来,还原为一个个人,却发现自己的个人自由毫无保障,个人安全毫无保障,脖子上的脑袋也没有保障。

在世界上第一个通过《人权和公民权利宣言》的法国,共和不到一年,作为个人,言论出版自由等公民权利已经完全成为奢侈品。1793年8月,已经有了"让恐怖时代成为法治的全盛时代"的口号。1793年9月初,巴黎市长和检察官,以及"民众代表"到国民公会,以人民的名义,要求大革命的军队,带着"手提式斩首机"巡视法国,不仅逮捕作为政治异端的吉伦特党人,还要"迫使每一个农民交出他们储存的农产品,否则就处死他们"。

恐怖如瘟疫一般,从巴黎阴冷地向全法国弥漫。在南特,审判以"浪费时间"的理由被取消,公安委员会的代表命令法官,必须在几小时内"除去"所有嫌疑犯。否则法官和他的助手们,将被处死。连断头台都嫌太慢,一千五百名嫌疑犯们,无论男女老幼,立即被装上船只,在卢瓦河的中间凿沉。在四个月里,这名公安委员"处理"了四千名"不良分子"。

毫无疑问,在旧制度下,最凄惨、最没有保障的、最令人同情的,就是底层民众。记得读到过一名学者的文章,描述他所见到的一些生活在现代社会的底层民众,他们居住的房屋形式,与他参观的几千年前的早期人类住宅,没有什么大的区别。他因此而感叹,从建筑文明的发展史来看,历史进步都发生在王公贵族的一端。而底层民众在建筑史上,处于零历史的状态,他们是最需要同情的。在同一篇文章里,这位学者也同样提到,底层民众又是最不能够美化的。这使我始终在思索,往往是最应该被同情的底层民众,为什么又是最不应该被美化的?

历史上,屡屡如此上演,在解放底层民众,将他们被剥夺的权利还到他们手中的同时,社会最容易普遍产生和

接受的,就是由同情转为对底层民众的赞美。这样的美化,又通常导致赋予他们过大的权力,其结果,总是发现,不知由什么魔力操纵,原本被侮辱和被损害的人们,原本应该是软弱而善良的人们,原本期待为他们自己也为社会造福的人们,在一夜之间变得狂暴和肆虐。他们可以如旋风一般扫荡这个社会,不仅吞噬原来的强者,也相互吞噬。他们在数量上的绝对优势,能够导致最迅速和规模最大的破坏。待到幸存者们清醒过来,一切已经面目全非。他们也永远弄不明白,是在什么魔法之下,使得历史一次次重复这样的悲剧。

在读到这位学者"建筑零历史"的说法时,我突然领悟到,底层民众在长期的人类发展史中,他们经历的,不仅仅是"建筑零历史"这样的悲剧,他们同时经历的,也有在理性思维和精神文明进程中,同样"零历史"或者"短历史"的状态。这是过度美化底层民众是一件危险的事情的根本原因。当他们长期处于悲惨的生活状态时,他们文明程度的不充分、缺乏理性的一面被压抑和掩盖,没有机会暴露和爆发。可是,假如在过度美化的同时,也将过度的权力交给他们,他们的致命弱点就会在权力的催化下,瞬间爆发,迷醉的、暴力的、甚至极度残忍的。

因此,一个健康而公正的社会,它所必须关注和保护的,应该是当下社会的每一个最弱者,而不是赋予任何一个特定阶层以血缘性的暴虐的特权。不论这样的阶层是贵族,还是平民。当底层平民是弱者,社会的关注点应该是底层平民;当旧日贵族的身份成为虐杀的对象,社会应该保护的就是这些贵族。依据的应该是公平的法律。这样的法治社会,是现代文明社会的标志。

任何一个动听的口号,过度推动都是危险的。卢梭是一个浪漫的文学家。他对于平等的呼吁,他对于"主权在民"的理想,他对于"公意"的推断,都是随着一个文学家的激情推出来的。在两百多年前,这些概念被非理性的力量所利用,似乎是历史无可避免的路径,可是,两百多年后,一而再、再而三地要去重蹈覆辙,只能说是弱智的结果了。

令人回味的,是在大革命中迁葬入祠,在生前经常争得不可开交的伏尔泰和卢梭,尽管论年龄几乎是两代人,却非常巧合地、差不多同时在这场革命发生之前去世。即使是被大革命捧得近乎神化的卢梭,假如活到大革命,人们似乎也没有理由相信,他就一定会是罗伯斯比尔的化身。假如亲历革命,习惯了自由思想的伏尔泰和卢梭,不仅可能活不成一个全身而退的革命圣贤,还很可能走上断头台,或是在他们鼓吹的革命真正到来之后,落荒而逃,登上逃避革命的流亡之路。

站在先贤祠伏尔泰和卢梭尊荣备至的墓葬前,我们不由感叹,他们可真是逝逢其时。

Chapter 21
卢梭手上的火把

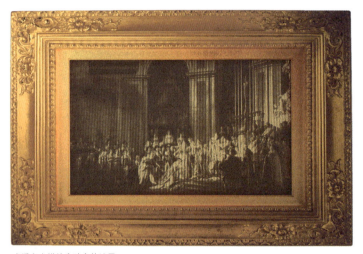
卢浮宫内描绘拿破仑的油画

Chapter 22

Invalides

从拿破仑回归雨果

先贤祠聚集了法国的众多思想伟人,就像圣丹尼大教堂是历代法国王室汇聚的地方一样。可是,它们却还不是巴黎最辉煌的墓葬。巴黎最夺目的金顶,是覆盖在拿破仑的灵柩之上的。

去拿破仑墓葬,我们总是先坐地铁到凯旋门,那是造访拿破仑光荣的起点。以凯旋门为中心,放射出十二条宽宽展展的大道,著名的香榭丽舍大道,就是这十二条大道中的一条。这个规划设计,就是由奥斯曼在拿破仑三世,也就是小拿破仑的时代完成的。可是,凯旋门本身与小拿破仑无关,这是一座和"老"拿破仑有关的战争纪念建筑。

那是发生在1805年12月,历史上著名的奥斯特利茨(Austerlitz)战役。刚刚加冕为法国皇帝的拿破仑,亲率法军和俄军交战。俄军的两个军团,一个由鼎鼎大名的库图佐夫将军率领,而另一个军团的将领就是俄国沙皇亚历山大一世本人。从两个国家的皇帝亲自挂帅出征,可以想见,虽然法国已经经历了大革命,一些最基本的旧有观念却并没有打破。那依然还是一个崇尚征战与征服的尚武时代。在这样的时代,征服者依然是英雄的代名词。大革命激扬起来的爱国主义,反倒是给征战增添了燃料。"博爱"

凯旋门夜色

12条放射大道中心的凯旋门

Chapter 22
从拿破仑回归雨果

的关怀至少还没有扩展到法国的疆界之外。

奥斯特利茨是摩拉维亚(Moravia)的一个村庄,这次大规模的毁灭性战斗中,近九万人的俄、奥军队,死亡达一万五千人,七万多人的法军,有近一万阵亡。在奥斯特利茨山坡下的小小平原上,尸横遍野。两万几千具尸体旁,是几万个在伤痛之中呻吟、在濒临死亡中呼号的士兵。可是,拿破仑带领的法军是胜利者。大规模死亡的惨象,战场上的幸存者们已经司空见惯、熟视无睹。他们依然狂热地向他们的领袖拿破仑欢呼。就在这个时候,拿破仑向他的士兵们发出许诺:在国家所需要的任务完成之后,你们"将在凯旋门下荣归故里!"第二年,也就是1806年,就在巴黎的这个地方,安放了凯旋门的第一块奠基石。

三十年后,待到这个高达五十米、有着精美浮雕的拱门,在1836年完成的时候,当年叱咤风云的拿破仑,已经在他的流放地圣海伦那岛上,去世整整十五年了。

从凯旋门出发,沿着香榭丽舍大道笔直走下去,就可以遇到协和广场、杜勒里花园、卢浮宫这样一系列视野宽阔的空间。在中途还会遇到为百年前的世界博览会建造的巨型展厅:大宫和小宫。从两宫中间的大道向右而去,经过挂着手杖蹙着眉头急急前行的丘吉尔的雕像,又直直地接上了塞纳河上最金碧辉煌的大桥:亚历山大三世桥。顺

亚历山大三世桥上

从罗丹博物馆看拿破仑墓的金顶

着大桥望去,在绿化得很舒服的宽阔广场之后,就是门口横列着一排大炮的荣军院,而后面拿破仑墓的穹隆顶,哪怕在乌云密布的天空中,都照样闪着最耀眼的金色光芒。

我们顺着这条线路走过几次。感觉中,这是最能代表巴黎旅游景点的地方了。你可以想象,巴黎作为一个现代大都市,是多么寸土寸金。可是,它却不是拥挤、难以透气的感觉。一方面,塞纳河的委宛穿越,从东向西,带来一阵阵清新爽人的风,另一方面,巴黎人会永远地留着法兰西古都的象征——那些大都市中一个又一个、以艺术在点缀、以历史在丰富着的,奢侈的大空间。

拿破仑像

拿破仑是法国的一个传奇。这个传奇正是由法国大革命孕育出来的。

法国大革命的最后一个巨头罗伯斯比尔的恐怖时期,是被恐怖本身终结的。巴黎在历经几年的断头台杀戮之后,各个正规和临时的监狱依然人满为患。镇压越多,镇压者自身越感到恐惧。冤死的灵魂在他们的梦中飘荡,他们相信四处潜伏着"企图暗杀革命领袖"的杀手。在1794年

Chapter 22
从拿破仑回归雨果

6月，巴黎的监狱里关押着大致八千名嫌疑犯，被认为是必须"镇压"的。此后的二十七天里，有一千三百七十六名男女囚犯被斩首。而他们空出的监狱位置，又在被新的囚犯不断填补进去。

对于平民的恐怖统治是可能如此持续的，可是另一方面，恐怖早就无孔不入地进入了权力上层的争斗。罗伯斯比尔一向依靠断头台剪除政敌，但是他没有想过，若是没有极强的掌控力，是不能向上层引入这样的绝活儿的。一旦引开头，一切政治争论都必须归结于你死我活的结果，那是一场越来越危险、越来越紧张的游戏。这样的游戏却是玩不久的。于是，上层的人人自危终于导致了以恐怖结束恐怖。罗伯斯比尔终于被他同为国民公会的同志，先下手为强地送上了断头台。

由于罗伯斯比尔从象征激进革命开始，已经走到了象征恐怖，他也就失去了同情者。巴黎人似乎早已在期待这一天，期待他的断头。他们隐隐地感觉，这将预示着恐怖时期的结束。他们也没有去想，这样的以牙还牙又意味着什么？不论是对于旧制度的终结，还是对于大革命恐怖时期的终结，独立的、不受上层操纵也不受公众舆论操纵的司法公正，从来也没有真正出现过。法国大革命始终宣称自己在追求实质正义，可是，并不那么动听的、保障实质正义真正实现的程序正义，却被忽略了。

那些雅各宾的革命巨头们，在他们认为权力在自己手中，不需要费什么力气去为路易十六寻求司法公正的时候，有人却勇敢地站出来要为路易十六做法律辩护。他们后来就轻松地砍掉了那个辩护人的脑袋。他们没有想过，这就是把砍自己脑袋的砍刀，也同时交到别人手中了。

这名死在断头台的路易十六的法律辩护者，名叫马勒泽布(Chretien de Malesherbes)。这位马勒泽布在路易十五时期，是大名鼎鼎的出版发行检查官。他的闻名不是由于官位的显赫，而是他利用自己身处要职，以自己的良知，保护了当时《百科全书》的出版和一大批思想家哲学家。也许可以夸张地说，没有他就没有《百科全书》，没有《百科全书》和那批他所保护的思想家，就没有法国大革命。然而，在革命要处死路易十六的时候，他同样以自己的良知，主动要求为路易十六做法律辩护。路易十六得知他要辩护，忧伤地说："你的牺牲太大，你救不了我，还要搭上你自己。"其实他不是不知道自己身处危险之中。只是，有些人活着，必须听从自己的良知，即使是要搭上性命。

对程序正义的忽略，是大革命之后，法国的政权交替屡屡以暴力政变为手段的真正原因。直至颠簸了五个共和国，颠簸了一百多年，颠簸到程序逐渐建立起来，独立的司法逐渐建立起来，开始和平的政权交替。这场迟迟难以结束的、世界上最漫长的一次革命，才算尘埃落定。

以恐怖结束恐怖，以不公正对待不公正，是一个可悲的循环。残酷一旦开始，就在制造仇恨和复仇的循环。雅各宾余党的暴动和对他们的复仇，直至一年以后，仍然不能停止。1795年5月5日，在里昂，有九十七名以前的恐怖分子，未经审判，在监狱里被屠杀，不由令人想起几年前发生在巴黎的"九月大屠杀"。直到那个时候，法国人还没有明白，屠杀的对象是否罪大恶极不是关键，关键是他们必须得到公正的审判。

自国民公会成立、宣布法国共和之后，国民公会挣扎了整整三年。这三年的历史，几乎就是一部自相残杀的历史。它以暴力夺权始，在最后又面对一场暴力政变。虽然政变未遂，国民公会也气数已尽，在弹压政变的二十天后，就宣布解散。正是对这场未遂政变的镇压，推出了当时闲居在巴黎的年轻军官拿破仑。在他的指挥下，几排炮

Chapter 22
从拿破仑回归雨果

下去，轰倒了两三百人。刚刚二十六岁的拿破仑，扶着依然青烟袅袅的大炮，望着那两万多个落荒而逃的暴力政变者，若有所思。也许，对于拿破仑，这是一次重要的学习经验。四年以后，拿破仑率领军队攻下议会，为法国的暴力夺权历史，又开了一个新的篇章。

拿破仑是不平常的。他是所谓的"大革命之子"，却在尝试脱离本来难以脱离的局限。他不去持续这个难缠的循环，而是试图弄明白，经历整整十年的革命之后，当下的巴黎人、法国人，他们最需要的是什么？然后，他回到仰首翘望着的民众面前，对着这些当时全世界都公认他们是最要"革命"的巴黎人，宣布说：革命，完结了！

他的判断是准确的。拿破仑并没有被巴黎的民众作为革命叛徒撕得粉碎。那些当年在街头提着短刀和长枪寻找革命猎物的民众，如今早已厌倦了革命。拿破仑在一片欢呼声中，被他们高高兴兴地当做带领他们逃离革命的救星和英雄接纳了。是法国大革命成就了拿破仑，不是因为他更革命，而是因为他在革命走向极端之后，得到一个机会，由他来宣布结束革命。

接着，三十岁的拿破仑坚持以一个强势的形象向外面对欧洲，也向内面对法国，这让人多少想起一些昔日路易十四的身影。他既能够在欧洲战场上统兵横扫千军，又能够精干地以自己的理想和规划，重新改造法国。

十年的大革命，并没有机会向法国民众普及现代社会的公民教育。对专制的警惕、对权力的制度性的制约和平衡、程序公正的意义，这些现代民主社会最基本的常识，巴黎人依然陌生。虽然在整整十年里，这个国家最时髦的称呼就是"公民"。进步的成果，并没有以制度形式稳固下来。因此，虽然他们砍去了君王的头颅，表现了最激进形态的革命，却也最容易掉回头去。

拿破仑是意大利人,却很了解他的法国子民。掌权三年,表现了自己的才干之后,拿破仑大胆地把手伸向了法兰西的皇冠。他完全不必偷偷摸摸。在一场由法国成年男子参加的公民投票中,他要求大家就两个问题表决,他是否应该终身执政?他是否应该自己选择继承人?结果是,三百五十万八千八百八十五票赞成,八千三百七十四票反对。这场公民投票之后不到两年,拿破仑再次举行公民投票,这次的问题只有一个,他是否应该成为法兰西共和国的皇帝?那是法国人在1804年5月22日作出的历史抉择:三百五十七万二千三百二十九票赞成,二千五百六十九票反对。这不是什么君主制的"阴谋复辟",而是砍掉路易十六头颅的同一批法国民众,又兴高采烈地迎回了他们的君王。

对于这一切,拿破仑是太明白了。拿破仑是一个最讨厌繁文缛节的人,却在履行皇帝的一切传统烦琐礼仪细节上,极其用心。他坚持遵照路易王朝的种种例行旧规,只是为了让巴黎的民众对壮观的场面"感到满意"。在他加冕的时候,他坚持请来了罗马教皇。仅仅在几年前,焚毁教堂、屠杀教士与修士的巴黎民众,又在目瞪口呆的外部世界面前,向教皇欢呼,天天聚在他暂住的居所前,等候祝福。

也许,这并没有什么可奇怪的。尽管法国革命"自由平等博爱"的理想,是欧洲文明千年发展的结果,可是,这个理想,在伏尔泰和拉法耶特们心中所呈现的面貌,和底层民众心中所呈现的面貌,从来就是不一样的。大革命中,有多少巴黎人以为,掠夺贵族,把他们身无分文地扫地出门,就是在实现"平等";对别人为所欲为,就是"自由";当断头台下淤血浓厚,每晚引来巴黎城成百的野狗在那里舔食和狂吠的时候,他们仍然有理由相信,自己是在宣扬"博爱",因为对"敌人的残忍",就是"对阶级弟兄的慈爱"。这些民众还处在理性发展、文明发展的"零历史"和

自己加冕为法国皇帝的拿破仑

"短历史"的阶段,假如不是以法律规范的同时,帮助他们走过必须经过的发展阶梯,而是相反地一味美化和放纵他们,那么,他们是多变的,也是具有极大破坏力的。在强权面前他们是愚民,在弱者面前他们是暴民。

在拿破仑戴上皇冠之前,拿破仑王朝就已经开始了。像所有雄心勃勃要成就一番事业的开国君主一样,拿破仑是积极在按照自己的蓝图建设法国的。在他的领导下,完成了他最自豪的、俗称《拿破仑法典》的《法兰西民法》。这似乎仍然是一个君主立宪制，只是，与当初拉法耶特们试图建立的弱化君主、向民主制过渡的君主立宪制相比，这一次，"君权"的分量要大得多。今天站在君主位置上的，再也不是那个软弱的路易十六，而是如日中天的、在巴黎圣母院的加冕典礼上，从教皇手中拿过皇冠，骄傲地自己戴上头顶的拿破仑。

没有理由说，拿破仑不想做一个贤明君主，也没有理由说，拿破仑不是一个有能力的君主。在《拿破仑法典》的实施下，国内的混乱的状态得以制止。他上台之后，也尽可能地缓和法国内部长期以来的紧张，成千上万在大革命时期流亡外逃的法国人，回到了自己的故土。大量的战争赔款一度繁荣了法国，科学、建筑、艺术无不欣欣向荣。他的一大段功勋是落在海外，拿破仑不仅是个军人，还是个军事天才，他迷恋"运筹于帷幄之中，决胜于千里之外"的战争游戏，也醉心于横扫千军如卷席的壮志豪情。在他最后流放的痛苦岁月里，那些过去的赫赫成功是他最后的"镇痛剂"，他对自己大叫着，"那是一个美好的帝国，……我曾经统治了一半的欧洲人！"

对于拿破仑的评判，伤了很多历史学家的脑筋。结论常在英雄和暴君之间摇摆，最后，这一类人的最简单归属，就是含糊其词的"伟人"。然而，这一点也许没有争执：拿破仑是嗜权的。

因此，虽然在《拿破仑法典》里写入了大革命的最重要的原则：言论自由、信仰自由等等，可是，要无限扩大和巩固个人掌控的权力，拿破仑就必然退回封建专制。早在他加冕成为皇帝之前，拿破仑就禁止了法国七十三家报纸中的六十家，余下的也被改造成了他的政府机关报。称帝之后，他更以皇帝的气派，把大片大片的领土，洋洋洒洒

地给自己的兄弟姐妹、将军和随从，随意分封。最后，他建立起一个严刑峻法的警察国家，1810年，法国已经重新修起许多小型巴士底狱和国家监狱，政治犯再不必经过什么法院的正式程序，一声令下，即可羁押。

在欧洲战场上，拿破仑和同样精力充沛的路易十四，经历十分相似，他也不可能是常胜将军。既然统治了一半的欧洲人口，也就会有一半以上的欧洲国家起来和他作对。在处理国家参战的问题上，拿破仑和路易十四有着同样的权力。在这个时候，已经看不出这个国家经历过什么"革命"，依然还是"朕即国家"，没有什么强有力的国会来制止一个好战君主的世界帝国梦想。从别国得到的土地和战争赔款，就和掠夺来充实博物馆的艺术珍品一样，在战败的时候，又必须全数退出。法国因此而遭重创。不如路易十四幸运的是，拿破仑被流放，最后在那里去世，被就地安葬。可是相比他的士兵们，拿破仑可以算是善终了。在拿破仑时代，两千六百万人口的法国，有两百六十一万人被他拖进战争，上百万人战死疆场，没有看到凯旋门一眼。

大革命成就了拿破仑，这不仅是指革命的过激，给了他上台的机会，更是指法国大革命在制度建设上的缺陷，使得拿破仑的权力轻易地就可以膨胀起来，为所欲为。因此，这一点应该也没有疑问：从处理权力的方式来说，拿破仑相对于法国革命提出的理想，是巨大的倒退。"理想"只是一面旗帜，假如没有有效的制度建设，那只是一面插在沙滩上的旗帜，经不起风雨，轻易就会扑倒。法国大革命遗留的制度修补，任务繁重，直到近年的对于总统任期年限的立法，仍是这个修补的一部分。

站在拿破仑时代，再回溯法国大革命，不难看出，在当时举世轰动，在此后的岁月中还接受了无数赞颂的这场革命，在爆发十几年之后，就速速回归专制，就重新又需要造成社会动荡的新革命。

拿破仑死后，有一个时期法国人不愿意想到拿破仑。与其说是政治原因，还不如说是征服的狂热过去，每家每户对战死亲人的怀念，变得刺痛而具体。那么，一个国家上百万的战争受难者，一个巨大的生命牺牲，要多长时间就能够把这样的伤痛抹去呢？对于健忘的人类，短则十年，长则二十年就可以了。

1840年底，在拿破仑去世十九年之后，那百万孤魂野鬼依然游荡在昔日战场，他们也许还是一些老人梦中流着眼泪去伸手触摸的孩子。可是，对于新一代成长起来的法国人，他们已经是被抹去的历史尘土。而伟人，却因传奇而再生。已经到了拿破仑"荣归故里"的时候了。

迎回拿破仑的法国当政者，是路易·菲利普国王。他的当政，是另一场被称为"七月革命"的武装夺权的结果，当然，这还不是法国的最后一场革命。雄壮的凯旋门刚刚完工几年，香榭丽舍大道挤满了迎接拿破仑的巴黎人。送葬的队伍是声势浩大的，而对于拿破仑的大军，他是孤身返乡。当他在灵柩中独自穿过凯旋门，耳边响起"皇帝万岁"的呼喊时，不知拿破仑是否想到，这个凯旋门，原本是他在奥斯特利茨战场上，留给士兵们的一个虚幻荣光的许诺。

拿破仑的灵柩，走的就是我们今天走过的这条路线，只是两边的景色和今天完全不同。香榭丽舍当然还远没有那么摩登，大宫小宫是六十年后的1900年才建造的，亚历山大三世大桥，也是在差不多的时候才建造起来。这座桥是以俄国的皇帝命名的，这位沙皇曾经亲自赶来，为大桥安放了奠基石。他的爷爷就是在奥斯特利茨战役中，败给了拿破仑的亚历山大一世。时过境迁，俄国和法国已经结盟，大桥的命名，就是为了纪念他所建立的这个俄法联盟的。

拿破仑被安葬在荣军院的穹顶教堂，今天，这里是又

卫护拿破仑棺木的女神像

一个需要买门票才能进去看一眼的地方。这是墓葬设计的经典作品，确实非常值得一看。按说它也是地宫墓葬的形式，可是，设计师显然巧妙地打破了传统的构造，在安放棺木的位置，打通了地面与地宫的楼层阻隔。拿破仑墓不再给人以阴冷的感觉，肃穆的沉淀和光荣的上升，都以法国人特有的艺术方式，完美地得到了表达和兼顾。

在拿破仑的灵柩穿过凯旋门的四十五年之后，这个似乎是专为武士建造的凯旋门下，第一次举行了一个作家的葬礼，他就是维克多·雨果。这一天，全法国举国致哀。也许，这是从大革命以来，法国人第一次全体静默，第一次有机会共同反省和思索。

雨果笔下的大革命，是矛盾的，显然可以从中看到雨果的心灵挣扎。在《九三年》里，他列举着旧制度的残酷和不公正，列举着大革命对旧制度的改变，也列举着同时发生的大革命的恐怖和残忍。这一切都集中地、典型化地堆积在一起，似乎使人们无所适从。但是在法国，这是无数人看到的事实，这是无数学者列举过的事实。这似乎是作为文学家的雨果，也没有能力解决的悖论。然而，是雨